MEMORY HOUSE
记忆坊文化

江湖天很晴

Jianghu Tianhenqing

月星汐 著

Beijing United Publishing Co.,Ltd.

北京联合出版公司

图书在版编目（CIP）数据

江湖天很晴 / 月星汐著. -- 北京 ： 北京联合出版
公司，2018.5
ISBN 978-7-5596-0078-3

Ⅰ．①江… Ⅱ．①月… Ⅲ．①长篇小说－中国－当代
Ⅳ．①I247.5

中国版本图书馆CIP数据核字(2018)第041371号

江湖天很晴

作　　者：月星汐
责任编辑：徐　鹏
封面设计：80零·小贾

北京联合出版公司出版
（北京市西城区德外大街83号楼9层 100088）
三河市祥达印刷包装有限公司　全国新华书店经销
字数：249千字　158毫米×230毫米　1/16　印张：15
2018年5月第1版　2018年5月第1次印刷
ISBN 978-7-5596-0078-3
定价：38.00元

谁这么倒霉，生这么一个败家孩子？

她大字识不了一斗，功夫练不成几招，可吃喝嫖赌抽、坑蒙拐骗偷，这些没出息不长脸的事倒挺在行，不但一学就会，还带举一反三的。

听听人家怎么说她的：

一无所长，两竖为虐，三只贼手，四体不勤，五毒俱全，六亲不认，"七"男霸女，八方聚敛，"九"囊饭袋，十恶不赦，百无聊赖，千人所指，万劫不复……

谁是她的爹娘啊？谁啊！干脆点，爹去少林寺面壁，娘去峨眉山打杂，别在江湖上混了，丢不起那人！

就纳闷了，本来挺好一小孩儿，长着长着，咋就变异成江湖败类了呢！

不公平啊不公平！就这么一个扔大街上都没人稀得多看一眼的小破孩儿，居然还有好些美男抢着往家捡？老天耶！拜托您不要让这些帅哥年纪轻轻就老眼昏花好不好！

这个小破孩儿的故事，就和咱书中说的那样，说是喜剧，有惊悚；说是恐怖，有爱情；说是爱情，有悬疑；说是悬疑，有动作；说是动作，有文艺……

咳！没啥说的了，大家还是看汐的《江湖天很晴》吧，那个可爱坏小孩儿的精彩故事！

〈 楔子 〉

他们木然地躲在苇丛中，惊恐地望着对面沙滩上那个人间的修罗场，耳朵里灌满了濒死的惨呼。

那个沙滩上到处是尸体，断肢、内脏、碎肉，散落满地。

血流如溪，将江岸的沙石染成悚目的暗赭色，江水洇起一团团绯色的云，迅速漫延开来……

不知餍足地屠戮，如影随形地绞杀，一切都无可逃避。

这个时刻，那些黑衣蒙面的人仿佛成为天地间的主宰，肆意地收割着弱者的生命。

巨大的恐惧让他们不敢发出一点点的声音。

一个女人趴在船边呕吐，一个老人用拳头按住自己的嘴，一个中年男子紧紧握住刀柄，一个年轻的姑娘晕倒了，一对母女痴呆地抱在一起，一个女尼跪倒在地再也站不起来，一个流浪儿死死地咬着唇……他们眼睁睁地看着，希望眼前的一切只是一场噩梦……

然而，没有奇迹发生。

对岸，一个黑衣人用鞭刺进一人的心窝，另一个黑衣人雪亮的长刀当空斩下，一颗须眉皆竖的头颅迎刃飞起，远远地坠入江心，转瞬便被湍急的江水冲了下去，一片轻红随波而散。

其中一个黑衣人漫不经心地收刀，一串血珠沿刀刃滴落，他抬腿踢倒那具无头的尸身，向着人头跌落处望去，看到水面上那一捧长发，看到了对岸江边被密实的芦苇遮掩的木船，也看到了船上惊恐万状的渡人。

江面虽然不甚宽阔，但两岸相隔也有三十来丈，急流汹涌，明知道黑衣人不可能杀将过来，木船上的人仍然被他眼中的冷酷残忍吓得心跳欲止。

那黑衣人想也不想，手腕一振，长刀在掌中激射而出，宛如一道利电，向着对面木船的船老大飞去，一刀直贯入他的胸膛。

船老大的身上鲜血狂喷，晃了两晃，栽入江中。

那流浪儿被血喷了一身，不禁腿一软，坐到船上，身边一个肥硕的家伙惊恐地在他身上拱动着，发出奇怪的声音。

船上的人都吓傻了，有人恐怖地大叫。

那个带刀的中年男子似是武林中人，虽然也被对岸的大屠杀惊呆了，但胆子毕竟比这些普通百姓要大得多，眼看被那些黑衣人发现了踪迹，情知若不速逃，给他们过得江来，必遭灭口，惊慌之下，他一手抄起竹篙，在水中一撑，渡船向后退得更远，然后被湍急的水流向下游推去。

几个黑衣人望着远遁的渡船，眼里闪着阴鸷的光。

〈 01 〉

浓雾散去，天上月圆。

野地里，一种浓艳得近乎黑红色的花朵，大片大片地开着，铺天盖地，触目惊心。

赤红的花朵妖冶而魔异，如烈焰，如鲜血，仿佛铺在黄泉路上的华丽地毯，踏上去，往前走，就是幽冥之界。

十三狼瞪大了眼睛，有些惊恐，不知道自己是怎么闯到这里来的。

十三狼是一个人，江湖中最著名的采花贼之一。

上个月，他诱奸了关西武林大豪铁掌孙三的胞妹，结果被孙三率好友部众一路追杀，纵使十三狼暗器功夫不弱，终敌不过对方的人多势众，只得一路逃回关内。

两个时辰前，为了躲避关西武林道的埋伏，他钻进了一片老林。在林中奔行不久，便遇雾迷路，雾散之后，他才发觉已陷身在一片诡异如血的花海之中。

"这是什么鬼地方！"

十三狼咕哝着，举手去擦额头上的汗，然后，他的手便僵在额头上。

风吹花动，随着那如泣如诉的声音，前面燃烧的花丛中，突然绽开一抹雪白，冷艳、宁静、高贵，仿佛寂寞幽谷中的一朵莲。

那是一个少年。

一袭白衣，清逸出尘，静静地站在似血的妖红之中，如栖在花间的一片轻雪，风姿绰约，有着独步云端般的傲岸。

十三狼注视着他掌中的剑，白鲨皮鞘，白金吞口，虽未出鞘却透了几分寒意，顿时想起一个人，情不自禁打了个哆嗦。

江湖之中，喜欢穿白衣的人可不少，然而能把白色穿得这样孤傲雅致、不染纤尘的，只有传闻中来自"芦花千顷雪，红树一川霞"的枫雪城的那位。

要真的是他……那就……真晦气！

对望片刻，白衣人开口道："千手摘花十三狼？"

十三狼试探着问："阁下是枫雪城的雪色公子？"

白衣人微一颔首，顿了顿，又道："我来杀你！"语声静如春水。

"哦！"

十三狼都懒得问为什么，反正这帮自以为是的名门正派，要杀人总会找到理由的。不是为了他强暴人家的妹子，就是诱奸人家的老婆，或者是拐骗了谁家的闺女，总之没什么新意。

雪色公子见他没有反应，反觉得有点奇怪："你不逃？"

十三狼冷笑："我为何一定要逃？"就算对方名头再响，他也不能一招未试，便被人吓死！

雪色公子，枫雪城城主"一剑枫轻色"和夫人"满袖花千雪"的独子，据称是江湖中近三百年来少有的少年奇才。传闻中，九岁独挑山西黑风山庄，称雄山西二十载的黑风庄主，被他逼得从此臣服枫雪城；十一岁灭连云盟，连云盟老大心服口服；十二岁挑战天下成名剑客，后十数位江湖有名的剑客莫名退隐；十三岁为救黄河水患的灾民，一人连劫江南四十八寨；十四岁为了替一个无辜被杀的农家孩童报仇，千里追杀狂魔血屠子，终在大漠将之击毙……

多少年来，江湖不论黑道白道，提起枫雪城的雪色公子，无人不赞其侠义仁心、义薄云天，他掌中那柄会尽天下英豪的白色长剑，也被武林人称之为"雪色"，被推为当今十大名剑之首——武林中，仗掌中兵器成名者多矣，却唯有雪色公子掌中的剑，是因其人而成名。

十三狼上下打量着对面那个白衣少年，心中有些犹疑：

江湖传言也不可尽信，枫雪色虽然成名很早，可毕竟只是一个乳臭未干的毛头小伙子，就算在娘胎里就练功夫，又能高到哪里去？多半是仗着家世显赫沽名钓誉，被一些无耻之徒捧上天去……

想到枫雪城在江湖中的地位，十三狼有点头疼。

这种世家子弟，一向自命不凡、自命侠义、自命风流，成天不是管管闲事、打打架，就是扮扮酷、耍耍个性，幼稚又无聊，最是讨厌不过。

然而，他们虽然未必有真本领，但身后代表的势力却不小，被这种人缠上，那就跟被水蛭叮上似的，咬住就不松嘴，不吸出点血来，不会罢手。

他可以不怕雪色公子，却不得不顾忌枫雪城及其一众帮闲——算了不打了，惹不起，咱还跑不了吗？

他眼睛骨碌碌地转了一圈，在四面的艳红中寻找退路。

枫雪色望着他，很好心地提醒："右面是你穿过的林子，铁掌孙三带着属下正在赶来；后面是处断崖，高百余丈，以你的轻功，跳下去即使不死，也免不了残疾；左边，十里之外，有望月溪，如果你能过得这条小溪，说不定便可觅路逃生。"

被人一语道破心思，十三狼忽然觉得有点小看了对方。

枫雪色接着说道："不过，我不会让你过望月溪的。"

他忽然袍袖一展，劲风过处，只听得叮叮几声，数十枚晶亮的暗器跌落。随即，有万千红瓣被一股烈风卷起，在空中旋舞，妖异而灵动，仿佛烈焰焚尘、苍天泪血。

十三狼两手握满暗器，额头冷汗滑落。人称他是千手摘花，暗器功夫江湖称绝，然而这一瞬间的冶丽景象，即使他真的有千只手采花，只怕也做不来吧？

眼睛里，除了漫天的血红，什么也看不见。十三狼不要命似的把身上所有的暗器都打了出去，却如泥牛入海，声息皆无。

直到漫天花雨中，惊现一瀑雪色的光芒，然后，他的鼻端突然闻到一股血腥气。

真正的血腥味道，犹带着暖意。

他还来不及去追究这血气从何而来，便觉得咽喉微微一凉，低头望去，一截如银似雪的剑尖，正缓缓抽离，刃上有血珠滚下。

"倒霉……"

十三狼的喉咙深处，挤出最后两个字，然后，他不情不愿，又心甘情愿地倒了下去。他虽然轻视这个白衣少年，但是并没有轻敌。刚才他的确已经全力以赴，却连看都没有看到，那柄剑是怎么刺入自己咽喉的。

枫雪色低头凝视着十三狼的尸体，眼神里有一抹悲悯。

他并不喜欢剥夺别人的生命，可是很多时候，除恶人，是为了令善良的人更好地活着。

远处，隐隐传来轻灵的脚步声，应该是追踪十三狼而至的铁掌孙三一行人吧？

枫雪色将剑还匣，白衫轻振，转瞬便消失在如火似血的妖花之间。

清流婉转，月光如冰。

枫雪色衣袂翩然，站在望月溪边的一块青石上，洗涤着剑上的杀气。

前方，突然传来一声女子惨叫，声音短促，在这寂静的山林之中，却显得分外凄厉。

林中宿鸟被这声音一吓，扑翅惊飞。

枫雪色蓦然抬头，足尖一点，跃过清溪，如行云一般向声音的来处滑了过去。

转过两道山弯，山脚下是一座小小的村子，夜正深，村子里没有一星灯火。

尽管那惨叫只是一声，但枫雪色仍然断定，它就是从这座村子里传出来的。

然后他便看到，在村口的那间茅房门前，倒伏着一具无头的尸体。

这具尸体，穿着女人的内衫，两只手仍然抓着青布腰带，头却飞到不远处的矮篱上，凄清的月光下，那双眼睛里凝滞的恐惧显得分外清晰。

大捧的血，喷溅得满地，带着温热的腥气。

尸首分离处，兀自"咕嘟咕嘟"地冒着血，皮肉收缩，伤口均匀，骨碴平整，显然是以刀剑等利器，一招断头。

普通的凶手可没有这样的手法，即使是常年屠牛宰羊之辈，也无法如此干净利落地将人的头身切成两截。

然而，这还不是枫雪色最关注的。

他更在意的是，这个女人被杀之前的那声惨叫，连远在数里之外的他都被惊动了，为何，这村子到现在都一点动静没有？

当然不会全村人都吃了蒙汗药睡死过去了。

那么，便只有一种可能——这个村子，已经没有人。

或者说，已经没有活着的人。

他也的确听不到这村子里，有任何人活动的迹象。

短短的一瞬间，枫雪色已推断出事件的前因后果：

这个女人方便之后，边系腰带边往回走，却撞见什么，只来得及呼叫一声，便被一刀割成了两段。

那么，她究竟看到了什么？这么一个小小的村子，又有什么？

枫雪色身形突然拔高，掠上了一棵高树，站在疏冷的横枝上，居高临下地向村子里望去。

月色凄迷，村子黑黢黢的，家家掩门闭户，看不出任何异样。背后的山影狰狞而诡异，耳中除了有风吹叶动的声音，便是一片寂然。

他的神情有些凝重。

从听到女人惨呼到他赶到这里，几乎只是弹指的时间。凶手是仍在附近埋伏，还是已然遁远？

若是前者，凭他的功夫，附近数十丈内，连花开叶落的声响都逃不过他的耳朵，凶手隐藏得再好，总控制不住呼吸和心跳吧？

如果是后者，则凶手武功之高，犹在他判断之上——当今江湖，叫得出名号者，速度快过他的，可没有几人。

"哔啵"一声轻响。

东首一间房屋的草顶上突然爆起了一星火花，火势迅速蔓延开来，黑夜立刻被点亮。

枫雪色从树上疾扑而下，冲进火里。

虽然听不到村子里有活着的人，但他仍然不死心，想看看还有没有漏网之人。

他踢开最近的一扇门，扑进屋子，借着火光，看到这是个普通农家，有些粗陋的家具，屋角一张木床，上面躺着一个女人和两个孩子。

母子三人的头都以一种很奇怪的角度歪着，显然是颈骨被生生地扭断了。

枫雪色冷静镇定的眼睛里，突然有了一抹血色。

他掉头冲进第二户人家，差不多的房屋格局，一个老婆婆倒在地上，双眼凸出，舌头伸出嘴外，脸色青紫，颈上还有一道黑紫色的痕迹，明显是被勒死的。

第三户人家，七口人全部胸骨内陷，口鼻呛血，在睡眠之中被重手法击杀。

第四户全家人都被一种极残忍的手法开膛破肚，床上的被褥，已经被血浸透了。

第五家包括一条护院的狗在内，死亡原因全是头骨被一种重兵器捶裂。

第六家与最先发现的女尸同样，都是被利器一切两段。

第七家的主人死得甚是安详，只是脸色铁青，嘴边有黑色的血，显因中毒而死……

火光熊熊，浓烟冲天，火舌不断舔向其他建筑，全村都被卷进烈焰之中。噼噼啪啪的火星爆裂声、屋梁倒塌声，夹杂着人肉烤焦的气味，闻之欲呕。

枫雪色的眼里跳动着火光，脸色却比雪还要白。

这个村子二十一户人家，八十六口人，无一幸免。

都是普通的贫寒农家，可即使村子正中房子建得最好的那家，也没有被抢劫的迹象。

而且，八十六口人，是被七种不同的手法所杀。一击即死，简单而专业，迅速而有效，却没有丝毫特点。

习武之人，在杀人对敌时，会自然而然地使用自己最熟悉的功夫，见多识广的人一见便会认出来。然而，这些最简单的杀人方法，却绝对不会暴露出杀手的身份——这是刻意的吗？

这个看上去十分普通的小村子，究竟因何会被这么多凶残的杀手屠村？而且连老人、孩子、女人都不放过？

虽然，他是在赶路途中。虽然，这些人与他毫无关联——一刻钟之前，他甚至都不知道世界上还有这个地方、这些可怜的人。

但，面对这些被残害的普通村民，他不能不管。

火势越来越大，用不到天明，这个村子、这些尸骨、这起血案，就会被大火吞噬得干干净净，所有的冤屈和被杀痕迹，都会被烧光。

枫雪色再次冲进火里。

刚才忙于救人的时候，他已用最快的速度察看了现场，虽然什么线索都没有，可是他不甘心。

火蛇向他扑卷着，他挥着劲风逼开烈焰，虽在酷热烈焰中，依然白衣翩然。

仍然是什么都没有。

做这件案子的人，手段毒辣，手法老练，一点破绽都没有留下。

现在，他只有唯一的、不是线索的线索——那七种不同的杀人手法。

枫雪色身形疾闪，躲过一条倒塌的房梁，人已在火圈之外。

然后，他便听到一声极低的声音，似虫儿无意中的扑翅，又似压抑的轻噎。

枫雪色身体忽然旋转，如一片微羽被夜风吹起，人已掠了过去。

夜已经很深，空中明月，笼罩着一团若有若无的淡霭。荒山野地，一派冷寂。

东侧，五十丈外，是一片阳坡，坡上是高茂的草。

而那一声哽咽，便是从草丛中传来。

"出来！"枫雪色声音如冰。

草丛里什么动静都没有，仿佛刚才只是风拂过叶尖的声音。

枫雪色却丝毫没有认为自己听错了，他再次冷冷地说："出来！"

仍然毫无声息。

他的眼睛里现出一抹杀意，静止了片刻，身子向前滑出数尺，连鞘的长剑轻轻地挥了出去。

草丛中突然蹿出一个人，可是在他还什么都来不及做的时候，带鞘的剑，已抵在这人的后心上。

这只是个半大不大的孩子，身材瘦小，衣服也破破烂烂的。

原来只是一个穷人家的小孩！是受了爹娘的打骂，躲在这里独自委屈吗？

枫雪色慢慢地把长剑收回："你一直躲在这里？"

那小孩惊恐地看着他，身体抖得像打摆子，想哭，却又不敢。

"那个村子里的事情，你全看到了？"

那小孩拼命点头，眼中的惊恐更甚。

枫雪色温言说道："不要害怕，把你看到的，告诉我！"幽深的眸子里，带着怜悯的暖意。

那孩子傻呆呆地看着他，张张嘴，又闭上。

枫雪色暗暗叹了一口气，这毕竟还是个孩子，看到这种屠村惨案，肯定被吓坏了。

这个孩子，是唯一的活口，这起血案，还得着落在他的身上。

月光透过薄薄的云缕，照在孩子的脸上。

那张脏乎乎的脸，现出一种奇异的变化，先是有血，自眼窝缓缓地流下。然后鼻子、嘴巴、耳朵，也出现血痕。再然后，他脸上几乎每一个毛孔都渗出鲜血。

黏稠的血，惨淡的血，诡谲的血。

孩子觉得脸上痒痒的，有点茫然地抬手擦了擦，刚看着沾在手上的一片肉皮发呆，"啵"的一声，手指皮肤却被胀破，然后自指端而上一寸一寸地爆开。

枫雪色脸色微变。

是毒！好厉害的毒！

左手疾挥，五指如弹琵琶，在那孩子身上一路点下。然后撕裂白衫，裹住这血葫芦般的孩子，身形一展，从草上飘了出去。

村里的火仍然在烧着，只是能燃的东西都烧得差不多了，火势已颓，用不了天明，这里便会变成一片白地，然后所有的罪恶便都不存在了。

〈 02 〉

"如今却忆江南乐，当时年少春衫薄。骑马倚斜桥，满楼红袖招。翠屏金屈曲，醉入花丛宿。此度见花枝，白头誓不归。"

韦庄一曲《菩萨蛮》，道不尽江南多少笙歌曼舞、风流年少。

烟花三月，江南正是草长莺飞、莺啼燕语时节。

流花河畔的青阳城，长草盈绿，柳丝轻扬，香菇浓艳，春风旖旎。

流花河，是青阳城名门望族聚居之地。两岸是数不尽的金粉楼台、雕梁画栋，河上是看不完的画舫凌波、桨声欸乃；青楼比肩，酒家林立，丝竹缥缈，醇酒笙歌，美人嬉戏，富贾云集，文人荟萃，好一派盛世繁华。

美人巷口，有青石斜桥连接南北两岸。此时，正有一人一骑，踏桥而过。

那是一名俊朗不凡的少年，一袭白色春衫，腰间悬剑，衣袂翩然，胯下银鞍白马，气势如龙，神骏非凡。

这一人一马，气度从容，虽然是行走在闹市之中，却如独步云端般傲岸。

白马春衫名剑，少年风流，自然便有美人垂青。

一名着翠色衫子的美貌歌妓，正倚着栏杆闲眺，望见楼下翩然而过的美丽少年，芳心一阵乱跳，纤纤玉手一松，捏在手心里的帕子飘然而落。

街上行人摩肩接踵，那少年勒马缓缓而行，唯恐碰到路人。正行进间，忽觉头顶香风微送，他头也没抬，只是轻轻一拍马颈，白马疾行几步躲开。

翠衫歌妓佯装羞恼地顿足，惹来一众莺莺燕燕的打趣和娇笑。随即，又有一个粉衫裸臂的女子"失手"将手中的一枝桃花落下，另一个云鬓金钗的丢下一枝百合，一个珠圆玉润的丢下一包果子……

少年气度从容，被那些女子无礼引逗，不喜也不恼，只是低垂着头，不疾不徐地催马而行，那些女子抛下的物品，却没有一件落在他的身上。

渐行渐远，花街柳巷的尽头，流花河东岸的青石阶下，停着一艘画舫，金阁朱栏，薄纱飘垂，端的华丽。船头悬挂的朱旗，上面那"樱桃破"三个字，笔力浑厚独出，丰骨秾丽，一看便知出自名家之手。

这时，两名青衣小厮自画舫抢上岸来，垂手问道："枫公子，我家公子等您很久了！"

白衣少年"嗯"了一声，一跃下马，左边的小厮立刻毕恭毕敬地接过缰绳，右边的小厮则躬身请少年上船。

少年拾阶而上，径直登上船头。

舱门微开，一名娇艳的女子立在门边，抿嘴轻笑着挑开帘幕："公子请！"水滴滴的眼珠轻轻一转，煞是勾魂。

少年微一颔首，踏入舱中。

珠帘之后，一名仅着绯色轻纱的清丽女子怀抱琵琶，正一边弄着弦，一边樱唇轻启唱吟，她的身边，另有两名美艳少女，坐的那个击着檀板，卧的那个把头枕在一男子的腿上，男子抚着她光滑白嫩的脸蛋，修长的手指在她腮上随拍轻扣。

那男子相貌清雅，随随便便地坐在厚厚的波斯地毯上，斜倚靠枕，凤目微眯，眉峰舒展，仿佛静到了极致，然而满室的妖娆却都给他一人占尽，那数名或清丽或冶艳的女子，便如众星拱月一般，在他的面前，黯然失色。

女子们见少年进来，急忙敛衣施礼。

那男子却只慵懒地欠欠身，一袭光滑柔软的蓝色丝质长衫，如水般漾开。

他招招手："请坐！"轻轻一拍掌，几个歌妓乖觉地奉上茶点果子。

白衣少年微微一哂，抱抱拳，坐在一边。

那男子亲手斟茶，玉色的碗盏，汤液清澈浅碧，清幽扑鼻。他含笑道："这是昨天新到的雨前龙井，贤弟尝尝。"

少年端起茶盏，举到唇边，饮了一口，才道："好茶！"

手腕微舒，雪袖如波，几缕柔和的风轻轻地拂上了那几名歌妓的穴道，她们尚未明白怎么回事，身体已经软软地倒了下去。

蓝衫男子神色不变，慢慢地啜茶。

画舫沿着流花河，向下游驶去。

蓝衫男子的目光越过遮窗的薄纱，望向河面，叹息道："最近，可越来越无聊了。"

白衣少年淡然道："我不是来听你发牢骚的。"

蓝衫男子轻笑："贤弟应该多笑笑。否则，知道的呢，会说你少年老成，不知道的呢，人家会以为你患面瘫……"

"我也不是来听你教训的。"少年将手中的茶盏放下，"我送来的人，怎么样了？"

蓝衫男子神色一敛，轻轻叹了口气："已经不成啦！"

少年明朗的眸子暗了一暗："那是什么毒？"

"十八年前，江南铁家三少，一夕间全身爆胀，死时不仅体无完肤，连内脏都胀烂如浆，惨不忍睹，后据一位绝世神医验骨诊言，那是一种来自南疆的秘毒，因中毒者全身毛孔流血，皮肤溃烂，如穿血衫，所以，此毒便称作血缕衣。"

"这位绝世神医，可是悲空谷的晚夫人？"

"便是此人。"

十八年前，悲空谷的晚夫人应该还不到双十年华吧？负一身绝世的医术，胸怀慈悲济世之志行走天下，无论是平民百姓，还是高官巨富，救人无数。医者仁心，被世人称为大慈女菩萨。

少年沉默了片刻："血缕衣，可有解药？"

"血缕衣霸道歹毒，在南疆失传已久，却想不到，居然会有人将它制作出来！当年晚夫人为了寻找克制这种毒的药物，在中原奇侠神剑晨墨白的护送下，亲赴南疆，却从此一去不返。数年后，才有人在悲空谷看到晚夫人。后来便有江湖传说，称晚夫人在南疆遭遇惨变，返回中原之后，便一心隐居，从此再不谈医。"

少年道："那么，血缕衣，仍然无解？"

蓝衫人缓缓摇头："没有人知道。不过自从铁三少死后，血缕衣便再也未现江湖，久了，人们便也忘记了。没想到，事隔十八年，它又出现了！"

"那孩子中的毒，便是血缕衣？"

"他的死状与我接天水屿典藏所载铁三少之死非常相似，但仍不能十分确定。我已经命人将尸身妥善处置，快马送往悲空谷，希望晚夫人能够为我等解惑。"蓝衫人叹息，"只不知道，晚夫人是否理会此事。"

少年沉思道："谁会用这种毒药，对付一个贫困人家的孩子呢？"

他抬眼看向蓝衫人，"当年对铁三少下毒的人，是谁？"

"据铁家的人说，是一位美貌少女，只因为被铁三少调笑了几句，便下了毒手。"蓝衫人语声一顿，"你怀疑这个女子和你碰到的案子有关？那就完全错了！"

"为何？"

"因为她已经死了！"蓝衫人淡淡地道。

"十五年前，东瀛武士大举入侵寻衅，武林道上七帮十六派的豪杰在东海巨鲸岛阻敌中伏，濒死苦战，各地援兵未赶到，正危急万分之时，一个女子驾舟在倭贼后方突破，独自闯岛，竟将倭人全部毒杀，敌首临死反击，这名女子身受重伤，被击中落海。据当时幸存的人说，连日苦斗，海中满是血腥，早已引来无数鲨鱼噬尸，待群豪撑伤体欲救援之时，这女子……连尸身都不见了！"

少年喃喃道："原来，这位用'血缕衣'毒杀铁三少的，便是踏波西来鱼小妖！"

十八年前，鱼小妖一度名动江湖。

没有人知道这个女子从何而来。她如雨后空山的一朵优昙婆罗花，来无影，去无踪，突然间便出现在江湖上。

她容颜美艳，却喜怒无常，仗着一身神乎其神的毒功，恣意妄为，心性邪而手段狠，曾经因为某人多看了她一眼，便弄瞎了人家的眼睛，也曾经为了一对可怜的孤儿寡母，便毒死了欺负她们的亲戚全家……

她混迹江湖只短短三年，却结下无数的死仇，可是她似乎越是仇家满地，越是觉得开心；越是难惹之人，越是要惹；越是在伏杀之中，日子过得越是逍遥自在。

可便是这样一个人见人恨、心理扭曲的蛇蝎美人，却在被仇人一路追杀操舟渡海亡命时，如神女天降，闯进神州侠士和倭土贼寇对决的战场，并舍生扭转乾坤。

鱼小妖虽恶，但东海巨鲸岛之战，为国捐躯，人人景仰，因此江湖上也不再以妖女称之，而人人尊称她为"踏波西来"，以纪念血战之中，那披着满天霞光凌波飞来的一叶扁舟。

家恨固不能忘，但国仇大过家恨，因此即使是以江南铁家为首的一干仇敌，亦从此闭口不谈血仇，算是对那个壮烈又歹毒的女子鱼小妖，表示一丝的敬意。

遥想昔年快意恩仇的前辈，和悲壮惨烈的武林传说，两人都有些心驰神往。

画舫内一时无言，良久，蓝衫男子稍稍坐正了身子，挽起了窗纱。

外面不知何时，已经烟雨迷蒙。

若有若无的雨丝，打湿了清冷的石板路，白墙灰瓦的建筑，雕花的窗子映着的纤细身影，河边飘摇的水草，弯弯如月的拱桥，橹桨划过水面的声音……好似一幅动中有静的淡雅水墨画。

他轻轻地叹了口气："江南的山色空蒙，水色温润，终究比我那接天水屿多了三分红软！"

纤微的雨滴自窗外飘入，落在白衣少年俊朗的脸上，他随意地用手指在颊上沾了沾，凝视着指尖上的一点润湿："斯人已逝，那'血缕衣'却未绝江湖啊！"

蓝衫男子又发出一声喟叹。

白衣少年问道："方兄，我拜托你的第二件事，可有着落？"

蓝衫男子为少年续上新茶："最近一个月来，至少有四处，发生类似的灭门惨案！"

白衣少年有些动容："四处？"

"第一件，是二十七天前的东林镖局，连镖师带趟子手带伙计，三十三人全员尽殁。据官家分析，是趁镖局众人在饭厅中用餐之时，总镖头唐林狂刀斫杀镖局全员，最后挥刀砍下自己的头。

"第二件，是二十天前的乌鹊庄，半夜时分突起大火，由于火势很大，邻近的村民救火已然不及，全庄六十一人，无一活口，尸骨几乎都被焚毁，表面上看是夜间火烛未熄引起的火灾，但仵作据幸存的几具残骸验尸，证明系死后焚尸。

"第三件，发生在十五天之前，万江集周氏夫妻和三个小孩儿，一夕暴毙，连在家中借宿的亲戚母女也未能幸免，此后，周家左右邻居十六口人，相继暴死，尸身全体乌黑肿胀，乡里疑是瘟疫，已将房屋连尸体一同火化。

"第四件，是一个姓孙的守义庄孤老儿，被发现死在义庄住处，因为义庄孤处僻壤，所以没有连累旁人——之所以把这件案子和其他的联系起来，是因为事发之前，曾有一个赌鬼在远远的山坡上，看到有几个打扮很奇怪的人走进义庄，其中有一个背着很大的锤，有一个挎着刀，一晃就不见了，当时他还以为眼花……"

少年眉峰敛起："有锤？还有刀？"眼前浮现出被捶碎的头骨、被割掉的头颅、被剖开的胸腹……

蓝衫人"嗯"了一声："你到过的那个村子，叫半月村，村中皆是土生土长的农户，农家人虽然手脚粗壮，却没有一个会半点功夫！实际上，除了东林镖局，所有的人全是普通百姓，见到泼皮打架都会躲，和江湖仇杀更是半点边也不沾！"

白衣少年思索片刻："除了大多是普通百姓、被灭门残杀这两点外，这些人家之间，有没有什么联系或者共同之处？"

"有！肯定有——"蓝衫人一脸的凝重。

少年秀眉一挑："哦？"

"——可是还没有找到。"蓝衫人无辜地摊摊手。

他语声突然一顿，看着顶在喉间的带鞘长剑，伸出两根手指，小心翼翼地将它推了开去。这口剑端的锋利，即使没有出鞘，寒气也侵得他颈部肌肤生疼。

"开个玩笑而已，不至于拿刀动剑吧！"蓝衫人"委屈"地说道。

白衣少年缓缓地把剑放下，悠然说道："我也是开个玩笑而已。"

蓝衫人瞪着他，忽然微笑。

这个白衣少年，枫雪色，温润秀雅中内敛风雷，果然不愧是少年一辈中的翘楚！

他端起已经凉透的茶盏："请美人唱支曲子吧！"

蓝袖随意挥卷，随即躺卧在地板上的几名歌妓"嘤咛"娇呼，缓缓地张开了眼睛。

〈 03 〉

"晚妆初过，沉檀轻注些儿个。向人微露丁香颗，一曲清歌，暂引樱桃破。罗袖裛残殷色可，杯深旋被香醪涴。绣床斜凭娇无那，烂嚼红茸，笑向檀郎唾。"

歌妓们唱的正是李煜的《一斛珠》。

"樱桃破"画舫便在这婉转绮丽的檀板清歌之中，沿流花河缓缓而下。

行不多时，已到桃花渡，河面上花船、小舟都渐渐多了起来。

桃花夹岸，粉雾飘摇，软香氤氲。

十里桃花中，游人们或结伴信步闲游，或撑青竹骨伞独行，或三三两两赋文高谈；烟岗雨霎下，美人与红雨争媚，仕子与刘郎竞雅，端的风流至极。

"樱桃破"在岸边泊下，蓝衫男子着人将画舫的窗子打开，与枫雪色坐在窗内，隔着薄薄的纱幔饮酒赏花。

"'桃花一簇开无主，可爱深红爱浅红'，古来咏桃花的诗词无数，但窃以为，唯杜诗圣这句，最是情深。"

"周兄此言差矣，杜子美诚然情深，但说起咏桃花，小弟却认为还是李太白的'桃花流水窅然去，别有天地非人间'乃佳句天成。"

"不然不然，愚弟却以为梦得先生的'百亩庭中半是苔，桃花净尽菜花开。种桃道士归何处，前度刘郎今又来'言极浅而情极伤……"

岸上，一树开得极艳的桃花下，三个腐儒酸丁你一言我一语，辩论得兴高采烈，声音越来越大。

蓝衫人无奈笑道："这几位谈得忘情，却未免聒噪。"

枫雪色听得不禁微微而笑，举杯邀蓝衫人共饮。

正想命人操舟寻一安静处，忽听岸上一阵大乱，有人吼道："闪开闪开，当心溅一身血！"

两人向混乱来处看去，便见打远处过来一队奇异古怪的人马。

当先少年穿着破衣烂衫，敞着怀，露着里面的中衣，油渍麻花已经分不清颜色；脚下趿一双破了好几个洞的烂鞋，十个脚指头有六个很嚣张地露在外面，一个比一个脏；头上歪戴着软帽，虽然半新不旧，但还算干净，可是那一脑袋乱发却不知多久没有梳理过，乱如鸦巢，还挂着草屑，仿佛刚从谁家的鸡窝钻出来一样；再往脸上看，那张脸大约几年没洗过，污垢糊面，已经都分不出本来面目是什么了；两只手乌漆麻黑，叉着腰边行边吆五喝六。

别看他脏得很像邋遢鬼现世，但骂骂咧咧之时，气势倒也不弱，甚至还勉强有几分雄赳赳气昂昂。

他的身后，跟着有三四十人。这些人是一码儿的老弱病残，最大的得上七十岁，小的刚十五六，个个衣衫蔽旧，壮年的不是身上多了零件，便是少了零件。引人注目的是，这干人，两人操一辆推车，推车上放两只大木桶，一把长柄木勺，隔着犹有数十丈远，便有恶气扑鼻，让人欲呕。

这群人浩浩荡荡、杀气腾腾地奔这个方向而来。

桃花林中的男女游人侧目而视，看清来人，纷纷掩鼻走避。有性情粗豪的人则骂道："他奶奶的，青阳城里倒夜香的也要造反啊！"

"挺杜子美派"的穷酸叫道："哪里来的贱役，这是你们应该来的地方吗？还不走远些！"

当先那邋遢少年恶声骂道："闭上你们的鸟嘴！给老子滚开！"

"挺李太白派"的气得直哆嗦："你这泼皮，竟敢对我等无礼！来人，拿了我的手帖，去城里的衙门……"

那泼皮少年一脚踹在他屁股上，将他踢了个跟头。

秀才遇到兵，有理说不清。文人动嘴皮子那是一个比一个厉害，可是碰到吃生米的野蛮人，唯有抱头鼠窜的份儿！

"挺刘梦得派"和"挺杜子美派"的见势不妙，上去架起"挺李太白派"的，三人一溜烟地走了，边走边死要面子地叫嚣："你等着！你们等着！我们这就去报官！"

那泼皮也不理会，翘首向流花河中看了一眼，指着其中一艘朱红色的华丽花船，吼道："就是它——胭脂齐！大伙上啊！"

枫雪色和那蓝衫男子一齐看向那"胭脂齐"，水红锦幡，绣着三个黑色大字，赫然正是"胭脂斋"。敢情这泼皮还不大识字，齐斋不分！

只见那群老弱病残，人人争先，个个奋勇，齐齐地吼一声，推着车冲向河边，离得近了，便揭开木桶，用那长柄木勺舀起桶中黄白之物，奋力向"胭脂齐"甩去。

那"胭脂齐"还没反应过来，已被浇上无数的"黄金"，船上歌妓顿时惊恐呼叫，娇滴滴听得人煞是心疼。

一个胖鸨娘和一个瘦龟公从舱中蹿了出来，戳指大骂："哪里来的混账王八蛋，敢到老娘这里撒野！"话音未落，一瓢"黄金汤"飞过来，将她的胖脸糊得个严严实实。

胖鸨娘被熏得一溜跟头，倒在船板之上又哭又骂，瘦龟公极有眼力见儿，"嗖"地跑回舱里，再也不出来了。

那泼皮哈哈大笑："敢欺负老子的花花，老子臭不死你们！大家速度快点，他们要逃！"

岸上诸位一听，更加卖力气抢大勺。

一时间，流花河上空，尿水淋漓如雨，粪便去似流星；流花河水面，桃瓣莹莹若粉，人矢黄黄似金。除了"胭脂齐"，流花河中很多无辜的船也被波及，大家如受了惊的泥鳅，嗖嗖地满河逃窜。真是谓为奇观！

"樱桃破"上的诸人也快被熏死了，枫雪色和蓝衫人又好气又好笑，急忙吩咐："关窗！关门！开船走人！"这市井泼皮也太狠了，这么损的招都想得出！

"胭脂齐"这会儿也回过神来了，舟子们发一声喊，顶着粪雨操舟逃命。

那泼皮极为无赖，眼见敌人已经逃出攻击范围，左手拎起一只"黄金桶"，右手抢过一柄"黄金勺"，纵身跃上距离自己最近的一条船。站在船尾，威风凛凛地抡勺发射。准头极佳，勺勺都招呼在"胭脂齐"的舟子身上，打得他们哭爹叫娘。

被他占据的这条船可惨了，船中之人喊一声"苦也"，"砰"的一声，两条人影自舱内破顶冲出，一白一蓝，白的如高山之雪，蓝的若深海之澜，惊弓之鹤般，翩然向岸上掠去。

泼皮回头一顾，有些诧然，但随即又回过头来，看着"胭脂齐"上众人不堪攻击，竟然纷纷跳水逃避，场面极为狼狈，他不禁捧着肚子狂笑。

枫雪色和那蓝衫男子足不沾地，直掠出数十丈远，始并肩停在一株深红色的桃花树下，互望时发现对方面上都犹有余悸——这两人，都是江湖中少年一辈不世出的奇才，即使面对如林强敌、诡奇险境，也不见得会皱一皱眉毛，但那堆千万人制造的黄白之物，却成功地把他们逼得落荒而逃。

虽然这是上风处，已闻不到那扑鼻的恶臭，但两人仍如在噩梦中，仿佛自己满身都浸着那凶恶至极的味道。

蓝衫男子抖着衣服，好气又好笑："那小子真够缺德的！我闯荡江湖这么多年，头一次见到这种市井无赖！"

枫雪色摘了一枝桃花，放在鼻端轻嗅，仿佛是借桃花的草木清新之气驱逐噩梦一般，良久，轻轻摇头叹息："堂堂接天水屿的大当家方渐舞，居然会被一个泼皮赶得比兔子逃得还快，传到江湖之上，真是个笑话！"

"我记得，是你先冲出去的吧！"蓝衫人斜睨了他一眼，冷冷地说，随即发狠，"这小子，绝对不能轻饶！"

这泼皮小子会一些功夫——当时"樱桃破"距离他至少有三丈远，他手拎一只百十来斤的粪桶跃来，竟然毫不费力。可是一个习武之人，却对那些操皮肉生意的青楼苦人做出这种下三烂的行径，简直比不学"武术"的市井无赖还要阴损三分！

那边厢，眼看着"胭脂齐"差不多被粪汁浇透，从里臭到外，不破费一笔银子辛苦整理，是没法子再待客了，那泼皮终于心满意足，抬足将木桶踢下河去，隔着数丈，"嗖"的一声跃上岸，大笑着带领一众老弱病残扬长而去。

苍穹万里，明月初升。

白日里那突来又倏去的细雨，将春的夜色洗得无比清亮。淡淡的月光将雁合塔拉出一条长长的影子。

雁合塔是座七层佛塔，却久已无人打理，塔下芳草萋萋，在苍白的月光下，看上去荒凉而寂静。

塔的第一层，靠墙有几尊缺头少臂的残破佛像，残像脚下，堆着烂稻草。稻草之中，半卧着一个家伙，圆滚滚的躯体，穿着白色皮毛"外衣"，上面洒着几朵黑花，大大的耳朵，眯着一双小眼睛，肚皮贴着地面，懒懒地盯着塔中间石板地上那一团跳跃的红色。

那是一堆篝火，火势很旺，一根粗大的树杈上，串着一只烤得半熟的肥鸡，油脂不时滴进熊熊的火焰，发出嗞嗞的声音，香气四溢。

火堆边，坐着一个邋邋遢遢的少年，用一只沾着草木灰的手，缓缓地转动树杈。

眼看鸡烤得差不多熟了，那少年也不嫌手脏，撕下一条鸡腿，然后将剩下的大半只鸡向稻草上的那位丢去，咬着鸡腿说道："花花，明天咱们得换个地方混了！"

今天在前边不远的农户偷鸡，被那老寡妇拿着扫帚追着好一顿骂，还说逮到就要打折贼腿！奶奶的！她逮得到吗？要不是看她年纪老，非当场就气死她不可！咱就是吃了她十几只鸡嘛，至于跟咱拼老命啊！

稻草里的那位正连啃带嚼，抽空"哼哼"了两声，大约是表示对搬家没意见。

"对了，我说你现在怎么变得这么好色呢！平时走到哪儿调戏哪儿的民女也就算了，这才在青阳城没待几天，你还添新毛病了，没事老去勾搭蔡老头家的肥妞，那妞儿长得一点都不好看，耳朵小嘴又短，我就不明白，你看中她哪儿了？"

那位"花花"被唠叨烦了，抬起头不满意地瞄了他一眼，意思是我的心事你永远不懂。

"噗"的一声，少年将鸡骨头掷在"花花"的头上："我警告你啊，听说蔡老头年轻的时候可干过劁猪的勾当，当心人家让你断子绝孙！"

"花花"似乎有点怕了，往稻草丛里钻了钻，发出"哼哼"的声音。

"我知道你舍不得蔡家妞，我其实也舍不得孙寡妇家的鸡啊！孙寡妇家后坡，长了一片断梦草，那鸡是吃断梦草和断梦草虫长大的，肉嫩味鲜，还有种特殊的香甜，离开青阳城之后，咱再也吃不着喽！"少年叹了一口气，"可是不搬家不行啊，要是一个因为偷鸡被打折腿，一个因为偷情被变太监，那咱哥俩还怎么闯荡江湖嘛！"

"笃、笃、笃！"

雁合塔一楼虚掩的破门，响起轻轻的敲门声。一个愉快的声音在问："有人在吗？"

少年立刻说道："没人没人！"

"没人那就不用敲门了！"

话音落地，"咔嚓"一声，倚门的杠子断成两截，破门大开，两个肉球发力挤了进来。其中一个穿灰衫，圆胖的脸上，眼睛都被肥肉挤成缝状，整个人像一大坨沾了灰的肥肉；另一个穿着青衣，五官皱巴到一起，如刚蒸出来的大包子。

灰衫肉球一进来，立刻耸着鼻子狂嗅："好香的味道！好香！"东张西望，瞥见"花花"正啃着的烤鸡，一双小眼睛顿时灼灼放光。

那"花花"极为聪明，见势不妙，生怕食物被抢，几口将剩下的烤鸡咬进嘴里，连鸡骨都嚼碎了吞下去。

灰衫肉球脸色变了一变，悻悻地转回头，挤到火堆边坐下："借个地方！"

青衣肉球早已在火边落座。

这两个人体型庞大，占了五分之四的地方，邋遢少年忽然觉得自己变成了肉夹馍里最中间的那一片，被两座油腻腻的肉山压迫得非常不舒服。

他好生气闷，狠狠地瞪了两个肉球一眼，往边上挪了挪。

两个肉球才坐定，又有人走进来。

这次是两名十三四岁的童子，眉清目秀，穿得干净整洁，各拎一只极大的竹篮，篮上盖着白巾。

童子进得塔内，向两名肉球躬身施礼，将竹篮放在二人面前，然后悄然退出去。

灰衫肉球揭开一只篮上的白布，伸手抓起一个荷叶包裹："老马家的酱肘子！"两把扯去外面的荷叶，果然露出一只枣红色的猪肘，油光光红亮亮，肥瘦适中，看上去甚是美味。

他抓起肘子啃了一口，然后抛给青衫肉球，又从篮子里掏了另一个包出来："啊哈，是白云观的素鸡！"

"如意斋的烤羊腿！"

"松枝黄兔！"

"美人坊的蜜制酥鱼！"

"……"

各色美食流水般地从篮子里掏出来，两个肉球一边大嚼一边狂赞，跟八辈子没吃过饭似的。

那少年佩服地看着他们，终于知道，这两个大肉球是怎么堆成的！一扬手，接住灰衫肉球扔过来的一个炸鹌鹑，愕然道："干吗？"

"瞧你馋的，口水都流脚面上了！"

"谁流口水了？"少年恼羞成怒地举袖子擦擦嘴角，确信自己确实没有流口水，"哪有！"

两个肉球不禁哈哈一笑。

少年一生气，把炸鹌鹑扔回竹篮："什么破东西，我用脚做的都比这好吃！"

"哎哎哎，你别乱扔啊，你摸完粪桶，洗手了吗？"

灰衫肉球手忙脚乱地把那只炸鹌鹑丢给趴在稻草堆里的"花花"，那"花花"极有"傲骨"，眨着小眼睛瞟了一下，笨拙地扭头去看少年。

少年瞄瞄两个肉球，从火堆里拾起一块燃着的木头，一边拨弄篝火，一边漫不经心地道："什么啊？"

灰衫肉球乐了："小子，白天在流花河桃花渡，你玩得挺好啊！"

少年谦虚地道："过奖过奖！"看上去这二人就不像好东西，果真是来者不善哪！

伸了个长长的懒腰，少年猛地大喝一声："花花，逃！"

手中着火的柴猛地捅向灰衫肉球的脸，同时一脚将竹篮踹向青衫肉球。趁两人躲避之时，与"花花"一同向塔门口冲去。就在一脚将要踏出塔门之际，眼睛突然一花，头已经撞在一堆肉肉软软的东西上面，一愣间，那东西突然涌来一股大力——

"砰砰"两声，少年与"花花"四脚朝天跌进烂草堆中。

两肉球并排站在门口，将塔门堵个严严实实，一边揉肚子，一边乐哈哈地道："你这么急干什么哪，晚餐还没吃完呢！"

那"花花"大概撞得蒙了，倒在草堆里直哼哼。少年的脑袋也一阵阵发晕，暗暗心惊："你们是什么人？"

灰衫胖子笑嘻嘻地道："你在青阳城的大街小巷也混了半个月了，难道没听过'不吃不喝'兄弟？"

"没听说过。"少年揉着脑袋站了起来。

灰衫胖子也不生气，笑道："没听说过，不代表我们哥俩无名，而是因为你孤陋寡闻。我是张不吃，我兄弟王不喝。青阳城方圆百里，我们兄弟如果称第二，就没有人敢当第一。"

少年咧着嘴，苦笑："原来青阳城饭桶都排名位论座次啊！"

这"不吃不喝"兄弟果然没白长这么胖，否则脸皮不可能这么厚！嘿！不吃不喝，能养成这副猪样——不，不能侮辱猪，至少花花比他们好看……

青衫肉球王不喝皱皱眉："你这小孩儿，不但办事缺德，嘴也挺损！"

"怎么说话哪你？谁缺德啊？我和花花好好地在这儿过夜，你们来抢我的地盘，还把我们俩撞个跟头，还指望我管你们两位叫大爷啊？"少年回嘴。

张不吃乐了："别说大爷，你就算叫爷爷都没用！喂，你眼珠用不着转来转去，这雁合塔，你是逃不出去的！"

少年也不害怕，揉揉鼻子："别废话了，赶紧说正事。本大爷又没偷你们家的东西，花花也没拐走你们家的猪，你们找本大爷麻烦干吗？"

张不吃一直笑眯眯的脸突然一冷："你是本月初一来的青阳城，今天是十六，刚好半个月。这半个月里，贺家庄毛大牙家的饭锅被扔进猪粪里，黄叶埔子的孙寡妇丢了十二只鸡，赵员外突然被一条街的狗咬得满世界跑，醉红轩的醉红姑娘半夜被绑走，丢进河里泡了多半宿，城里南北杂货店不见了五篓上好的京城蜜饯——那可是五篓甜食啊，怎么没把你齁死呢……"

他屈着手指算了算："大小一共三十一件，是你干的，没错吧？"

"你哪只眼睛看到我干了？"那少年嘴极硬，打定了主意死不认账！

王不喝冷笑一声："如果没有猜错，那只鸡，就是你从孙寡妇家偷的吧？"他指指扔在塔角的一堆鸡毛。

"鸡毛上写着孙寡妇吗？你说它是孙家的，叫它让它答应啊！"

这无赖居然如此强词夺理，王不喝脸上隐隐有了怒色，不过他还真没有本事让那鸡毛承认自己姓孙，忍了又忍，道："今天大闹桃花渡，无数人在场，这个，你否认不了吧？"

少年理直气壮："我干吗否认啊！那就是我干的怎么着？那个胭脂齐的胖婆娘，居然敢踹我家花花，爷爷没剁了她的狗蹄子，是便宜的！送几桶'黄金'算是关照她的生意！"

"胭脂斋！"张不吃纠正道。

"我管它叫什么！"少年很不屑，"原来，你们是胭脂齐的龟公啊！"

"放屁！"王不喝一巴掌拍过来，这牙尖嘴利的无赖居然当他们是龟公，非打掉他两颗牙，让他知道厉害。

少年往下一缩，巴掌从头顶掠过，虽然没被打到，破帽子却被扇飞了，一头乱发顿时炸了开来，他大怒，一边破口大骂，一边瞄着门口准备夺门而逃。然而看到外面的某件东西，眼睛里突然流露出惊慌、恐惧的神色。

张不吃哈哈一笑："小子，你嘴不是挺硬的嘛，这就怕了？"

少年勉强笑了笑，颤抖地抬起手，指指塔门处："后……后面……"

张不吃笑道："少来！老子是老江湖了，才不上当！你乖乖地趴在这儿，让老子揍你一顿，然后滚出青阳城，所有的事一笔勾销……"

大笑着，五指抓向少年，半途之中，身形突然向后疾射，虽然身体庞大，但却轻如纸鹤。

与此同时，王不喝也动了，一掌挥去，将木窗劈开，积年尘土中，胖大的身体已穿窗而出。

他们一动，少年也动了。

他在"花花"的屁股上轻踢一脚。"花花"甚是机灵，掉头钻进稻草丛里。少年迅速将其遮盖好，就地一滚，抱着头缩到一个攻击不到的死角，只露着两只圆溜溜的眼睛向外看。

雁合塔外，有一棵高高的松树，树杈上，倒挂着两具小小的尸体，只有尸身，头却不见了，看样子死去已经半天，血都喷尽了，流下来的血已成滴状。

看衣着，这正是刚才送吃喝的那对童子。

张不吃站在尸体前，手里握着一对短钩，一张胖脸上，五官已然舒展开，脸上的表情有愤怒，有悲伤，还有恐惧。

这两个孩子才十三岁，是他和王不喝抚养长大的弃婴，平时聪明伶俐、勤奋向上，如今，却被人斩首之后倒悬在树上……

身后，传来风吹衣袂的声音。

他霍然转身，三丈外，站着一个黑衣人。中等身材，从头到脚都是黑色，脸也被一块黑巾罩得严严的，肩上扛着一口无鞘的破风刀。

薄薄的刀背，弯曲的刀柄，刀锋映着月色，明明是春夜，却令人感觉到秋水的寒。

张不吃忽然冷笑："阁下何人？"

那黑衣人一语不发，只是木然地盯着他肥胖的颈子，似乎在寻找合适的部位下刀。

那目光如蛇目般阴沉，张不吃感觉颈上有些发凉，他不由自主地吞了下口水：

"阁下可是冲着俺兄弟来的？"

那黑衣人仍然没有开口。

夜很静。

只有血从高处流下，一滴一滴落在地上的声音。

张不吃握紧双钩，心里微乱：这么半天，怎么兄弟王不喝一点动静都没有？莫非……

他突然跃起，向前冲了过去，一招"披缁削发"，连人带钩向黑衣人攻去。人尚在空中，突觉左足一紧，被什么缠住了，然后被一股大力向下扯去。

张不吃落地之后就势一滚，左手钩一揽，钩身被一条黑色鞭子绕住。两下一用力，那条鞭如活的一般，突然一抖，他的左钩已脱手而飞，但总算缠足的鞭梢也解开了。

空地之中，缓缓地现出四条人影，同样的打扮，黑衣、黑巾，只是武器不同，除了这个用刀的，还有用鞭、用锤和空手的。

张不吃心中暗惊，这些人不知是什么来路，他与他们尚未交手，但凭刚才那一鞭的力道已可确定，自己不是对手。假设这几人功力相当，那么，一个人他或许勉强可以应付；如果两个，就必败无疑；三个，逃都逃不掉；而四个，便只有闭目等死的份儿，连生死挣扎都可以省了。

兄弟王不喝的武功尚在自己之下，此时声息皆无，只怕已遭不测！

张不吃心里一痛。

不吃不喝兄弟，在江湖里也许是无名小卒，可在青阳城却是响当当的人物。

哥俩从六岁就在青阳城的大街小巷厮混，不论是急人之难，还是扶危救困，一直焦不离孟，孟不离焦，至今，已经近三十年了吧？

三十年来，兄弟两人一起受过冻挨过饿，也一起分享过好吃好喝，被人骂过打过，也被人爱过敬过，这样的人生也算快意，倒没什么遗憾的，只是，他们兄弟虽不足惜，这批黑衣人来历诡异，却不得不防……

心念电转间，张不吃喘息着抬起头来，哑声问道："我兄弟呢？"

一个庞大的身躯"咕咚"一声落在他的面前，头颅已碎，胸腹已被破开，五脏外流，溅出来的血却仍是热的。

张不吃伸手抚着尸体，眼中热泪盈眶："好兄弟，哥哥对不住你！"

大喝一声击在王不喝的尸身上，那尸体向几个黑衣人袭去。张不吃身形暴起，人已向右方的一个池塘撤去。然只奔出三五丈远，后背便中了重重的一拳。

他张嘴吐出一口血，顾不得理会，借着拳力又向前冲出数步，拼尽最后的力气，将手中的竹管掷上天空。

寂静的夜里，竹管冲天而起，发出高亢奇异的尖啸声。

一把刀自张不吃的肩部劈下，他的武器脱手而飞，接着右臂连着半片肋骨也飞了出去。

张不吃在荒草地上滚了几滚，仰面向天，嘴角带着一丝微笑。他的兄弟虽然死了，但是仍然帮他赢得了一点时间。而这一瞬间的延迟，已足够他放出特制的报警焰火。

他眸子里最后的残像，是夜空之中，那绽放满天的金色烟花。

现在，接天水屿的兄弟们，应该知道了吧?

看到满天烟花之前，枫雪色正站在青阳城的十里亭，一边赏月，一边等一位故人。

月上柳梢头，人约黄昏后，多美的意境，他竟真的用来约会。

写诗的人等待的是一位佳人，所以虽是荒郊野外，心情亦是旖旎的。但他等的那个人，偏偏是一个光头大和尚!

空空大师其实是个假和尚。

想起他，枫雪色的心里便有微微的暖意。

三年前西南蝗灾，他为了筹集赈灾款奔波不休，却因误会与同去赈民的空空大打一架。

那个时候，空空还不是空空大和尚，而是西南道上最有名的刀客，复姓西野，单名一个炎字。

一个白道翘楚，一个黑道煞星，两个年轻气盛的少年不打不相识，谁也不服谁。于是两人相赌，以三天为限，不借助任何力量，独立筹款，多者胜，输者则滚去西峰大悲寺出家三年。

西野炎输了。

于是，他便用自己那把锋薄如纸的忘忧宝刀，将头发削了，跑到大悲寺给佛像作了个揖，认了佛像当老大，然后还起了个貌似很有学问的名字——空空大师。

所谓，空即是色，色即是空嘛!

屈指算来，今年刚好是第三年。

只要再过三个月，空空大师就可以还俗——其实也就是蓄回头发而已。他当和尚这三年，根本一个字的经都没念过，一条戒律都没守过，比当黑道霸王的时候还自在。

想到空空大师顶着个光头，装得很道貌岸然的样子，枫雪色的唇边微微现出一丝笑意。

在这个时候，他看到夜空中突然炸开灿烂的焰火，像绽在深蓝色夜海里的一丛金色的珊瑚，随即又听到尖厉高亢的竹啸声。

枫雪色脸色微微一变，不等烟火散去，身形已然向着烟火升空处飞去。

他与方渐舞一向交好，当然知道，这珊瑚烟花，是接天水屿的报警焰火。

烟火起处，与他距离不近，但却也不算远。

他身形迅疾如电，一掠再掠三掠，月光下便如一只银色的大鸟，一袭雪衣发出猎猎的声音。

夜空里，突然又有火光冲天。

虽是在疾驰之中，枫雪色身形却倏然停住，安安静静地站在草丛中，足边的雏菊连晃都没晃一下，仿佛他从来就没有动过。

停了片刻，他缓缓地向着火处走了过去。

起火的地方，是一座高塔。

火焰缭绕，浓烟四起，便如燃着的火炬一样，毕毕剥剥，将半边天空映得透红。

火势很大，即使是站在十数丈外，枫雪色仍然感觉到烈焰炙面。

他凝视着那烟火缭绕的高塔，清亮睿智的眸子里，也跳动着熊熊的火焰。

这座塔应该废弃已久，周围老树横枝，荒草丛生。只有一些无家可归的乞丐、流浪汉，偶尔会来这里过夜。

枫雪色当然不会认为，这是流浪汉们烤火取暖，无意中引起的火灾。

不仅仅因为接天水屿的报警焰火是起自这个方向。还因为，火光映照下，那喷洒满地的血迹。

虽然没有尸体，但凭血量判断，死伤绝对不止一个人。

远方的草丛中，有一只短钩，钩锋反射着火光，看上去竟然比血还红。

枫雪色突然握紧了剑。

他认识这只钩，也认识它的主人。

那是一个好吃而快乐的胖子，是接天水屿在青阳城分舵的头目，为人爽朗侠气，亲切随和，处事公正，青阳城里，人人都尊称他一句张大哥。

他也称这位江湖里的小人物张大哥。

犹记得上次路过青阳的时候，为了款待他，张大哥连夜奔波二百里，特意请来了邻近新宋县的一位名厨来烧菜，只因为这位厨师烧的醉酒菊花蟹号称新宋一绝。

想到那张爽朗义气的笑脸，枫雪色一向温和的眼中渐渐杀气弥漫。

突然，他像一缕烟，身体轻飘飘地扶摇而上，反手拔剑，然后，身周炸开一朵雪花。

映着天际的明月，那朵雪花染上一抹绯红，红白相间，煞是耀目。

雪花和血花。

是他的雪。

是谁的血？

有尸体自树端落下，虽然只是残尸，但那肥胖的圆脸上，依稀可辨，犹有一丝笑容。

枫雪色的眼睛红了，人在半空，便如一道利电，一剑向树后刺去。

剑，悄无声息地没入树干。

树旁的一个半枯的水井中，突然跃出一条蛇，向着他的腿蹿过来——那是一条鞭子，纤细的、乌黑的，却比最毒的蛇还要毒。

这时，枫雪色的剑还插在树中，他用力回抽，然而树的一端，剑尖似给一只铁钳钳住，竟然一抽未动。

他放开剑，身体跃起避开鞭子，然后反掌拍出，旁边的一块青石应手而起，迎向自上而下偷袭的一双铁锤。

"铛"的一声闷响，青石被砸碎。

映着火光，青石碎粉呈现出异样的幻彩。

枫雪色袖子轻拂，一股罡风将迫近自己的碎石粉卷了出去，雪白的袖端如被火炙，发出一股焦味。

他心中微凛，好厉害的毒。

头顶，西瓜大小的锤继续击下；

中盘，一个光芒闪耀的东西，风驰电掣，带着呜呜的啸声，袭向他的胸腹；

下盘，那条长鞭鞭梢上扬，再次向他袭来。

电光石火间，枫雪色突然一拳打向古树，极轻，极柔，看似毫无劲力。

树后突然传来剧烈的喘息。

他再次抽剑，剑脱树而出，带着一抹雪色，冲进那团闪耀的光芒里面。

然后便是一捧血雨。

那团光芒突然失去了方向，斜斜地飞了出去，落在地上，发出"扑通"一声。是一口锋锐的宣斧，短短的斧柄上，兀握着一只齐腕的断手，戴着黑色的手套。

铁锤和乌鞭追踪而至。

锤，随风贯耳。

鞭，如蛇卷地。

枫雪色冲天而起，长剑再振，刺向执锤之人的心脏。

一寸短，一寸险；一寸长，一寸强。

长剑连臂，后发而先至，剑芒已及使锤者的心口，锤却离他尚有半尺之遥。

使锤者的心脏被他的剑气刺得生疼，危急之下，撤身后退，被迫收锤自保。

枫雪色要的就是这样。

此时，鞭已缠上他的衣角。

枫雪色突然就势一撕，裂帛一声，长衣撕成两片，露出里面白色的劲装。

月色下，更显得他俊逸脱俗，英气勃发。

枫雪色内力到处，束衣如索，与鞭绞在一起。

那个粗壮的古树轰然倒塌，尘烟弥漫中，一柄雪亮的长刀迎着火光月色，挥出一个漂亮的弧度。

另一棵树后突然伸出一双骨节突出的手，指尖扣向枫雪色颈后的穴道。

那用锤的再次冲了上来。

劲气纷飞中，还夹杂着一柄左手斧，一双拳头。

刀，斫头；鞭，绞颈；斧、裂腹；锤、碎头；拳，捶胸；指，袭颈。

还有一个隐藏在暗中的毒，七个人，七种手法，配合无间。

好熟悉的杀人手法！

就是他们，那个小村血案的凶手。

眼前掠过被扭断颈骨的弱母幼子、被开膛剖腹的年迈老人、被砍掉头颅的无辜女人、中了奇毒血缕衣的孩子……

枫雪色的心中杀意更炽。

他清啸一声，迎上了敌人。凛冽的剑，激荡着凛然的锐气。

温暖和煦的春夜，突然成冰雪寒天。

雪光。

雪芒。

雪影。

雪练。

那一剑，带着风的声音，宛如半阕清冷的宋词，吟咏起漫天雪意。

天地间，变成雪的世界。

天地间，变成血的世界。

这一场战斗，来得突然，去得也突然。

把剑从最后一人的胸膛里拔出，枫雪色小心地避开了喷出的血。

倒在脚下的六具尸体，个个窄袖黑衣、黑巾罩面，除了眼睛，没有一寸皮肤露在外面。

还有一个用毒的，埋伏在暗处。

"嘀嗒！"水滴的轻响。

枫雪色循声望去。

前方，是一个荒废的池塘，池水上是一层碧油油萍藻，还有几片稀疏的莲叶，池中心是坍塌的假山，池边一棵矮树上，有黏稠的液体，沿着树干缓慢而蜿蜒地淌下来，冲出一道黑焦的痕，树叶已枯黄。

树的丫杈之间，横着一个人，同样的黑衣蒙面，那不知是血还是什么的液体，自他蒙面巾下面渗出，竟然泛着淡淡的荧光。

好诡异的毒！

这就是那第七个擅用毒的人，可是，他竟然被毒死，是自杀的吗？

枫雪色用剑挑开用锤之人尸体的蒙面布。

布下是一张平凡的脸，平凡到如果换一身衣服站在人群中，就像隔壁那个谁一样，看着面善，却毫无特征。

其他数人，亦是如此。

任谁也不会想到，这样普通的几个人，却会用那么变态的手段去残杀老弱妇孺。

然而，这才是最合格的杀手，融入人群中比谁都普通，骨子里却比谁都冷血。

这几个杀手，武功或者不算一流，但其过人之处不在武功，而在于他们攻杀时的无间配合，若非久经合作，绝对没有如此的默契。

他匆匆检查着那几具尸体。

黑色衣衫，布料是时下最普通的，几乎大江南北的百姓都用这种棉布裁衣，武器虽然是精制的，但也没有刻任何名号，全身上下，什么标明身份的东西都没有。

谋划如此缜密的行动，却是之前从未听说过的一群人——那么，他们是江湖中哪个组织特殊训练出来的？

令人费解的是，这样训练有素、隐藏极深的杀手，为什么会如此残忍地屠杀那些手无缚鸡之力的普通百姓？

单纯的嗜杀，还是有其他原因？

虽然全歼了敌人，可是枫雪色心里一点轻松的感觉都没有。

总觉得，事情就像一个黑洞，剥掉最外面的那层，却看到里面愈加的迷雾重重。

他有种预感，也许，一切，才刚刚开始。

〈 04 〉

那邂逅少年缩在雁合塔的角落里，亲眼看到青衫肉球王不喝一掌碎窗，扑出窗外。

从窗侧悄无声息地伸出一口宣斧，王不喝这一冲出，等于自动将肚子撞向锋利的斧刃。眼看便要被开膛破腹之际，王不喝猛提一口气，硬生生地扭转身体，向另一侧落去。

然后，便有一柄西瓜大小的铁锤，"噗"的一声，轻轻地敲在他的头上。随即，那宣斧也到了，在王不喝的身前一拖一拉，便割开了王不喝的肚腹。

春夜里，绽开万朵血腥的桃花。

看清那几个行凶者的打扮，邂逅少年吓得魂都要掉了，正恐慌之际，塔前张不吃也与对方交上了手。

少年常年从事偷鸡摸狗的勾当，对于紧急状况颇有应对急智，此时虽然看到王不喝的惨状吓得半死，但也不至于六神无主，一见凶手的注意力都在张不喝那里，他立刻从火堆里抽出柴火，将塔里的稻草堆点烧。

虽然白天才下过雨，但塔里却没有被淋到，那些烂稻草不知多少年了，早已干透了，这一点燃，立刻烧了起来，又引着了散乱的破桌案，于是火势越来越大，转眼间雁合塔的门窗都已被大火封死，火从一层烧上二层，又蔓延上三层，没一刻，七层雁合塔，全着了起来。

浓烟滚滚，少年被呛得直流眼泪，他趴在地上爬行几步："咳咳，花花！"

"哼哼！"一个湿润的物体轻轻触触他肩。

"跟着我，别乱跑，留神变成烤乳猪！"少年迅速爬到塔角的旋梯后面，在地上摸了几把，找到需要的东西，用力向下按去，然后便听到铰链摩擦的声音。

浓烟烈焰中，隐隐现出一个漆黑的地道。

少年见"花花"钻进地道，自己也跳了下去，在洞壁上摸索了几下，也不知碰到什么机关，头顶的洞口"呀呀"地合上了。

不要以为少年的运气好，连命都有老天罩着，所以关键时刻给安排个地洞出来，其实，这只不过是个地宫而已。

一般寺塔在修建之时，都会在塔下建地宫，以存放舍利宝函等贵重之物，雁合塔也没有例外。

少年自从到了青阳城，便将雁合塔做了临时住处。白日四处闲逛生事，到了晚上无聊，便在塔里东摸西翻，第三天便被他寻摸到了进地宫的机关。

当时兴奋得很，还以为有什么宝物呢，立刻爬下去看。

谁知下面那个狭窄的地下室，除了一股子霉味，竟然连根毛都没有。失望之余，不由大骂雁合寺的和尚是穷鬼富排场！

没想到，便是这穷和尚们建的地宫，救了他和"花花"两命。

洞里很黑，空气中有一股陈腐的气味，嗅着很不舒服，但与塔上面的烟熏火燎相比，已如天堂。

沿着通道，少年带着"花花"穿过那个破地下室，一直向后走。

这条地道只有数十丈长，出口处是一个池塘。

池塘并不太大，当年可能是雁合寺的观莲池，中间还有太湖石堆的假山，只是年久失修，已多处坍塌，挡在洞口的石头歪倒在一边，露出很大的缝隙，上面长满了蒿草。

少年躲在洞里，除了火焰的噼啪声，其他一点异响都听不到。他忍了半天，终于忍不住了，趴在洞口，稍稍拨开蒿草，眼睛骨碌碌地向外看。

才一眼，便看到池塘边的矮树上，一个黑衣人姿势扭曲地伏在树杈间，大头朝下，一双死气沉沉的眼睛正冷冷地瞪着他，一眨也不眨。

少年倏地把脑袋缩了回来，吓得心脏"怦怦"乱跳，脑海里只有一个念头："他看到我了！这可逃不掉了！"想起之前所见这些人的凶残手段，顿时打了个哆嗦。

等了良久，没觉得有人过来杀他，忍不住又悄悄把脑袋伸了出去，发现那黑衣人仍然保持着那个别扭的姿势，拿眼睛瞪他，心中不禁又惊惧又纳闷，硬着头皮与之对瞪了一会儿，才警觉，原来这人已经死了。

少年长长地松了一口气，心里不由奇怪：难道自己"引火自焚"，竟将那凶手气得自杀了？

他自己也知道这是不可能的，又不知道其他的凶手在哪里，于是趴在洞口，屏住呼吸，伸长脖子，探头探脑地向外看。

一柄薄薄的剑，轻轻地抵在了他喉间的柔软处。

雪亮的剑锋，沁骨地凉。

少年吓得头发都竖起来了，身子一软就要坐下去，那柄剑微微向前送了一下，他立刻趴在地上动也不敢动。

一双脚，踏在他脸旁不远的太湖石上。

那双脚上，穿着素色的靴子，靴面上有着隐隐的暗纹，靴子的底部，微微沾着青色的苔泥，却并未感觉到不洁，反而觉得很自然，很雅致。

少年肚子里的墨水比较有限，琢磨了半天，除了"挺好看"这三个字之外，也想不出形容的词，很想抬头看看这靴子的主人是谁，可是又不敢，生怕动一动，喉咙间便会被来上那么一下子。

他有点奇怪，生死关头，自己怎么还有心思想这个，吓傻了吧？

那柄剑微微往上挑了一下，迫得他不得不抬起头来，映入眼帘的，是一袭精致的白色劲衣。

这是个秀气挺拔的年轻人，居高临下地站在太湖石上，悠闲从容，却有着不怒而威的震慑力。

那身雪般清冷的白衣青靴，在冲天火光构成的红色背景里，耀眼如烈阳。

雪和太阳，那么矛盾的两种东西，居然在这个年轻人的身上如此和谐并存……

这丫的是谁啊？跟那帮黑衣人是不是一伙的啊？少年有些糊涂，情不自禁地伸手揉眼睛，想看得清楚一点。

那口剑又微微在少年的下巴拍了一下，少年无奈，只得就势把两只手高高举起，做出投降状，然后慢慢地爬出了洞口。

那个白衣人看清了他的形貌，眉头微微一皱："是你！"

"不是我！"

少年的腿虽然在发抖，可是仍然条件反射地否认——他这是习惯成自然，反正自己也没做过什么好事，只要人家一找上门来，那铁定是来找麻烦的，所以想都不想，直接不认账！

这白衣人正是枫雪色。

那少年探头探脑，拨动草叶的声音掩在木料燃烧的噼啪声中，几乎微不可闻，可是枫雪色仍然敏锐地捕捉到了。于是，一眨眼，这自以为藏得很隐蔽的小子，便落入了他的手中。

白天在桃花渡，自己和方渐舞被迫弃船逃走，甚是丢人。这泼皮给他的印象太深了，所以一见便认了出来。

这就可以解释，为何"不吃不喝"兄弟会牺牲在这个荒郊野外。

一定是这样——"不吃不喝"兄弟接到上头的命令和百姓的投诉，处置这个阴损的泼皮，因这小子身上似乎有点功夫，"不吃不喝"摸不清他的底子，于是亲自出马了。然后，却遭遇了那些杀手，于是不敌被害。

枫雪色冷冷地问："这里发生的事，你都看见了？"

"没看见！什么都没看见！真的没看见！"少年一连用了三个否定句。笑话，当他江湖是白混的啊？这世界上，有多少人是看了不该看的东西，被莫名其妙地宰了啊！

他眼神不正，眼珠乱转，任谁一看都知这不是什么好东西，绝对是一诡诈之徒。

枫雪色本来因桃花渡的事便对这泼皮印象不佳，此时见到那对骨碌碌乱转的眼睛，更是心生嫌恶。

他声音冷如冰峭，道："叫洞里的人出来！"

"洞里没人了！"

枫雪色剑眉一扬，手中名剑"雪色"，竟然吐出雪也似的剑芒，倏然在少年的颈子上绕了一圈。

泼皮少年只觉脖子上一凉，然后便是一阵刺疼。

利器一挥，人头落地，他已多次见过这种场景，这阵刺疼令他激灵灵打了个冷战，第一个念头是，完了完了，自己的脑袋掉了！

腿一软直接躺到地上，四肢伸开，自动闭住了呼吸。

枫雪色皱起了眉，他只不过吓他一下，这胆小鬼竟然被吓死了？

伸足在他腿上轻踢了一脚，"再装死，就真的杀了你！"

停了片刻，少年摸着脖子爬起来，哭丧着脸道："不是装死！是以为真的死了！"原来脑袋还在，倒吓了老子一跳！

枫雪色淡淡地道："我数到三，如果洞里的人不出来，我就砍掉你一只脚！"

"真的没有人了！"

"一、二、三……"一剑向少年右腿上挥去。

"等等！等等！"少年吓得忙不迭地跳开，"真砍呀你！都说了里面没有人……"

长剑如影随形，凛冽的剑气削开他的破裤腿，割得少年肌肤生疼。

少年以为腿被割伤了，气急败坏地大叫："别……别砍……花花……出……出来……"

"嗯嗯哼哼！"

随着他的呼唤，"花花"从洞里钻了出来，两只大耳朵扑扇着，发出"噜噜"的声音。

这家伙两尺多长，圆圆滚滚，长长的拱嘴，身上的毛短短的，"皮肤"上白里带着黑花，颈上有一圈黑色的条纹，后面还有一条小尾巴卷来卷去……

看清了对方的模样，枫雪色小吃了一惊。其实，他听到洞里的动静，已猜到藏的可能不是人，可是他再怎么想也没有想到，洞里钻出来的，竟然是一头花猪。

那"花花"甚通人性，出得洞来，便屁颠屁颠跑到少年的身边，摇头晃脑围着他转来转去，长嘴不住在他的裤腿上拱啊拱，小尾巴左甩右甩，发出"哼哼"的声音，显得甚是亲热。

少年偷偷地看了枫雪色一眼，然后悄悄在花花的屁股上踢了一脚，示意它安静，别把那位拿剑的大爷惹恼了，再砍了哥俩。

花花很机灵，立刻趴在他的脚边不动了。

枫雪色淡淡地瞥了他一眼："到岸上去！"

这观莲池虽然不大，但两人所立之处是池中心，距离岸边少说也有七八丈。少年伸着脖子打量一下距离，苦着脸道："过不去！"

枫雪色没有说话，只是将手中的剑放在他的颈上比了一比。

少年打了个哆嗦，缩缩脖子，二话不说，向假山边上走去。

太湖石上面长满青苔，甚是滑溜难行。少年一边盯着那口长剑一边走，没留神脚下，"哧"地一滑，急忙伸手撑住，虽然没有摔倒，却抓了满手的苔泥。

他看着旁边风雷内敛的枫雪色，一身白衣，高洁如雪，忽然心生妒忌，眼珠一转，计上心来。慢慢地走了几步，快近水面之时，突然假装失足，手舞足蹈挣扎平衡之际，一把向枫雪色抓去，存心要将他的白衣弄脏。

枫雪色如何能让他碰到，见有脏爪子袭来，身形只微微一晃，便已闪了开去。

少年明明已将碰到他的衣角，忽然五指抓空，力道用偏，站立不稳，"咕咚"一声，大头朝下，栽进水里。

观莲池已多年无人清理，池水虽然不深，但池底淤泥甚厚，少年头下脚上，扎进淤泥之中，一时脱身不得，两腿竖在空中乱踢。

花猪救主心切，"扑通"一声跳进池里，长嘴乱拱，水花四溅，好一阵折腾之后，那少年半死不活地冒出头来，坐在池水中拼命喘气，头上挂着水草，脸上糊着烂泥，极为狼狈。

枫雪色微微一哂，也不见作势，身子已从葱郁的水草上滑了出去，池水涟漪未起，他人已立在池塘边的陆地之上。

虽已是阳春三月，但池水依然甚凉，那少年偷鸡不成反蚀米，坐在池水中一边冷得打哆嗦，一边瞪着眼睛生闷气，可是那位提剑的爷爷就在边上虎视眈眈，他又不敢发作，只得忍气吞声，慢腾腾地爬起来，与那花猪拖泥带水渡池而过。

一人一猪立在岸上，使劲儿抖毛，泥水飞溅。

枫雪色避得远远的，冷眼看他们折腾了半天，始道："向左走出二十步！"

夜风一吹，泼皮少年不禁连打了两个喷嚏。

他为人甚是机灵通变，一向"能屈能伸"。其实说白了就是该人颇为"无耻"，碰到弱者的时候，他就是爷爷，而遇到惹不起的强者，便装孙子也无所谓——反正，爷爷都是从孙子过来的，总之是绝不肯吃眼前亏的。

心中骂了枫雪色一千句一万句，腿上却仍乖乖地依言向左迈步——

左侧二十步，是一具残尸，大部分完好，胖胖的脸上虽然血迹斑斑，但眼睛大睁，嘴角上咧，仿佛带着笑意。右臂和右侧小半边身子都不见了，余下的半边，内脏在体外拖着，内腔脏器特有的血腥味让闻者欲呕。

少年突然冲出好几步，单足跪地，低首狂呕。

"你，认识他吗？"

少年颤声道："不……不……太熟悉……"

"他是我的朋友。"枫雪色淡然道。

少年不明所以地看着他。

"他被人杀害了，我要为他报仇！"枫雪色的眸子泛起一片肃杀之意。

"哦！"

"所以——"

少年抢着道："所以，我一定把知道的都告诉你！冤有头，债有主，你是大侠，当然不会来难为我这么一个倒霉孩子的，对吧？"

枫雪色淡淡一笑："那就取决于你说了多少真话了！"

"我保证，句句都是真的！"少年立刻举手发誓，文绉绉地道，"这位大侠容凛！"

枫雪色眉头微微一皱，强忍着没去纠正那个词其实是"容禀"。

"今天晚上，我和花花本来好好地在那破塔里歇息，突然来了两个胖……胖老兄，其中之一就是您老人家这位朋友。这两位胖老兄一坐下，那边树上挂的那两位——"他一指悬挂在树上的两个青衣童子的无头尸，"当时头还在呢，便给送来两个很大的篮子，篮子里全是好吃的，有老马家的酱肘子、白云观的素鸡、如意斋的烤羊腿、松枝黄兔、美人坊的蜜制酥鱼……"他记性实在好得出奇，复述那些食物的名字，连顺序都不差。

枫雪色眉蹙在一起："说重点！"

"是是！那我就捡重点的说。"少年表现得十分配合。

"这两个胖老兄一边大吃大喝，一边吹牛，说他们是青阳城里第一号的人物，皇帝都没他们大什么的。说着说着，也不知看到什么了，这个穿灰衫的胖兄突然就冲出门去，那个穿青衫的胖兄也不知发了什么疯，一掌劈开木窗，从窗子里挤了出去。可是不知道怎么搞的，窗户外面突然伸出一柄大斧子，他差点撞上去。为了躲斧子，他就向旁边跳开，可是却没看清楚，头撞上一口大锤，只听'咔嚓'一声，他脑袋碎了，然后又被斧子把肚子切开了。那个灰衫的胖子——哦，我是说您这位朋友，是怎么个情况，我就没看见了。"

枫雪色等了一等，问道："没了？"

"没了，我见到的就这个情况。"少年甚是机灵，"哦，还有这个大火，跟小的一点关系都没有！是……是那个青衫胖子从窗口出去的时候，带起柴火，引燃稻草，所以火才着起来的。实际上我还救火来着，可是火太大了，差点把我烧死，好不容易找到个地道才逃了出来。还没怎么着呢，这不就倒霉碰上您了嘛！"

枫雪色冷冷地看他一眼。

"不不不，我是说……碰上您老人家是小的三生有幸，咱长这么大，还没碰到过活的大侠呢，今儿运气好，逮到一个活的！真是自古英雄出少年啊，一看气势，您就比我这样的小混混强出一万多倍！都不用说话，光看着您那身白衣服，小的奇经八脉就通了七条，七窍也通了六窍，您真是才高八斗、学富五车、文武双全、远见卓识……"

少年油嘴滑舌，猛拍马屁，一连用了好几个成语，居然没有用错。

枫雪色只觉得一阵阵肉麻，实在听不下去，冷声道："住嘴！"

"是！"少年毕恭毕敬道，"一会儿小的就去青阳城观音庙，凑钱也要给您立个长生牌位，早晚烧香、天天供奉，必须的！"

枫雪色厌烦地扫了他一眼。

少年终于识相地闭上嘴："……好，我不说了。"

枫雪色心想：那些黑衣人来历诡异，恐涉及江湖之变，此事甚大，这无赖浮躁虚夸，言语所述颇多不实，必得好好审问，不怕他不从实招来……

少年见他盯着张不吃的尸体半天没说话，心里很没底，生怕他迁怒于己，砍掉自己的脑袋给胖子陪葬，立刻挤出一个笑脸，假意叹道："可惜小的功夫实在不济，否则就算拼着老命不要，也得冲上去跟那几个杀手拼命！最多他们一刀把老子的头剁了，二十年后老子又是一条好汉！"

正在拼命往自己脸上贴金，枫雪色冷冰冰一眼横来，他立刻悻悻住嘴，心道：这位拿剑的大爷不太好伺候，老子的脑袋瓜子时时刻刻都是悬着的，咱还是打主意早些逃命要紧。

正在眼珠乱转想点子，忽听得周围树丛中沙沙的脚步声，刚一怔，便见从小路另一端出现了十数条黑衣大汉。

他现在是见"黑"丧胆，吓得"哧溜"一声钻进草丛，顺势滚了几滚，躲在一块石头后面，还没等趴稳当，那头花猪也钻了过来。

枫雪色懒得理会他，见来者的衣着上有接天水屿的标志，便对着他们比了两个手势。

那些黑衣大汉突然停步，齐齐对着他躬身施礼。

少年缩在草丛之中，远远地看着那些黑衣大汉开始四处搜寻。看到他们抬着两具肥胖的尸体，满脸悲愤地盖上油布运走，看到他们轻手轻脚地解下树上系着的两个青衣童子的尸身，看到他们将几具黑衣尸体踢在一边，看到他们戴着手套，小心翼翼地把那个树杈上横着的尸体弄下来，然后将那棵树用火烧掉……

他也搞不懂这些人是什么来路，但本能告诉他，那都是他惹不起的人，所以，趁着那位拿剑的大爷顾不上这边，还是离他们越远越好。

他伸手把花猪抱在怀里，在草丛中慢慢地爬开，一点一点地向后退去，一直爬出四五十丈，觉得那些人再也看不见他了，立刻站起身子，拔腿狂奔。

黑暗之中，也不辨方向，他慌不择路，一口气奔出十多里。如果是空手跑也就罢了，偏偏还要抱着那头猪。那头花猪少说也有百十来斤，饶是他年轻力壮也受不了，实在撑不住了，见路边有一片树林，便钻了进去，顺手把花猪扔到草丛中，自己也钻进一个密实的草窝，躺在地上拼命喘气。

那只花猪扭着屁股，在他身上用力地拱。

少年不耐烦地挥挥手，道："去去去！一边待着去！我说你可越来越肥了，老子抱着你，都快跑吐血了！"

"哼哼！"花猪继续用力地拱他。

少年两根手指拎起猪耳朵："我告诉你老实点你听不懂？"

"哼，哼哼！"

"听懂了就给我滚远点！"少年将花猪丢到一边，喃喃骂道，"奶奶的，老子这是招谁了，碰到这倒霉事！花花，这鬼地方跟咱八字不合，咱休息一会儿，早点离开这是非之地。"

花猪发出不明含义的"嗯嗯"声。

少年伸了个懒腰，向后倒了下去，可是后背还没粘到草叶，就倏地跳了起来，眼睛睁得跟一对灯笼似的，瞪着头顶高树上的一抹白。

月将沉未沉，天地间一片幽深的暗色，枫雪色站在一棵树的横枝上，悠闲地负手观看远处的天，白衣如水，气度雍容，翩然若仙。

"他妈的……"少年三字经习惯性脱口而出。

话说一半，枫雪色目光如电，在他脸上转了一转。少年忽然醒悟，硬生生挤出一脸谄媚的笑容，点头哈腰："我是说，大侠……您……腿好快……比……比马的快，不是骂您……"

枫雪色高高在上地俯视着他，仿佛根本就没当站在草丛中的他是个人一样。

真能装啊！少年肚子里大骂，脸上却堆满笑意："大侠，您老人家在树上待着，不累吗？"

"……"

"大侠，您也忙乎了一夜，要不您高抬贵脚，下来让小的给您捶捶腿？"

枫雪色冷冷地看着他，依然不语。

少年脸上的肌肉都笑疼了，仰着脖子好话说尽，也没见人家有一点反应，他心里有点发毛，硬着头皮道："大侠，您老人家要是没什么事，小的先告退了！"试着迈出几步。

没反应。

继续自言自语："大侠，那小的可真走了啊！"

还是没反应。

你奶奶的！就算是僵尸，也得搭句话吧！少年心里痛骂不止。可是老跟这

"活僵尸"大眼瞪小眼，也不是个事儿啊！灵机一动，他在花猪屁股上踢了一脚："花花，走啦！"

心里盘算：这活僵尸不追，那咱正好走人；要是追的话——至少也可以看看他打什么鬼主意。

走出几丈，偷眼看看枫雪色，人家仍然好整以暇地站在树上装蒜，他深深吸了一口气，加快脚步。

脑后，突然传来利器破风的声音。

少年猛然回头，但见一道利电破开黑暗，正向他后脑刺来。

枫雪色掌中的剑，即使在深沉的夜色之中，仍然绽放出雪也似的光芒。

少年惊得魂飞魄散，来不及多想，脚下用力向前蹿去。

那把剑如影随形，带着雪般光华，剑气到处，少年的乱发迎刃而断。

少年蹿高伏低，拼命奔逃，然而不论他怎么逃，那柄剑总是在他脑后三寸之处。显然，人家要想杀他轻而易举，现在，只不过是玩玩猫捉老鼠的游戏而已——那王八蛋装得很像正人君子，手段居然比自己还缺德！

他气喘如牛，实在被逼得狠了，索性往地上一躺，满地打滚，嘴里叫道："老子还不跑了！有种你就杀了老子！"

这招是跟街头无赖学的，人家用的时候，往往还先在自己脑袋上拍一砖，打得头破血流，然后便是挑衅号叫，本来说的话后面还有一句"不敢杀老子，你就是孙子"云云，不过少年却不敢用——这帮江湖客视人命连狗都不如，那是坚决不肯当孙子的。

枫雪色冷冷地看着他，剑尖点地，锋刃向外。

少年满地乱滚之际，一没留神，险些将脖子凑到剑锋上去，顿时吓得一身冷汗，趴在地上再也不敢撒泼耍赖。

怕死鬼！

枫雪色唇角轻轻一挑，淡然道："你是栖霞白月残门下弟子？"

"白月残是什么？不认识！"

"没想到，'流光遗恨'的传人，竟然是你这种……"枫雪色面露憾色，只是他风度甚佳，虽是对着一个泼皮，也不愿口出恶言。

少年却已听出他的言下之意，甚为不满，又不敢大声顶嘴，只是小声嘟囔："我这种怎么啦？我高兴，管得着吗你！"

他满嘴抱怨，枫雪色听得一清二楚，这次却没拔剑吓他，只是微微叹了口气。

"流光遗恨"，是武林中一种极上乘的轻功，传说中，为一位惊才绝艳的女子所创。

这名女子，少年之时行走江湖，与一位出身名门的男子倾心相爱，后此男远渡海外，寻求武学极致，她便返回栖霞隐居，终身未嫁。数十年足不出户地苦苦等待，为了消磨时光，潜心武学，竟被她练成一身绝世的功夫。后来，那个男子终于回乡，虽然并未找到所谓武学极致，却收获了娇妻美妾子女成群。

这位女子在镜中看到自己的苍苍白发，感慨人性复杂之余，亦为自己感到十分不值，于是一怒之下，将那男子满门老幼杀了个干干净净。因其手段太过残忍，惹怒了武林中的几大高手，被联手追杀，但每次都被她从容逸走。在黄山之巅，此女与追杀之人相遇，一场打斗之后，几大高手全部殒命，那女子也从此不知所终。

这位女子便是白月残。

她的原名已不为人知，白月残这个名字，是因其眉如新月，十分美丽，但情变后却心冷如冰，报复手段残酷而来。

当年，白月残因感叹流光易逝不可挽回、人生遗憾不可追悔，而自创了"流光遗恨"，这也曾令她在众多高手围攻之中无数次从容脱身。

在雁合塔，枫雪色虽然在安排接天水屿的部众收拾残局，但一刻也没放松监视这泼皮少年。他刚一偷偷溜走，便已被枫雪色发现了。当时很想教训教训他，可是发现这少年逃跑的时候，虽然脚步虚浮，但所用的步法竟然相当的高明——

其实，在桃花渡，这泼皮拎着木桶，轻轻松松跃过数丈河面上下船只，已经算是小露了一手轻功，只是那身功夫在他们这些武学行家眼里，实在浅显至极，比普通人也强不到哪里去，而且当时大家只顾掩鼻逃走，谁也没心思去瞧他。

刚才用剑吓他，逼他全力奔逃，才发现这厮所用的半瓶醋轻功，居然是栖霞白月残的"流光遗恨"，颇有点出乎枫雪色的意料。

只可惜，这样一个身姿飘逸、步履从容的绝世功法，却被那泼皮用得连滚带爬、狼狈不堪，白月残如果见了，非气死不可！

唉！看来栖霞门下人才凋零，否则怎么会有人品如此无赖、武功如此低微的门人——岂止是低微，简直是比之江湖第九流还不如！空会一套顶极轻功身法，却连最基本的内力调息之法都不会，才跑几步就喘得比牛还厉害，丢人至极！

就他这水平，放到大街上跟普通地痞流氓打架，一个对一个绝对没问题，一个对两个，还能打上一会儿，一个对三个，便只有撒腿逃走的分儿。这"流光遗恨"好歹也算上乘轻功，再不济，逃命还是没问题的——当然，前提是对方"武功"与他不相上下，若人家功夫稍高于他，便只有任人宰割了。

真是不明白，这泼皮是碰到什么奇遇了，居然能学到"流光遗恨"——嗯，也许在他身上，不但有奇遇，还有奇迹，否则就凭他的阴损行事，早就让人宰了。

那少年茫然地看了枫雪色一眼，不明白他在想些什么。但见对方不再拿剑比着自己的脖子，也放下心来，一边盯着他，一边慢腾腾地爬起来。

枫雪色抬头看看天色，东方现出一线鱼肚白，天已快亮了。他将长剑入鞘，道："走！"

"去哪儿？"

枫雪色也不答话，只用剑鞘轻轻在他肩后穴位一指。

少年只觉一股寒意透穴而入，然后半条手臂酸麻肿胀，难受无比，情不自禁打了个哆嗦，大声叫痛："走就走嘛！又打人干什么！"

他悻悻地边以手揉着肩，边迈步前行。

那花猪挪动着四条小胖腿，屁颠屁颠地跟在少年的身边。

〈 05 〉

东方既白，初阳未起，天地间仍是一派灰蓝色的清冷。

从青阳往景州的官道上，已经有了早起赶路的人。

官路的一侧是大片的竹林，竹林前的空地上，是一间茶点铺，搭着简陋的棚子，棚下摆着几张条椅长桌，门口还砌着两口大灶，灶上是冒着腾腾热气的蒸笼。

店主老林打着哈欠，蹲下去往灶下添了两把柴火，再站起身的时候，情不自禁地揉了揉眼睛。

官道的那边，不知何时，如魅影般出现了一群人。

那是一队彪形大汉，约有百十来人，着赤色劲装，黑色腰带上悬着腰刀，右膊袒露在外，人人精神，个个剽悍。

队伍的中间，是四辆马车，车前各由四匹神骏的红马驾辕，后面车体用雨布盖得严严的，也不知道里面装的什么。

老林常年在官道边上开店，见多识广，一眼便瞧出，这队人马虽然纪律严谨，但神情不驯，肯定不是军卒差役，而应该是什么江湖大帮的下属。不过这些江湖人一般不会来欺负他这样的小生意人，所以当他看到赤衣大汉们停在他面前的时候，虽然吃惊，却不太害怕。

赤衣大汉们并没有理会老林，而是径直驱车下了官道，停在竹林前面，然后有一部分人从车上拿出斧子开始伐竹，很快在竹林中清理出一片空地，又有人自马车上卸下诸多物事，分派下去。众人显然训练有素，工作虽然繁多，却有条不紊，没多久，便在竹林中搭起一座华丽的帐篷。

碧绿的竹林，艳红的帐篷，两种极端的颜色配起来十分夺目，却并不刺眼。

透过修竹间隙，老林对着那顶帐篷左看右看，很新奇，很诡异，很缺乏真实感。

那些赤衣大汉神情悍恶，他不敢久看，把目光调了回来，发现粥锅快要烧干了，刚要往里添两瓢凉水，便看到路的尽处，又走来两个人。

一个白衣如雪的俊俏少年，眉目朗秀，清逸绝俗，宛如雪山之巅的一抹轻云。

另一个是乞丐少年，身材瘦小，一身破衣，穿着露趾的烂鞋，脸、手、脚等处露在外面的皮肤乌漆麻黑，根本看不出本来长什么样。

这两个人站在一起，简直是最残忍的对比：

他有多高贵，他就有多低贱；

他有多洁净，他就有多肮脏；

他有多美丽，他就有多丑陋……

可是，那个又美丽、又洁净、又高贵的少年，身后却偏偏站着那个又低贱、又肮脏、又丑陋的乞丐，和一头花溜溜的猪——那头猪皮毛光滑油亮，白是白黑是黑，看上去都比那乞丐干净。

老林再次揉了揉眼睛，发现自己并没有看错，忍不住叹了口气。

与此同时，那乞丐样的泼皮少年远远地瞟着老林铺子前面热气腾腾的蒸笼，也深深地叹了口气。

奶奶的！天都亮了，他被这个很装蒜的白衣大爷折腾了整整一夜，又累又困不说，还又渴又饿，真是受老大罪了！

鼻子中闻到蒸笼中透出来的食物香气，他的胃也咕噜噜叫了几声，紧走了两步，赔着笑脸搭讪："大侠，前面有卖早点的铺子，您老人家要不要歇歇脚？"

枫雪色望望前方，唇边露出一个若有若无的笑意："好。"

他答应得这样痛快，颇出少年意料，一怔之后，很多疑地认为人家又可能要算计自己。

枫雪色没有理会他，而是举步向竹林中的帐篷走去。

少年望着那顶华丽的红色帐篷，心里直犯嘀咕，磨磨蹭蹭地跟了过去。

竹林中散布警戒的赤衣大汉，恭恭敬敬地对着枫雪色施礼："见过枫公子！"

枫雪色微微含笑："你家少主在否？"

为首的赤衣大汉答道："少主马上就到，枫公子先请！"

枫雪色"嗯"了一声，径直向帐篷中走去。

那少年亦步亦趋地跟在后面，心里纳闷：这装蒜大爷原来是什么疯公子，这名字起得挺有学问！他还真像个疯子，否则也不会跟自己这么个小人物过不去……

枫雪色冷冷地吩咐道："你在外面等。"

少年眼珠一转，立刻答应："是，大侠！"

等？我呸！老子要是真的等你，那可真是脑子被人打坏了呢！

枫雪色目光犀利，将他的小心思尽收在眼底，却也不介意，只是微微一哂，道："你不妨逃跑试试，只是，最好别被我抓回来，否则抓回来一次，便砍掉一个肢体——"他冷眼打量着对方，"你有五次机会，第五次就砍头！"

少年吓了一跳，低眉顺眼地赔笑道："大侠，小的哪敢逃跑！都不用第五次，您只要抓到一次，先把小的一条腿砍了，下次小的就只能单腿跳了！您老人家放心，小的就蹲在门口，保证您老人家一出帐篷就看到！"

说毕，不等枫雪色吩咐，主动在帐篷外找了块不碍眼的地方，往地上一坐，两只手摆在膝盖上，腰板挺直，目不斜视，要多规矩有多规矩。

这小子虽然无赖，倒也算识时务。枫雪色瞥了他一眼，挑起朱帘走进帐篷。

少年百无聊赖地坐在地上，心里琢磨着逃跑的方法。只是那位大爷的功夫也忒厉害，凭自己这两条腿是怎么也跑不过他的，何况还要带着花花。要逃，一定得谋划个万全之策。

他东瞧西看，发现竹林中赤衣大汉警戒森严，本来在枫雪色威慑下，就不敢轻举妄动，这下心更凉透了。唉！咱都穷成这样了，那位大爷抓咱有什么用呢？

那边厢，老林正在揭开蒸笼，热腾腾的蒸气袅袅四散，包子馒头的香味顺风飘进竹林，诱人至极。

少年摸摸瘪瘪的肚子，咽了下口水："花花，我好饿！"

那花猪趴在他身边，长长的拱嘴在他手上磨蹭着，发出轻轻的哼声。

"花花你也饿了啊？"他唉声叹气地往左右看看，见那些赤衣大汉根本没有理会自己，"走，花花，咱们去吃包子！"带着花猪溜溜达达向茶点铺子走去。

这时，铺子里已经坐了两三个起早行路的人，老林正给客人上餐。

路边野店也没什么好东西，不过是粗制的菜包子、小米粥、咸鸭蛋、茶鸡蛋、咸菜干、豆腐乳之类的，却人人吃得津津有味。

少年凑了过去："老伯，包子怎么卖？"

老林嫌他肮脏，往边上避了避："五个铜钱一两。"

"一两几个？"

"三个。"

"一个铜钱一个，我买五个。"少年跟着老林在铺子里走来走去。

老林的脸拉了下来："不卖！"

还从来没见过买包子也讨价还价的，要不是看刚才那位白衣少年气宇不凡，他早就把这小子赶出去了——这小叫花子实在影响客人胃口。

"要不这样，我五个铜板买三个包子，你再送我两个。"

老林将刚从蒸笼里拣出来的一盘包子，重重地在桌上一放，沉着脸去盛米粥："去去去，不买别捣乱！没看我这儿忙着哪！"

"好好好，您忙您忙，咱买不起不买还不行嘛！"少年喃喃自语，转身之际，敞开的衣襟无意地从桌面上飘过，迈步就走。

待老林盛了粥，回过头来，才发现桌上只余一个空盘，包子却已经不见了。

"喂！你站住！"

他一把抓住少年的肩头，然后忙不迭地松开，嚯！这衣服得多长时间没洗了，摸一把都粘手。

少年慢腾腾地回过身来："干吗？"

"包子拿出来！"

少年惊讶地道："什么包子？你不是不肯卖吗？"

"我是说桌子上的包子！"老林瞪着他。奇怪，这小叫花子空着两只手，把包子藏哪儿了呢？他瘦巴巴的，身上也藏不下一盘包子——何况还是刚出锅的热包子，藏身上还不把肉皮烫熟了啊？

老林围着他左看右看，找不到包子的去向，终于放弃。唉！算了，就算把包子拿回来，也被他弄脏不能吃了。他厌恶地挥挥手；"去吧去吧，离我这里远点！"

少年满脸不高兴地"哦"了一声，很镇定地迈着方步，慢悠悠地走开了。

望望官道的两头，这个位置离竹林帐篷有百十丈，如果顺着官道一直跑，那么……那么……说不定真的会被白衣大爷砍掉一条胳膊或者一条腿的……

他打了个寒战，乖乖地回到竹林，回头望望老林，撇撇嘴，在帐篷外找了个隐蔽的位置，懒洋洋地坐了。

没一会儿，花花迈着小碎步，屁颠屁颠地跑过来，嘴里咬着一个鼓鼓囊囊的青布袋子。

少年接过袋子，"嘿嘿"一笑。

这只口袋他常年别在腰带上，平时到处闲逛，看到什么好吃好玩的东西，往往趁人不注意，顺手塞到袋子里带走，手脚早已锻炼得极为麻利，花花也久经训练，所以在转移赃物方面配合极好。

现在，这只口袋里，不但有包子，还有他顺手偷的几个咸鸭蛋、茶叶蛋。

正跟花花两个吃得津津有味，一个赤衣大汉走过来，用刀鞘拍拍他的脸，不客气地道："起来！"

"啊？什么事？"少年纳闷地站起来。

赤衣大汉厌恶地看看他，这小子忒他娘的丢人，连包子鸡蛋都偷，如果不是上头吩咐好生看着他，非剁了他的贼爪子不可！

少年见了对方的眼神，低头看看手中才咬了两口的包子，忽然大悟，急忙递过两个茶叶蛋，谄媚地道："大哥，您请！"小偷碰到强盗，原来这家伙是想黑吃黑啊！不就两个包子嘛，还至于动刀明抢！

那大汉板着脸："少啰唆！"拎起少年的衣领，连推带搡地将他弄到那顶红色帐篷前面，躬身道，"回禀少主，人带过来了。"

帐篷的朱帘挑起，少年还没弄明白，便被推了进去，他跟跄几步，摔在了地上，好在着身处是厚厚的长毛地毯，摔得倒也不甚痛。

帐篷里响起一个清亮的声音："你就是雪色说的人？"

少年趴在地毯上，抬起头来，向声音的来处望去。

其时天已大亮，朝阳的光线从帐顶的天窗透入，可以清楚看到帐篷里的陈设。少年没什么见识，也不懂那都是什么，只隐约觉得，这帐篷里的东西，似乎都价值不菲。

在帐篷正中，有两人据案而坐，左边的是那位白衣大爷，右边的是一个……一个美人。

这美人面如冠玉，丰唇秀目，状如静女，然举手投足间却又不失男子的疏朗豪爽。身上一袭宽大的绯色长衣，腰部用一根丝绦轻轻挽住，显得飘逸华贵又慵懒。

晨阳洒在他的身上，那袭绯衣便似跳跃着的一道火焰，灿烂而夺目。

可惜啊可惜，这么一个如花美人，偏偏头上没毛，也不知道是天生秃瓢还是和尚——算了，就当他是和尚好了！

少年从地上爬了起来，讨好地道："大师您好，阿弥陀佛！"

那绯衣和尚漫不经心地瞥了他一眼，道："你叫什么名字？"

"小的姓朱，名灰灰。"

"听雪色说，昨天夜里接天水屿的'不吃不喝'兄弟被害，你都看见了？"

"回大师您的话，小的不知道雪色和接天水屿是什么东西，不过，如果你说的是那对胖兄弟的事，那小的的确是看到了一部分，而且已经和这位白衣大侠说过了！"朱灰灰毕恭毕敬地回答，自以为很是滴水不漏。

绯衣和尚冷哼一声："朱灰灰，你可知道，就凭你刚才那句话，我就可以割掉你的舌头？"

朱灰灰吓了一跳："小的……不知！"自己已经很小心了，难道还有哪句话说错了？

旁边侍立的一个赤衣大汉踢了他一脚："小子，你招子放亮点，别以为雪色公子心性仁慈，便放肆着胡言乱语！"

少年捂着屁股叫冤："我真不认识……"忽望见上首那位白衣大爷望着自己面带嘲意，灵机乍现，跳了起来，"啊，大侠您就是雪色公子？"

赤衣大汉鄙夷道："居然连赫赫有名的枫雪色公子都不认识，亏你还是混江湖的！"

朱灰灰苦着脸道："其实，小的一直在江湖的大门外溜达，根本还没进过江湖的门呢！"心想：这大汉拍马屁的功夫颇有火候，对那位白衣大爷的溜须奉承不着痕迹，大有前途。

绯衣和尚续道："听说，你学过流光遗恨的轻功？"

朱灰灰仍然听不太懂，却不敢再自作聪明，问道："那个……什么是流光遗恨？"轻功这两个字他是知道的，但不明白和自己有什么关系。对了，似乎枫雪色大爷也提过这个……

枫雪色看他神色不似作伪，问道："昨天晚上，你逃跑时用的轻功是谁教的？"

"那是轻功吗？"朱灰灰有点茫然，"我娘教我的时候，只说这么跑比较快，免得偷人家东西时被逮到打断腿。"

闻听此言，枫雪色和绯衣和尚相视苦笑，名满天下的"流光遗恨"，竟然被用在偷鸡摸狗时跑路上！

"你娘可是姓白？"

"不……不姓吧？"朱灰灰想了想，也不能确定。

原来这小子看似灵透，实则傻气，居然连娘姓什么都不知道。绯衣和尚又问道："你父亲叫什么名字？"心里也琢磨，江湖中有哪一个高手，是姓朱的？

"我没父亲。"朱灰灰道，"我娘说，因为我爹是猪，所以我也就姓朱了。"所以，花花是他唯一的兄弟，朱灰灰、朱花花，听着就是哥俩。

绯衣和尚一皱眉，难怪这小子傻，原来他娘是疯子，居然告诉孩子，他的父亲是猪，典型的愚蠢怨妇！再问："你娘在哪儿？"

朱灰灰也皱起了眉，道："不知道。邻居说看到她和一个外乡来的木匠私奔了，于是我和花花便出来找她，到现在也没找到。"

听这小子讲话怎么这么累呢！枫雪色眉头也锁住了，问道："你家在什么地方？"

如果朱灰灰所言是实，那他的娘还真是古怪，身具"流光遗恨"武功的女人，不但教孩子偷东西，还会随随便便和木匠私奔，这事……听着真新鲜！

"雾萝溪。"

"具体在哪儿？"

朱灰灰答道："那我就不知道了。"

他确实是不知道自幼和母亲居住的地方具体归属哪州哪县哪乡，只知道那里非常僻静，位于大山的怀抱之中，还有个好听的名字，叫作"雾萝溪"。

虽然从小就在偏僻山村长大，但朱灰灰却和"淳朴厚道"四字一点边都不沾。因为他那老娘实在是脾气古怪，别人的父母是唯恐孩子学坏，而她似乎是唯恐孩子学不坏。从小到大，朱灰灰如果在外头吃了亏，给她知道了，必是一顿好打。而如果朱灰灰欺负了人、占了人家的便宜，她则眉开眼笑地煮美食予以奖励。

朱灰灰越是不学好、偷东西、欺负人、做坏事，她就越高兴。为了让孩子坏得如鱼得水、变本加厉，她还教了他很多稀奇古怪的知识，可如果朱灰灰偷懒不用心学，她也笑吟吟地放任自流，绝不强求。

在她这样变态的教育方式下，朱灰灰越学越坏，彻底变成一个没恒心、没毅力、没道德、没本事的小流氓、二流子。虽然年纪尚幼，但平日里在乡下欺男霸女、偷鸡摸狗、不务正业，简直人见人恨。虽然如此，这家伙一肚子都是阴损毒辣的歹招，乡里人实在惹不起，所以对他避之唯恐不及。

朱灰灰的老娘平时也常常会突然失踪十天半个月的，然后又莫名其妙地回来。可是这次走的时间比较长，两个多月也没见人影，于是邻里告诉他，说看到他老娘跟外乡木匠私奔了。

在老娘多年的培养下，朱灰灰的道德观颇为与众不同，非但不在意老娘私奔的事，反而有几分高兴——没有老娘的管教，他终于有机会可以去那个叫作江湖的地方溜达了！

从小到大，老娘心情好的时候，总会讲一些发生在江湖的奇妙故事，所以在他小小的心灵中，充满着对那个地方的向往。因此早已拿定了主意，这次借口离家去找老娘，一定要顺便去那个江湖看看。

听说朱灰灰要离家远行，平静的乡下沸腾起来，大家立刻筹集了一些盘缠，流着泪嘱咐他好孩子志在千里，像他这样的大人物，以后最好别再回这小地方，太屈才了！

在邻里鞭炮齐鸣的欢送中，朱灰灰把大门一锁，牵着家里唯一的活物——自小养大的"朱花花"，离开家乡小村，踏上茫茫的江湖路。

只是江湖究竟在哪里，他根本就不知道。

一路走来，外面的花花世界虽大，朱灰灰凭着从小被老娘打下的底子，却也没吃过什么亏，直到倒霉地碰上这位白衣大爷——叫什么来着？哦，对了，枫雪色……

朱灰灰难得说句实话，可惜枫雪色和绯衣和尚却并不相信。

绯衣和尚以指叩案："朱灰灰，我问你话，你最好如实回答。说一句谎话，我要你一根手指！"

朱灰灰无限委屈："我一直都是说实话的！"

旁边两个赤衣大汉过来，二话不说将朱灰灰撂倒在地，其中之一将他左胳膊拉出来，一脚踩住，另一人腰刀出鞘，锋利的刀刃悬在他的手指上空，随时准备剁手指。

朱灰灰吓得额头冒汗："喂喂喂，你们一个大侠，一个大师，不带动不动就杀人砍手的！"

绯衣和尚斜睨着他："怕吗？"

"当然怕啊！"这不废话嘛，钢刀离自己的手指不到三寸，搁谁谁不怕啊！"哎哟，我说大哥，拜托您把刀拿稳了啊！手可千万别哆嗦！"

枫雪色微笑了一下。早知道这家伙虽然狡诈多端，却又怕死又胆小，只要一吓唬，就什么都招。

"昨天晚上，杀害'不吃不喝'兄弟的黑衣人，你认不认得？"

"我上哪儿认得去……哎哟……大哥您轻点踩我胳膊，我说实话还不成嘛！其实之前我曾经看到过一些黑衣人，他们的衣着打扮都差不多，我也不知道他们是不是一伙的。"

枫雪色眉一扬："哦？"

朱灰灰用右手擦着额头上的汗，心想：虽然那些黑衣人很凶残，可是这个大侠和大师也不好惹呢，火烧眉毛，先把眼前的混过去再说。

拿定了主意，道："大侠容凛！"

容禀！枫雪色和绯衣和尚同时在心里纠正他。

"一个月前，小的乘船路过一个地方，停船休息的时候，发现对面有一群人在杀另一群人，被杀的男女老少全有，杀人的是一群黑衣人——跟昨天晚上杀胖子的那些人很像。"

枫雪色和绯衣和尚对视了一眼，神色郑重起来："你把话说清楚！"

朱灰灰苦笑道："我……我其实说不很清楚！"

是的，他的确亲眼看到了那场大屠杀，不只是他，当时在渡船上所有的人都看到了。

可是，他们却不知道这一切是为了什么，不知道是何时发生，也不知道何时结束的——因为当他们在被那些杀人者发现、船老大被飞刀穿腹之后，便及时逃走了。

虽然幸而逃命，但那血肉四溅、肢体横飞、惨烈的呼叫、满是碎肉尸骨的沙滩……令他至今仍然常常在噩梦中惊醒。

所以，在雁合塔，当他一看到那些黑衣人出现的时候，立刻便猜到，这些人多半是来杀自己的——因为他看到他们杀人了，所以，他们便要杀他灭口！

那对胖子兄弟被杀，只是他们倒霉，恰巧在同一时间，来找自己的麻烦而已。

只是，这句话却绝对不能说，否则这几位大爷一怒之下，再让自己给两位胖兄抵命，那就亏了！

心里突地一沉：如果真是这样，当时在渡船上的其他人，只怕也危险得很……

"你说的那个地方，在哪里？"

朱灰灰摇摇头，道："我只知道是在虎澜江上，具体地点就不晓得了。我记得那个地方虽然水面不算很宽阔，但是水流很急，两岸都没有人烟，我们的船泊在岸边不远的苇丛中，事情……发生在对岸的沙滩上。"

绯衣和尚轻轻一拍掌："拿虎澜江的地图来！"

不一会儿，一名赤衣大汉捧着一个羊皮卷轴递到案上。

绯衣和尚将图卷展开，与枫雪色同看。

朱灰灰被人按在地上也不老实，伸颈往上看，可惜脖子不够长，什么也看不到。

"虎澜江中、下游水缓江阔，流经之处人烟稠密，上游水道七百二十里，曲折多山、滩险流急、不见人烟，有六处……"

绯衣和尚在地图上指点着，抬起头看看朱灰灰，吩咐："让他过来！"

两个赤衣大汉松开手，恭恭敬敬站到一边。

朱灰灰从地上跳了起来，狠狠瞪了两个大汉一眼，用力拍拍身上的土，然后壮着胆子凑到了条案前面。

枫雪色和绯衣和尚同时冷望了他一眼，他立刻识趣地退开了一些，离远了瞧地图，可是看了半天，也看不明白上面弯弯曲曲的线条代表着什么，瞪着眼睛半天没说话。

绯衣和尚不禁摇了摇头，枫雪色也忍不住叹了口气。这小流氓简直太没用了！

看到人家不加掩饰的轻视失望，朱灰灰虽然脸皮巨厚，也觉得有点伤自尊，便道："我也不是很废柴的！我记得是从岷华郡上的船，本来应该去归明府，可是碰到那件倒霉事，船老大被杀了，大家又惊又怕顺流撑船逃走，后来到了一个许家集的码头便都下船逃走了。"

枫雪色的指尖沿着地图向下，缓缓地道："从岷华郡向下，到许家集有近一百二十里水路，顺风顺水的话，一天就到——你们乘的是什么船？船上有多少人？"

朱灰灰道："是一艘木船，船上除了我和花花，还有十一人，包括一个船老大，不过他被杀死了。"

绯衣和尚立刻吩咐手下："去查查那艘船。"

长途水路，滩多浪险，官府在册的客船上，通常除了船老大，还要配备多名摇橹工、掌舵工等等。这种只有一人操舟的，多半是水上经验丰富、熟悉江道、胆子又大的船夫，用私船偷偷载客。

枫雪色再问道："你们的船离开岷华郡多久遇到的这件事？从出事地点到许家集又用了多长时间？"

朱灰灰仔细回想了一下，道："卯时三刻在岷华郡开船，船行到途中，有一个女人说要小解，于是船夫就将船泊在一处水缓苇茂的地方，当时日头刚过头顶，路上大约行了三个多时辰，我们从那里到许家集，大约用了一个时辰左右。"

枫雪色根据他说的，推算了一下，手指按在羊皮地图的某一点，道："应该就在这个位置附近！"

绯衣和尚看了一眼，丰润的唇上带出一抹冷笑，道："虎澜江龙愁岩！"

虎澜江的龙愁岩，并非船只日常航行必经的水道，它位于一个支流的山弯处，由于山形险恶，周围几乎没有人烟，所以，确实是个杀人的好地方。

枫雪色"嗯"了一声。

神秘的黑衣杀手、五桩灭门惨案、豪爽义气的"不吃不喝"兄弟被害、江滩屠杀——或者还有很多尚未发现的案子……

这看似不相干的单一事件，突然间便搅和在一起，将它们联结在一起的，是那些黑衣杀手和残酷、嚣张却又老练难查的杀人手法。

可这些黑衣杀手代表着什么呢？

这些事件的背后，又究竟隐藏着什么呢？

天是灰色的，空气湿冷，庭院里弥漫着浓浓的白雾，周围的一切都显得很朦胧。

大殿的门窗都紧紧关着，没有光线，显得压抑得很，只能隐隐约约看清人的轮廓。

所有人都屏息静气地望着坐在正中间的人，等待着他做出最后的决定。

良久，这人开了口，声音低沉："接天水屿、枫雪城、深冰界和炽焰天，现在除了深冰界，武林四大世家之三都已经卷入到此事之中？"

"是！"一个高个子恭声道。

"当今武林，以四大世家为首，其中接天水屿独尊东方海域，统领东部七百二十岛及大部江河水路，势力一直很强，帮主方渐舞年纪轻轻便接管家业，看上去温文尔雅，实则是颇具有雄才。在他治下，接天水屿更是威名远及海外，近十数年来，东部沿海百姓安居乐业，与方家的统御有度息息相关。

"炽焰天为西天霸主，财势宏大、实力惊人，炽焰旗所过之处，黑道无不奉令行事。少主西野炎，近年来以'空空大师'之号行走江湖，与枫雪城的雪色公子相交极厚。

"枫雪城雄踞南方，枫家数代苦心经营，现任的城主'一剑枫轻色'和夫人'满袖花千雪'素来为人低调，似乎不喜理会世事。但四大世家之中，最令人摸不透的，便是这枫雪城，凭目前我们手中的情报，仍然无法准确评估枫雪城的真正实力。尤其是枫家的少城主，江湖人称雪色公子的枫雪色，九岁成名，被誉为江湖中近三百年来罕见的武林奇才。他虽然家世显赫，但不喜张扬，一人一剑行侠江湖，会遍武林高人，交遍天下朋友，声誉极高！

"四大世家单独的一家，便已非常难缠，何况他们一向休戚相关，遥相呼应，少年一代的继承者交情尤为莫逆。如今四大世家已卷入其三，那么深冰界只怕很快也会伸手进来……如此下去，此事甚是难了……"

正中之人的手指轻轻叩打着紫檀座椅的龙形扶手，沉思了片刻，缓缓地道："这件事情，交给夜去处理吧。"

"您是说……夜？"另一个人似乎不敢相信，愣愣地问了一句。

"夜不是已经………死了？"第三个人迟疑着问。

中间的人微一摇头，轻轻哼了一声："传说岂能尽信！"

"您的意思是，这次的事情要交给夜来办——假如他还在的话？"有人小心翼翼地提出问题，"兹事体大……"

"能办这件事，能办好这件事的，只有夜。"中间的人声音带着一丝恍惚，似乎想起了什么，然后不为人觉察地叹了口气。

〈 06 〉

从归明府到岷华郡，虎澜江龙愁岩并不是必经之路，但却是最近的一条路。只是此处山势险峻、危岩耸立、江流汹涌、水势湍急，不论是江路还是陆路，都非常难行，而且危险重重，所以除了极特殊的情况，很少有行人船只会走这一条路。

龙愁岩的峭壁下，是一处险滩。

滩上铺满粗砂碎砾，苇草生得甚是茂盛，江水有些浑浊，咆哮着拍击岸边的岩石，发出轰鸣般的声音，发黄的泡沫不等堆积起来，便被奔腾的江水冲散了。

狭窄的江面上烟笼雾锁，带着蒙蒙水汽，对面山岩下芦苇飘摇，似藏着无数甲兵一般。

天有些阴郁，灰白色的云很低，太阳完全淹没在云层里，只有朦朦胧胧的昏黄。

枫雪色负手立在滩边一块巨岩上，江风猎猎，吹动他的白衣，衣袂飘扬，洒脱出尘，直欲乘风而去般。

朱灰灰站在险滩的另一边，灌了一肚子风，气得直翻白眼。都快下雨了，这位枫大爷还在石头上发疯，他不怕风吹雨淋，何苦抓自己当垫背的来！

他一边腹诽，一边对着水面瞪眼睛。最近真是太倒霉，自己被这位枫大爷抓了当人质，花花也被那个绯衣大和尚扣下当了"猪质"！

朱灰灰虽然奸诈机警，但也不过是市井混混级别的，如何斗得过枫雪色和绯衣和尚这样的老江湖？在利刃的威胁下，这又怕死又怕疼的胆小鬼已经把什么都招了。本来以为之后就没自己什么事，大侠和大师可以放他一条生路了。可谁料到，枫雪色又逼着他同返旧地，再次回到这噩梦一般的沙滩之上。

等了老半天，枫雪色似乎仍然没有要走的意思，朱灰灰很想提醒一句，却又不太敢——这位枫大爷掌中那口剑可真不是耍着玩的。

昨天路过一片树林，碰到一个有钱的少爷调戏姑娘，结果枫大爷就把他耳朵削掉了。其实那有钱少爷也不过就把那姑娘推倒在地，撕破她的衣服而已，了不起赔件衣服给她嘛，算多大的事啊！上次在一个叫什么的镇上，自己还掐镇长家胖闺女的屁股来着呢，要是给这位枫大爷知道了，还不得剁手啊——

嗯！枫大爷太暴戾，跟他待在一起，自己的手啊腿啊脑袋啊，早晚保不住……

正在胡思乱想，眼前阴影一飘，枫雪色已经站在他的面前。

朱灰灰立刻满脸堆笑："大侠，您有什么吩咐？"

枫雪色问道："你说的可是这个地方？"

"正是这里！"朱灰灰"奴颜婢膝"地道，"当时我们的船，就在对面那片芦苇里藏着，把这里的情景看得清清楚楚。就在您站的位置，一个黑衣人用鞭子刺进一个大胡子的心窝，另一个人一刀就把他的脑袋削下来了，那颗脑袋落入江里的时候，眼睛嘴唇还都会动呢，好像想说什么话……"他模仿人头落江时须眉皆爹的动作，情不自禁打了个寒噤。

枫雪色微微蹙眉，按照这泼皮小子的说法，当时的情况非常惨烈，只是……为何什么线索都没有呢？

他已在江滩上仔细搜了两遍，可除了沙砾碎石、蓬蒿水草、鸟兽遗迹之外，根本看不到曾经屠杀过的痕迹。

没有尸体，没有骸骨，当然更没有血和碎肉——距离杀戮才过去一个月，自然的力量再伟大，能把所有的罪恶洗涤得如此干净吗？

而且这里只是人烟罕至，并非不见人烟，如这泼皮所言，当时满江滩的尸骨遗骸，男女老少的，没一百，也有八十，为何一个多月来，根本没有任何人发现并报告过？

而且，那些被屠杀的又是什么人？近百口人，不可能凭空出现在这虎澜江龙愁岩下，可是从接天水屿传来的消息，附近州县，根本就没有人看到过这样一批人。

现在，西野炎正在利用炽焰天的力量，着人调查近一个月来过往的船只，如果仍然找不到什么线索，那么，只能判定——这泼皮又在说谎了，至少有夸大其词的嫌疑……

朱灰灰却没想这么多，正两手叉腰做诗人状，对着滔滔江水发表感慨："子在川上曰：'有船多好乎！'"

明明是文盲，偏偏不会藏拙，时不时就要胡言乱语几句！枫雪色淡淡看他一眼，道："你把那个黑衣杀手削人头的动作模仿一遍。"

"啊？是！"朱灰灰恭顺地道，"当时，他是这样两手握着刀柄，手腕这么一转，刀身这么一撩，那个脑袋就飞了……"屈膝拧身，双手如握刀，迎空一斩。

枫雪色"嗯"了一声。这是燕门六合刀法中的一招，叫作"六亲不认"，算不得什么门派秘技，在江湖流传很广。

这泼皮记性不错，在那种被吓得没魂的情况下，还能把这一招记住，模仿的时候动作方位也都不差，虽然有点不伦不类，也已经很不容易。

当然，一个会半吊子轻功"流光遗恨"的人，也有可能会半吊子的"六亲不认"——如果是这样，那就证明这泼皮一直在说谎，他更要看看这小子打什么鬼主意！

朱灰灰自己也觉得不对劲，在江滩上东张西望："奇怪，这里怎么什么都没有了？"

当时他虽然被吓得半死，但所见的一切已深烙在脑海里，现在身临其境，又没有那日的紧张恐惧，于是所有的细节都浮现出来。

拨开一蓬高茂的蒿草，纳闷地道："明明有一个女人的胳膊落在这个草坑里，腕子上还有一只翠玉的镯子，现在居然没有了！"

向一棵树踹了两脚："我记得有只耳朵飞上去了，耳环上的珍珠坠子挂在树枝上，怎么也不见了呢？难道被鸟衔走了？"

再踢开一块石头："这里曾有个指头掉进石缝，上面还戴着好大的金戒指，可是现在也不见了！"

枫雪色本来冷眼看他折腾，瞥见他踢开的石头，神色忽然微微一动，走过去仔细看了看，吩咐道："你把这一片的石头都翻开！"

朱灰灰叫苦："不是吧？大侠！这里满地都是石头……"又以小人之心度君子之腹，"您别听我胡说，什么玉镯子、珍珠坠子、金戒指的，肯定早让人扒走了，您瞧，我不是什么都没找到嘛！"

枫雪色也不跟他废话，只是将手放在腰间的剑上，拇指轻轻推了一下吞口，"雪色"发出"铮"的一声，出鞘寸许。

这声音比什么都有用，朱灰灰立刻闭嘴，认命地弯腰去抱石头。

江滩上的石头有大有小，他一连翻开百十来块，枫雪色才道："够了！"

朱灰灰直起腰，一边擦汗，一边气喘吁吁地道："大侠你看，石头下面果然什么都没有！咱们来得晚了，有人先下手为强啦！唉！可惜那些珠宝首饰，拿到城里能换很多好吃的东西呢！"那样，他和花花就可以想吃什么买什么……

瞧这点出息，就知道吃，人跟猪在一起待久了，难道也会变得像猪吗？枫雪色心里这么想着，唇角微微挑起了一小小的弧度，道："谁说没有？"

"啊？在哪儿？"朱灰灰满地乱看。

"那些石头！"枫雪色淡淡地道。

朱灰灰不可思议地瞪大眼睛："什么？石头！"石头能换钱？这位大爷突然变傻了吧？

枫雪色懒得和他说话。这泼皮所有的机巧心思都用在歪门邪道上了，一用到正事就显得特笨！搬了近百块石头，都没看出来，这一片的石头，是不久之前被人特意翻过来的。

这些石头已在江边不知多少年，因风吹日晒雨淋水冲，贴地的一面和裸露在外的一面是不同的，虽然差异不明显，但细心的人一看便知。

如果是一块石头翻面，那有可能是无意，但这一片的石头几乎都被翻了过来，那便是刻意的。而且在翻到下面的石头中，有些石头上有利器的斫痕，茬口新鲜，还有不少卵石的裂隙里有少量褐色的血。

把有血迹和斫痕的石头翻到下面，明显是在隐藏杀戮的痕迹，会这样做的，当然只有凶手。

大规模的屠杀之后销尸，是很正常的，但如此细心地整理了现场，反而欲盖弥彰，更显得其中别有阴谋。

"你同船的都是什么人？"事情重大，这泼皮一面之词尚不足以为据。

朱灰灰摇了摇头："我不认识。"

"你没和别人谈过话？"

"他们都不理我，我和花花坐在船尾，离他们远远的。"反正他走到哪里都是这种待遇，早就习惯了！

"那么，你有没有听到他们之间的谈话？"

朱灰灰明白枫雪色的意思，坐在石头上，捧着脑袋一边回想，一边慢慢地道："当时船上除了我和花花，还有十一个人，船夫、一个古怪的老头、一个带刀的男人、一个胖胖的女人、一个年轻的姑娘、一个满脸皱纹的尼姑、一个妈妈带着女儿、一个账房先生，还有一个书生带一个书童……"

"很好！还有什么？"

"我在上船之前，偷——呃，是买，买了一大包的酥饼和米糖，可是被花花不小心碰到水里，中午饿的时候就没有东西吃了，那个尼姑送了一个很甜的红豆沙馒头给我，然后那个带女儿的妈妈就说，落梅庵的师傅心肠真好。"

落梅庵！枫雪色记下了这个名字。看来得去这个地方走一趟了。

"啊，还有那个带刀的男人，船老大死了之后，就是他撑船的。我记得，他的腰带上，绣着一头长翅膀的青色老虎。"

枫雪色沉默了。东林镖局！这个带刀的男人，来自东林镖局。

他见多识广，江湖阅历极为丰富，一听青色插翅虎，便知这是故原府东林镖局的标志。东林镖局总镖头唐林，武林中人送绰号便是黑虎飞天，所以东林镖局以青色插翅虎为记，镖旗上，绣的便是这个！

然而，东林镖局，在一个月前，便已不存在了！

"东林镖局总镖头唐林，趁镖局众人在饭厅中用餐之时，狂刀杀死镖局三十三人，最后挥刀砍下自己的头。"

这是好友方渐舞命接天水屿搜集的信息，绝对不会错。

枫雪色的心里突然亮了一亮。

如果东林镖局的人当时在船上，那么，东林镖局的惨案会不会和这场屠杀有关系？

还有，在半月村的村民尸体上，自己亲眼见到那些嚣张的杀人手法。在雁合塔外自己杀的那几个黑衣杀手，虽然不能十分肯定就是半月村的屠村者，但他们所用手法一样，至少可以断定其中有联系。而当时在雁合塔暂住的人——这小泼皮正是躲在木船上的屠杀见证者之一。

五起惨案，虽然杀人手法不一样，有的兵器加身，有的明显是毒死，有的是伪装自杀，但却全是灭门之案，凶手很嚣张，似乎并不在意会不会引起怀疑，但却很注意不留下活口。

正因如此，他一直认为这几起案子之间有某种必然的联系——如果这几个地方都有人曾经是那条船上的渡客，那么，这就是几起案子之间的共同点。

"还记得别人吗？"

朱灰灰侧着头，用心地想了一会儿，终于摇了摇头："记不清了！船上大部人都晕船，有的人呕吐，有的人头疼，所以很少说话的。"

枫雪色点了一下头。

记不清也没有关系，只要派人详查一下，五起灭门案中涉及的东林镖局、乌鹊庄、半月村、万江集周家、姓孙的孤老儿，谁曾在一个月前出过远门，并自岷华郡乘舟沿虎澜江而下即可。这五处虽然没有活口留下，但如果有人曾看过这场江滩大屠杀，平时言语间多半会透露出来。这种消息一向传播快速，总会传到别人的耳朵里的。

如果查询证实了他的推断，那么五起案子与江滩屠杀，便可以真正归结为一件案子！

过龙愁岩，是寂寞岭，翻岭而过，是孤鹰涧，有栈桥通破碑山，再过破碑山，就上了联结塞北、西边、东域、中州和江南四省九府三十六县的官道。

一条崎岖的野径，掩藏在荒草之中。

两侧是重岩叠嶂、峭峰夹峙，脚下是汹涌波涛、浓雾锁江，枫雪色沿陡峭的龙愁岩攀援而上，白衣在翠林白雾间隐现。

山风很大，吹得浓稠的山雾时聚时散，聚时眼前一片白茫茫，散时便见山壁险峭。朱灰灰跟在他的后面，手脚并用，心惊胆战，唯恐一个不留神，掉到山涧下面送掉小命。

眼看枫雪色已经转过前面的山弯，身影已被山崖遮掩，朱灰灰大急，叫道："大侠，拜托您走慢些，小的跟不上！"

跟不上倒不打紧，就怕他会诬赖自己想逃跑，然后拿剑砍人——咳，其实倒也不是不想逃，可是一来人家武功高强，这么逃绝对跑不掉；二来，临行前，花花被那个绯衣和尚扣下了，说如果自己要花样，就把花花宰了红烧。所以，说什么也得跟这位枫大爷回去，然后把花花赎出来。

听不到枫雪色的回答，他只得加快动作往上爬，好不容易到了山顶，看到枫雪色正站在一棵树下负手远眺，不禁长长地出了一口气，坐在了地上：终于追到他了！

此处地势甚高，枫雪色看看天边堆积的阴云，微微皱起了眉："你太慢了！天黑之前如果不能翻过破碑山，我们就只能在山上过夜。"

"我其实也不算太慢，是您太快了！"朱灰灰苦着脸，问道，"大侠，我们为什么一定要爬山？如果在虎澜江搭船，那不是省力气得多吗？"

枫雪色冷然不语。

他当然没必要告诉这泼皮，因为他怀疑那些杀手和死者，很可能便是沿着这条路步行到龙愁岩的——那么一大批的死者和杀手，如果是从水路而来，则江滩附近应该有船只，而且不止一艘。

然而朱灰灰的叙述中，从来没有提看到其他的船只……

这位大爷一向脾气大，不爱理人，朱灰灰也不介意。坐在地上喘了半天，又爬起来，在旁边的树上折了一根树枝，拽掉叶子，握在手上比了比，感觉粗细很称手，立刻高兴起来。

枫雪色看他喘息已定，重新迈步而行。

朱灰灰拿着拐杖跟在后面，走路还真是轻松了很多，心里一得意，放声开唱。

先将喉咙憋得很粗："弯弯云间月，小妹妹坐窗前，细细的眉儿毛茸茸的眼，看得哥哥心里甜。"忽又尖声尖气转女声，"弯弯云间月，奴家我坐窗前，墙外的哥哥贼溜溜的眼，看得奴家心里乱。"

他边行边唱着不知道哪里学来的俚歌，正苦中作乐，没注意踩到一块碎石，脚下一滑，顺着一个陡坡滚了下去。

朱灰灰"啊哟"一声，撒手扔拐，两手乱抓，想要抓个东西稳身。可倒霉的是，身边竟然连荆树和凸起的石头都没有，一些岩草根本受不住他的体重。完了！这要是摔下去，不死也得摔成残废……

正在惊惧之中，胳膊上突然一紧，有一只洁白的手，握住了他的手腕。

那只手很有力量，手指修长，指甲光润，修剪得很整洁，皮肤白皙细腻，腕上覆盖着一截雪白的袖子，顺着袖管望上去，是一张俊美英挺的面容，两道靓丽的剑眉，深黑的眼睛像夏日夜空里的星，高高的鼻子，优美纤薄的唇如开在悬崖边的那朵野蔷薇的花瓣……

看着那张高洁清俊的脸，朱灰灰忽然有点不安，有生以来，第一次产生某种类似于自惭形秽的感觉。

还是第一次在这样近的距离打量枫雪色呢！从前，他都不让自己靠近他身周三尺。嗯，虽然这家伙脾气不好，动不动就拔剑要砍他，不过，他……真是挺好看的……

从上而下望着朱灰灰的黑脸，枫雪色再次皱起了眉。

这小子太脏了，那张脸好像就没洗干净过，什么时候看他，什么时候脸上有泥。脖子上的污垢积了一层，都看不出肌肤本身的颜色。还有这只手，手腕很细，从手指一直到衣袖滑下去露出的手臂，全是灰扑扑脏兮兮……

他这一辈子都没洗过澡吧？能把自己搞这么脏，还真不容易！

就这么脏的一个人，自己还有勇气抓着他的手腕，更不容易！

枫雪色两指扣在山岩上，微一用力，身体腾空，带着朱灰灰落向山顶，然后把他丢在地上。

朱灰灰坐在地上，一边安抚受惊的小心肝，一边道："大侠，谢谢您的救命之恩！"

枫雪色"嗯"了一声，从怀中拿出一方雪白的丝帕，擦了擦手，然后掌心一松，丝帕乘风飞去。

朱灰灰目送那帕子落到山崖下面，有些委屈地扁了扁嘴，再次默默地跟在他的身后。这次不敢再得意忘形，老老实实一步一个脚印，速度却更加慢了。

枫雪色终于有些不耐，开口道："用轻功！"虽然是半吊子都不如的轻功，好歹也比普通的速度要快。

"怎么用？"他们都说他会什么"流光遗恨"的轻功，反而他自己不知道呢。

枫雪色默然片刻，道："你就当……偷了人家的馒头，后面一大群人追你，追到就会送官挨板子……"

话音未落，"嗖"的一声，朱灰灰已经蹿出去好几丈远。

没想到对这句话反应这么大，枫雪色忍俊不禁，险些笑出声来，急忙板起脸，假装若无其事地足步轻移，跟了上去。

朱灰灰边跑边看他："大侠，这就是您说的轻功？"他没有内力，一开口说话，呼出气息，速度又慢了下来。

枫雪色道："闭上嘴，舌尖抵着上腭，想着天地清气自百慧穴而入，在下丹田缓缓聚成一团，气息沿着奇经八脉游走，渐渐汇集在足底涌泉……我让你闭嘴，你闭眼干什么？"

朱灰灰疼得直揉脑门，用这种速度跑山路还真不习惯，没注意脑袋就在树上撞出一个包。

"你懂不懂什么是丹田？什么是奇经八脉？"枫雪色问道。他说给朱灰灰的，只是最基础的调息之法，可是如果这小子根本听不懂，那自己也别跟他废话了，没时间从零开始教导他。

这次朱灰灰却没让他失望，道："知道！我娘教过我！"

教是教过了，可他从来没好好练过——关键是娘也没非逼着他练啊！

枫雪色点点头："那你就照我说的催行内息，然后再用你娘教你的法子。"

朱灰灰咧咧嘴，做出一脸苦相。这种催行内息的方法娘教过的，只是太枯燥了，当年自己只练了不到一会儿就坐不住，跑出去堵隔壁三大爷家的烟囱去了。娘也没管，随自己爱练不练的。

可是这位脾气暴躁的大爷不是娘，如果不听他的话，说不定会挨揍——这世界上最不好吃的东西，就是眼前亏……

他一边胡琢磨，一边不由自主地依其言而行，初时脑袋总是开小差，结果没留神摔了好几个跟头，疼痛之下吸取教训，终于慢慢地收摄心神，专心起来，呼吸渐渐均匀起来，脚步真的轻快了许多……

天已经完全黑了，阴云越来越重，沉沉地压在头顶。

山间风吹树动，簌簌而响，仿佛魅影幢幢，偶尔有夜枭鸣叫，凄厉而短促。

遥遥地，枫雪色望着对面两峰间的一线飘摇的灰影。他目光如神，虽然在黑暗之中，仍然可以看出，那是一条长长的栈桥。

那么，这里应该是孤鹰涧了！

过了栈桥，就到破碑山，下山之后便是四通八达的官道，最近的城池是琛州——如果不是朱灰灰拖累，凭自己的脚程，现在早已经在琛州城里，热水沐浴之后，披一件舒适爽洁的袍子，慢慢地享用晚餐了。

同样，因为朱灰灰的关系，也不可能连夜翻过这山。本来山路就陡峭，晚上又视物不清，若再赶上下雨打雷，那可就太危险了。

所以只好在山中投宿一夜。

枫雪色辨了一下方向，顺着东侧林子走了下去。

跑了多半天的山路，朱灰灰早已累得半死不活，也没精神去多问一句——反正问了人家也不答。

走了数里，山坡的上面，出现几星灯火。一栋房屋，掩映在扶疏的树木之间。

这是一间客栈。

客栈很简陋，只有上下两层，由毛竹和原木搭建而成，虽然是暗夜之中，仍可看到客栈的外表有些陈旧，但还算整洁。

雨檐下，挂着两盏灯笼，一群飞虫绕着灯笼飞来飞去地打转，昏黄的光线照着门楣上的木匾，匾上写着"听风客栈"，红漆的字已褪成褐色。

客栈的门开着，门窗都挂着竹帘，竹帘间隙透出一片橘色的光，很淡，却很温暖。

枫雪色与朱灰灰刚来到门前，一个店小二便挑开竹帘，匆匆迎了出来，满脸的笑容："客官，您请！"将二人迎入店中。

客店的内堂很宽敞，有角门通往后厅，角门的右侧是楼梯，沿梯而上，二楼是数间客房。左侧则放着一个大柜台，柜台上面摆着一个大算盘和一些酒坛子，一个满脸皱纹的老掌柜眯缝着眼睛坐在柜台后面，见有客人光临，立刻笑容可掬。

看上去今天客栈的生意很好，内堂的六张桌子，除了中间的桌子还空着，其余都坐上了客人。

枫雪色秀目电转，略略地扫视一圈，径直坐到空着的那张桌子，将腰间的剑摘下来，随手放桌上。朱灰灰当然不敢坐，垂着手在三尺之外站着。

小二跟过来，送上净手的水，一边伺候着洗手，一边殷勤地道："客官，您用点什么？小店有新鲜的山珍野味，有自己酿的好酒，还有今天早晨才从山下送上来的江鲤！"

"拣你们店里拿手的菜做几个吧，顺便收拾一间客房。"

只要一间房？那我咧？朱灰灰心中生气，却也不敢发问。

因为问了，得到的答案八成是：柴房、马厩、牛棚、猪窝，随便你住，说不定还会打发自己去睡茅厕——呸！

"您先尝尝我们这里的山茶，菜稍后就到！"小二斟上一杯茶，然后去张罗饭菜。

枫雪色慢慢地喝着茶。粗陶的茶杯，山茶有些苦，但水质却甘甜，中和之后倒也别有滋味。

朱灰灰也口渴了，眼巴巴地看着枫雪色，然而人家就和没看见他一样，捧着杯细品慢咽。他只好忍气吞声地和店里另一个胳膊上搭手巾的伙计要了一碗凉水，咕咚咕咚地喝了下去。

很快，小二送上来四个小菜，鸡丝长寿菜、山兔丁炒蘑菇、香蒿蒸鱼、青笋拌金针菇，还有一壶米酒。

朱灰灰看看桌上只摆了一副碗筷，情知是没自己的分了——其实店小二就算摆上两副碗筷，他也不敢跟枫雪色坐一桌。他深知这位白衣大爷很不"待见"自己，押着自己一起走，那实在是无可奈何，所以他也绝不主动往大爷跟前凑。

不过，枫雪色爱讨厌不讨厌自己，朱灰灰根本就不在乎。为了早日赎回花花，自己都忍到这个地步了，也犯不着为一点小事去惹他不高兴——再说咱也惹不起啊！

当下跟店小二讨了一碗糙米饭，上面堆了几根咸菜，捧着碗坐到客店的门槛上，面对着黑黢黢的大山，一口米饭一口咸菜，吃得倒也津津有味。

在宽大敝旧的木门和夜幕的黑色背景衬托下，朱灰灰的背影显得很瘦弱，坐在粗木的门槛上，跟个受气包似的。

看着他往嘴里扒了一口米饭，然后又咬了一口咸菜条，枫雪色忽然有点不忍心的感觉，可是一看到他的脏脸上沾的饭粒，心肠立刻又硬了起来。

他为人仁慈侠义，声名远播，无论是高官显贵，还是贩夫走卒，在他的眼中都一样，素来是谦和以待。唯独对这个朱灰灰，他实在客气不起来。

其实，朱灰灰也没做过什么大奸大恶的事，可那一身的坏毛病，令这世界上的正常人都看不上他。

他胆小，怕死，怕疼，好吃懒做，没骨气，溜须拍马，见风使舵，欺压良善，油腔滑调，强词夺理，说谎成性，聪明劲都用在那一肚子损招上了，偷东西——还都是小偷小摸，顺手牵人家两个包子一只鸡的，非常招人恨，可认真起来却又治不了他什么罪！

他唯一的优点就是有自知之明、能屈能伸，知道什么人是惹不起的，肯在强者面前夹着尾巴做人，典型的小人嘴脸！唉！这个人年纪不大，但品性如此恶劣，你怎么称呼都行，混混，地痞，泼皮，市井无赖，二流子，小流氓……

想到为了那件案子，还要押着这无耻之人走很长的路，枫雪色暗暗叹了口气。

〈 07 〉

朱灰灰把最后的米粒送进口中，随便用袖子抹了抹脸。

这家厨房做的饭不好吃，米饭里面放错调味料了。那种牵僵蕈，放在米饭里，口感会有一点涩，它比较适合放进鸡鸭鱼肉之类的菜肴里，溶入油脂便什么异常味道都没有了。

唉！现在不是挑剔的时候，有饭吃总好过没有。花花落在那个大和尚手里，不知道有没有被好好喂，说不定一直饿着呢！

自己和花花这次真是太倒霉了，不但看见不该看的事情，还碰到不该碰到的人，两个都被欺负。偏偏敌人太强，又报复不回来，这个哑巴亏可是吃定了！

站起来舒舒服服地伸了个懒腰，回过身来，捧着饭碗送还给店小二。

小二接过饭碗，望着他的脸，眼睛显出一丝诧异之色。

朱灰灰不明所以地回望他，抓抓头发："啊？"难道小二看出自己没有钱付账？

"哦……我是想问，客官您还要不要再添一碗？"

朱灰灰摸摸肚子，道："不要了，吃饱了！"

转头看看枫雪色还在慢条斯理地用餐，于是耐下性子又靠着门框坐了下去，等他的吩咐。

本来吃饱了就爱困，再加上闲坐无聊，他将手按在嘴上一个接一个地打呵欠，为了打发时间，眼睛四处闲看起来：

最东边的位子，坐的是一个白胖子和一个背弓带刀的壮汉，两人正边吃边聊，听话意是收山货的商人和山间的猎户，在为一张豹皮讨价还价着。

西边坐的客人穿着青色的儒服，大约四十多岁，颏下三绺墨髯，很有学问的样子，不过桌角立着一把鹤嘴药锄，所以他不是学堂里的先生，而应该是位郎中。

角落里的桌边，坐的是一对年轻的男女，看衣着出自中等人家，男的样貌堂堂，女的身材饱满，颇有几分姿色，不过这两人的举动也太肉麻了，头挨得近近的，你喂我吃一口菜，我偷亲你一下的，生怕别人不知道他们是私奔的吗？

再旁边，那个货郎模样的瘦小男子形貌猥琐又小气，桌上只点了一小壶酒和一碟烧豆腐，小口小口地喝着，嘴还吧嗒吧嗒的，一看就没吃过好东西，一盘豆腐就美成这样！

最右边的是位三十多岁的妇人，领着个十二三岁的男孩儿，应该是母子吧？瞧人家的妈妈多疼孩子啊，把好吃的肉啊菜啊都夹到儿子的碟子里！

对比之下，咱的老娘只会让咱给她烧菜吃，如果菜不合胃口还要挨她的骂……唉，可怜又命苦的朱灰灰！

正在自怜自伤，天空霹雳一声，雷声滚滚而过，酝酿了一天的雨，终于下起来了。

山风吹送，雨点打来，朱灰灰赶紧跳起来，顺手去拉竹帘准备关门。

一只灰白色大蛾子被风吹着，一头撞在朱灰灰的脸上，歪歪斜斜地飞了半圈，"啪嗒"一声掉在地上，瞬间变成焦色。

啊？自己的脸皮居然厚到这种程度，把蛾子都撞晕了？

一时间所有人的目光都射过来，朱灰灰有点惭愧，暗自在脸上按了按，没有啊，脸蛋挺软的嘛！

正在纳闷中，"啵"的一声，店堂里的灯火突然全部灭了。

朱灰灰一怔。分布在不同方位的七盏烛火，怎么可能同时熄灭？再说，门窗都关着，山风又吹不进来——啊，是鬼！一般鬼都是以这方式出现的！

心念电转，刚怀疑到有厉鬼闯门之际，耳中又听到"铮"的一声，这熟悉的剑吟，正是暴躁大爷那把暴躁的剑出鞘的声音，之前这把狭长如雪的剑可不止一次地在自己的脖子上比画过。

朱灰灰闻声胆寒，条件反射地趴在地上，就地向右侧滚开，抱着头缩进门后的空档。

正不知道自己又哪儿惹大爷生气了，便听得刚才自己站立的地方"噗噗"作响，似乎是细微的针钉进木头地板的声音。

然后，内堂之中，便响起各种各样的杂音，桌子破碎声、盘碗碎裂声、呼呼的掌风声和密如连珠的兵器撞击声。

朱灰灰心中"突突"乱跳，不好，有人打起来了！

听现在这动静，肯定又是什么江湖仇杀，而且似乎个个都是高手……自己大概最近撞邪，怎么老碰上这种事啊！

他只是市井混混级别，虽然心向往江湖，但流浪多日，却连真正江湖的边都没摸着过。日常所见，最多也就是地痞打架、流氓械斗、无赖撒泼，一度以为那就是江湖了，仗着自己的聪明机灵和混市井的经验，倒也占便宜的时候居多，基本没有吃过亏。

直到他亲眼看到那场大屠杀，然后又经历了"不吃不喝兄弟"的被杀，再然后又被"暴躁的大爷"虐待，才知道，江湖这个鬼地方，根本不是他能玩得起的！

尤其是江湖里的人，随随便便就砍人家脑袋，他更是一个都惹不起！

朱灰灰一边叫苦不迭，一边尽力保持镇定，一动也不敢动，生恐一不小心发出些微声响，便有刀啊剑啊的招呼过来。

突然之间，室内又声息全无，耳中所听除了风声雨声，甚至连人的呼吸都没有。

正在静默之际，传来枫雪色的一声长笑："可是见血楼的十二生肖使？"

"啪啪啪啪！"

黑暗中有人轻轻鼓掌，一个女声笑道："雪色公子，果然名不虚传！"声音甚尖。

枫雪色曼声笑道："猴栗羞芳果，鸡砧引清杯。鸡上使的鸡爪镰，也让在下大开眼界！"

"嚓"的一声，有人打着了火石，点燃了一支牛油火炬。

借着火光，朱灰灰偷偷地露出眼睛，自门缝向外看去。

内堂已经一片狼藉，枫雪色洒脱地立在正当中，掌中剑辉映着火光，一身白衣仍然纤尘不染。

周围，十二个人散布在各个角落，团团地将枫雪色包围在正中。火苗跳突，映得他们的脸阴晴不定，甚是诡异。

这十二个人有男有女，有老头有小孩儿，打扮不同，却全是熟人——正是刚才还在各行其是的食客、小二、掌柜，其中有个没见过的，又高又胖的身材，手里拎着一口巨大的合板板门刀，腰上还围着一条油渍麻花的围裙，看样子应该是一直藏身在厨房的厨子。

正在偷看，那个十二三岁的男孩突然回过头来，眼中精芒四射，眼神像两口剑一样，在朱灰灰的脸上盯了一眼。

朱灰灰倏地缩回头来，心里打了个突，偷偷地擦汗。这小孩儿看着比自己小好几岁，可是眼神好可怕。

曾给他盛饭的店小二也看了过来，奇怪地道："你怎么还没死？"

朱灰灰干笑一声："咳，那个，不好意思啊！"

店小二回过头来："佘大姐，您给下错药了？"

那个私奔女破口骂道："放屁！老娘的金钩玉魄用过几百次，怎么可能给错！你没看到那蛾子沾到他的脸上，立刻就毒死了吗！"

小二哑然。

私奔女也觉得很奇怪。

她是见血楼十二生肖使之中的蛇上使，最是擅长制毒用毒，死在她毒药下的人，没有一千也有八百。金钩玉魄是她精心炼制的一种毒药，提取自一种极毒的菌类，无色无嗅无味，常人便是服下指甲一挑的分量，也过不多久便会毙命。这种毒药提炼极为不易，平时都舍不得用，这次为了对付传说中的雪色公子，才咬牙狠心贡献出一小瓷瓶。

行走江湖之人，通常对酒、菜、茶水等会加倍留意，但却较少注意到米饭，所以她把一瓶毒药都下在米饭里了——雪色公子年纪虽轻，却是老江湖了，为人睿智机警，他们也没指望会毒倒他，只是不肯放过任何机会而已。

刚才给那小子盛的饭，便是这种加料米饭。本以为先把这小子放倒，然后趁枫雪色疏神之际，大家一齐出手做了他，可谁知，那小子捧着一碗毒饭吃得津津有味，居然什么事都没有。

明明吃了分量足以毒死几十口人的毒药，偏偏看上去却活蹦乱跳，一点异样都没有。如果不是她亲眼看着他吞下去的，真会怀疑这毒是不是进了他的肚子！

可是若说他没中毒，那蛾子只在他脸上扑了一下，就禁受不住被毒死了——便是这只蛾子使伏杀败露，所以他们才会抢先出手，却没有料到，十二个人的一轮抢攻，仍然拾掇不下这个枫雪色！

雪色公子还好说，这个肮脏的小子，却邪门得紧。

中金钩玉魄之毒的人，眼瞳里会出现一些若隐若现的金色血丝，凭这小子吃的分量，两粒眼珠都会变成浊黄的，可是现在，他一双眼睛黑白分明，炯炯有神，哪里像是中毒的？

蛇上使越想越不甘心，扭着腰肢走过来，拢拢头发，抚抚衣襟，妖妖娆娆地道："小弟弟，米饭好吃吗？"声音甜得起腻。

朱灰灰抖落一身鸡皮疙瘩。

若是平时走在街上，碰到这种摆出一副"男人快来调戏我"的面孔的女人，以他那"助人为乐"的毛病，立刻便会伸出爪子，去掐人家的脸蛋或者屁股，先占了便宜再说。

可是这个时候，他可不敢惹麻烦上身，战战兢兢地道："好，好吃！配米饭的调料尤其美味，刚入口时是苦中带涩，回味起来却是……是涩中带苦，便如、便如姐姐您这样的大美人，看上去成熟又老练，像树上熟透得快掉下来的梨子；实际上也老练又成熟，还、还是像一颗熟透了的梨……"

心里大大地喝了一声彩，佩服自己居然拍得出这么有学问的马屁！

眼角瞥见周围之人忍笑的面容，蛇上使的脸由绿变黄，由黄变绿，转瞬间换了几次颜色，不禁在心里破口大骂：你妈才是熟透的烂梨呢！她恨恨地咬着牙，挤出娇滴滴的笑容："好乖的小弟弟，来来来，姐姐让你尝尝什么是熟透了的梨子！"

十指箕张，长长的红甲带着尖锐的风声，倏地向朱灰灰的脏脸上抓去，铁了心要把这小子的脏脸挠成烂梨。

朱灰灰吓得抱头缩成一团，才喊一声"娘"的功夫，那尖利的指甲已碰到睫毛，劲气逼得眼睛生疼，眼泪不由自主地上涌，可是想到马上这对眼珠就不归自己管了，他仍然竭尽全力地瞪大眼睛，多看得一刻是一刻。

眼前突然雪芒乍现，然后是"嚓"的一声轻响，接着是"扑簌"数声，十片红红的指甲落在地上。

蛇上使举着光秃秃的十指，愕然。

枫雪色二指在剑脊上轻轻一抹，哂然笑道："蛇上使何必和这个孩子一般见识，还是让在下奉陪吧！"

十二生肖使的脸皆变色，刚才他们已经全力盯着枫雪色，却仍然没有人能及时阻挡他神出鬼没般地出手——幸亏他剑下留情，不然，落在地上的，就不是指甲，而是蛇上使的十个指头……

朱灰灰见机极快，连滚带爬地躲到枫雪色身后，心里却在嘀咕，这位大爷武功够高，可是脑子似乎不太够用，难道没听说过，"对敌人慈悲，就是对自己残忍"这句话吗？小时候老娘讲过，一个叫东什么郭的傻老头救了一头狼，反而被狼吃了，大爷肯定没听过这个故事！也不对，大爷动不动就要砍自己的手、咔嚓自己的脑袋，为什么却不砍那个扭扭捏捏的妖精的手？嗯哼，好色果然是男人的通病！他可千万别见色不要命——尤其是不要朱灰灰我的小命啊……

正胡思乱想着，那个小孩儿猴上使倏地弹身跃后数丈，迅捷如猿，手中一条柔韧的皮索，向枫雪色双足缠来。

与此同时，被削了指甲与面子的蛇上使两只雪白的手掌相互一摩擦，掌心泛起一片桃红色；扮演小孩母亲的那个女人鸡上使，挥着掌中两只鸡爪镰，两人同时攻向枫雪色的胸腹。另外的掌柜、伙计、猎户、郎中、商人、小贩、厨子和私奔男也同时抢攻而上，分袭不同的部位。

十二生肖使，是见血楼里有名的杀手，武技刁钻诡异，有远攻有近战，平时又配合无间，一攻之下，枫雪色从头顶到足下，各个角度都被封住了。

枫雪色长剑漫然斜挑，剑尖幻出一片雪色的虚影，十二生肖使但觉眼前白茫茫的剑气纵横，他身周三尺便似笼罩铜墙铁壁一般，说什么也攻不进去。

朱灰灰龟缩在枫雪色的身后，更是晃得眼都花了，只觉得身周寒光电影乱窜，他也分不出是谁的，一颗心"扑通扑通"地猛跳，也不知道是什么还在支撑着自己，没有当场吓尿了裤子。

店堂中唯一的牛油火炬"突"地一跳，乍亮之后又灭了。

周围再次陷入黑暗之中，朱灰灰的眼睛里却还残留着那匹雪练似的剑幕。

耳中所听突然激烈起来，劲风振荡，武器破空，呼啸之声绵绵不绝，然而却听不到任何兵器相撞的声音。

朱灰灰不懂这是什么打法，只是一个劲儿地担心，一对十二，白衣大爷脾气再大、剑再暴躁，只怕也敌不过对方人多势众吧。

此时此刻，他心里矛盾异常：既盼着人家把白衣大爷宰了，自己好趁机逃走，然后再回去想办法救花花脱难；又怕人家杀了大爷再来杀自己——那还不如跟着大爷受虐待呢！这位大爷的剑虽然非常喜欢自己的脖子，但好歹只是吓唬，刚才那女人却是真的想挖自己眼睛呢！

思来想去，觉得还是盼着白衣大爷打赢，对自己比较有利。

忽然颈上一紧，一只手抓住了他的后领，虽然手指带着暖暖的温度，但朱灰灰的心却比什么都凉，刚要呼喊"大侠饶命"，却猛地吸入一口腥甜的烟气，顿时呛得直咳嗽。不禁心里大骂：谁这么缺德啊，乱燃这个九香转魂烟——娘说这烟不是什么好东西，一般都是上坟的时候给鬼点的，乱点这个烟，那不是咒他们活人变鬼嘛！

还没骂完，突觉身体凌空飞起，还未弄清是怎么回事，一转念便想到马上要撞到屋顶，不禁"哇哇"大叫。这一下还不把老子撞成烂柿子啊！

"住嘴！"

正在惊魂之际，耳边听得一声低低的呼喝，随即感觉一只手掌在自己的臀上轻推一下，身子已转了方向，斜着飞出，然后撞在窗户上，裹着竹帘子摔了出去。

帘外，风正疾，雨正大。

朱灰灰在地上滚了两滚，"扑通"，扎进一个泥坑，要不是闭气得快，差点就吞了几口泥水进去。

故意的！绝对是故意把自己扔到坑里的！

朱灰灰大怒，奋力地抬起头来，拿袖子抹去脸上的泥水，便要破口大骂。腰带突然被人抓住，然后整个人被提了起来，只听得枫雪色扬声笑道："今日承蒙见教，各位后会有期！"

朱灰灰把一肚子骂人话都咽了回去，他听得懂这种文绉绉的话，心里顿时幸灾乐祸：哈哈，白衣大爷打输了，要逃了！

只觉身体被人拎着飞驰，如腾云驾雾一般，身边风声呼呼作响，口鼻被风雨滞住，几乎透不过气，憋得难受，然值得庆幸的是，身后却似乎没有人追来。

风劲雨急，全身早湿透了，朱灰灰冷得直哆嗦。他不知道枫雪色会把自己拎到哪里去，心中一片茫然。

〈 08 〉

疾奔之中，枫雪色突然收足，静如渊停岳峙，松手将朱灰灰抛在地上。

"哎哟！拜托大侠您轻拿轻放！"咱是肉做的，不是石头！朱灰灰哼哼唧唧地爬起来。

枫雪色一边游目缓缓打量着四周环境，一边冷声问道："你怎么样？"

朱灰灰牙齿打战，冻得哆哆嗦嗦地回答："还，还好！"虽然吓个半死，又被风吹雨淋得半死，再被大爷摔个半死，但好歹还剩口气！

枫雪色突然伸手扣住他的手腕，吓了朱灰灰一跳："干吗？"不是又要剁手吧？他可什么都没干哪！被拎着跑的时候没有偷钱包也没有趁机揩油……

枫雪色的手指搭在他的脉上，体察朱灰灰的脉象，只觉脉搏跳动稳实，起伏沉静有力，除了有一点虚火，健康得不能再健康了！然而……

他陡然一怔，这……这是……这泼皮是……

枫雪色倏然放开掌中那只手，后退了两步，稳稳神，方问道："你没有中毒？"

朱灰灰纳闷地问道："什么中毒？"

"你吃的米饭里有毒！"枫雪色道。

用餐的时候，朱灰灰怕惹他厌烦，于是捧着碗背对他坐在门槛上，他一时不察，导致朱灰灰吃了一大碗毒米饭。待察觉之后，虽然心中甚忧，但强敌环伺，说什么也不能露出破绽为敌所趁，本想迅速解决敌人，逼他们拿出解药，可未曾想到，朱灰灰竟然一点事都没有。

当时的情景，不但见血楼的十二生肖使奇怪得要命，自己也小吃了一惊！

接下来的战斗中，蛇上使和那个郎中打扮的龙上使再次暗中施放毒烟，黑暗之中枫雪色唯恐护不得这小子，所以才带着他冲出包围，走为上策。

朱灰灰摸摸头："有毒？没觉得啊！就是里面放错了牵僵蕈，所以米饭的味道有点苦。这种调味不应该放在米饭里，放在肉类里比较合适。"

一番话把枫雪色也说怔了："牵僵蕈？那是什么？"

"就是一种蘑菇啊！通常和蛇涎草长在一起，不过数量非常少，味道也不是很好，我娘说这东西吃多了眼睛会变黄，身体也会像木头人一样僵硬。"朱灰灰解释道。这位大爷忒没见识，连牵僵蕈都不知道。

不知道怎么搞的，每当认真地和朱灰灰说话，枫雪色便有一种鸡同鸭讲的感觉。"等等，那碗米饭里放的金钩玉魄，你叫作牵僵蕈？"

"那个金钩玉魄是什么，我可不知道了。"这副迷茫的口吻，就跟他不知道"流光遗恨"是轻功一样，没什么稀奇的！

枫雪色眉头微锁，还想再问，一道闪电当空劈过，望见朱灰灰那双大睁的迷茫的眼睛，他忽然转开头："算了！此事回头再说吧！"这家伙的娘是个疯子，教出来的孩子……当然也正常不了，所以，为了保证自己不崩溃，还是少跟他搅和为好！

天际滚滚的雷声，掩盖了朱灰灰的窃笑。哈哈！大爷的白衣上全是泥水，现在和老子一样，都成了泥猴子！该！看他还装蒜不！

又是一道闪电当空划过，他瞥见枫雪色水淋淋的衣服上，有一片暗色的斑点，朱灰灰强忍的笑容一下收了回去："大侠，您受伤了？"伤得……好哦！这下可没精神虐待自己了吧？

枫雪色观看着前面的路，漫不经心地道："没有。"

身上的血是那十二生肖使的。刚才的一战，对方十二人，至少伤了一半。

朱灰灰有些好奇："那些人……为什么要杀你？"

枫雪色淡然道："也许，他们是来杀你的。"

朱灰灰立刻打了个寒噤："不，不会吧！"他从来都没有见过这些人，怎么又是来杀自己的？难道偷包子也会被人恨到买杀手来报复？

越想越觉得倒霉，他几乎哭出来，又道："难道，他们是和那些黑衣人一伙的？"

枫雪色只回答了两个字："不是！"

反正他说了这不学无术的家伙也听不懂。

那些黑衣人做事隐秘低调，一直都是宁可滥杀、绝不放过的，绝对不会随便请外人帮忙，何况见血楼十二生肖使这种在江湖上很拉风的杀手——这个组织太有名了，有名到随随便便一个杀手，都是在江湖中数得上名号的，其出手风格一望便知出自何处。

反倒是那些来历诡异的黑衣杀手，是江湖中的新人，平实有效的杀人手法，滴水不漏的杀人计划，任谁也猜不透他们是谁。雁合塔一战，被他除掉了七个黑衣人，此后他们就再也没有现身。这个神秘杀手组织，绝对不止就这七个人，现在没有出现，应该是酝酿更疯狂的行动吧？

至于见血楼为何在半路伏杀自己，根本连猜都不用猜，等把朱灰灰这累赘打发掉了，自己直接找上门去就好——也许都用不到找上门去，今天伤了他们不少人，他们肯定还会来找自己的。

雨已经下了很长时间，天上依然闪电霹雳不断，朱灰灰蹲在地上，被浇得落汤鸡一样。

枫雪色刚才借着闪电的光已看清楚周围地形，见雨一时半会儿也停不了，便道："走吧。"

"不是吧？大侠！"朱灰灰哭丧着脸道。

这大雨天的，本来山上树多就容易遭雷电，大爷手里还拿块铁，恐怕雷不劈他是不是？

枫雪色懒得跟他废话，抬足想要踢他屁股，可是脚抬了起来，不知为何却又忍住，只道："来不来随便你。"

沿着石壁微凹的一侧走过去。漆黑夜雨，才走了几步，背影已融入夜色之中。

朱灰灰只听一阵簌簌之声，那位大爷就不见了人影。他有心不搭理，可是在这样的荒山野岭，雷声滚滚，周围除了风雨声，还有远处的山洪咆哮声、滚石落木的撞击声和其他乱七八糟的什么东西鬼哭狼嚎声……

他有些胆寒，身上也毛毛的，越来越觉得这地儿实在不像人待的，再加上被雨浇得也受不住了，磨蹭了一会儿，还是很没面子地跟了过去。

走出数丈，也不见枫雪色的人影。

"大、大侠？"试探着叫了两声，未见回应，他顿时有些发急！

晕！大爷不是自己走了吧？这当然求之不得，但好歹也过了今天晚上再说啊！这大半夜还下着雨，把他一个人扔山上算什么大侠啊！

"大侠！大侠！"

"……"

"大侠！您在哪儿？"

"……"

"大侠，我日你大爷！"

"啪！"

朱灰灰脑袋上挨了一掌，不重，但是出手极巧妙，打得他眼冒金星，一阵晕眩，一个跟头栽了下去。

后颈的衣领又是一紧，他又被拎了起来。这次朱灰灰学得极乖，把到了嘴边的一万多句恶毒骂词全咽了下去。心中只想，原来白衣大侠犯贱，不挨骂就不吱声！可是话说回来了，最犯贱的还是自己，不挨打就嘴不老实……

他不出声，枫雪色倒是觉得有点奇怪，提着他走了几步，"扑通"一声，扔在地上。

知道人家是故意折磨自己的，朱灰灰按着后腰咧嘴爬了起来，居然很有骨气地忍着不叫疼。

视线所及，一片漆黑，简直伸手不见五指。他两手往身前摸索，碰到一片衣帛，急忙抓住。

"啪！"

这次是手上挨了一巴掌。

枫雪色冷冷地道："放开我的衣服！"

"抓一下有什么要紧嘛，反正现在大家都是一样的泥鳅。"朱灰灰嘀咕着，虽然不情不愿，但仍然松开手。

一阵阴风吹过，寒气沁骨。朱灰灰冷得抱着肩缩成一团，"咯咯咯"，牙直打战。发觉头上已经没有雨淋下，他刚想是不是雨停了，一转念便明白，这大概是个什么山洞。

黑暗之中，枫雪色淡淡的声音传来："这山洞阴寒，如果你不想明天大病一场，就快把身上的衣服弄干。"

"没事，我……我身体壮！"朱灰灰嘴上回答，心里却在骂骂咧咧。你当老子是太阳啊，能让身上的衣服说干就干！

耳中听得窸窸窣窣的声音，似乎是枫雪色正在拧衣服上的水。

朱灰灰也觉得身上非常不舒服，穿这么湿的衣服，跟泡澡也没什么区别，时间长了皮肤非泡浮肿了不可——他最不爱洗澡了！老娘说过，洗澡太多会伤元气，元气伤多了，就跟隔壁镇子上那个娶了六个老婆的色痨鬼一样，瘦得跟骨头棒子没区别，路都走不动，一咳嗽就像要断气似的。

想到那个色痨鬼，他立刻不再迟疑，把外衣除下，两手绞动，用力拧干，然后又迎着风抖了抖，胡乱地在脸上擦了擦，再把潮湿的衣服套回身上。

刚整理好，便听得"嗒"的一声轻响，一簇火苗在枫雪色的掌中燃起，映得他白皙的手掌呈现透明的玉色。

在一片黑暗湿冷中，这一簇微微的火光令朱灰灰的心都亮堂起来，他有点佩服地眨了眨眼睛。

瞧瞧人家！什么是老江湖？老江湖就是，不论走到哪里、不论刮风下雨，随时都可以掏出一只千里火！像自己这样站在江湖门外的幼稚儿，身上最多也就带——嗯！记得兜里还剩几粒糖……

朱灰灰伸手入袋，掏了半天，却只摸到袋底两个大洞，不由大叫晦气！

枫雪色将千里火的火苗捻得大些。他的千里火是特制的，火焰高，光线足，又耐燃，平时与银票等一起放在防水皮囊里，所以虽然人被雨淋得湿透了，皮囊内的东西却没事。

火焰升起足有半尺多高，散发着明亮而温暖的光晕。

朱灰灰身上冷得厉害，下意识地往前靠了靠，伸手在火苗上拢了一拢，又迅速缩回手来，糟糕，差点忘了不能离大爷太近的！

枫雪色抬头看了他一眼，眼神有瞬间的迷离，失神地"嗯"了一声。

朱灰灰不明白，抓抓还在滴水的头发，又抹了抹脸上的水珠，茫然地回了一个无意义的"啊"字。

一怔之后，枫雪色移开目光，面容恢复淡然，拿着千里火四处察看，朱灰灰提着湿淋淋的头发，跟在枫雪色的后面转。

这是一个溶洞，洞里的石头奇形怪状，峥嵘嶙峋，千姿百态，颇有奇趣。

朱灰灰一边看一边啧啧称奇："这洞曲折幽深，也不知道尽头通往哪里……"

枫雪色被他吵烦了，将千里火放在一块石头上，找了一块干爽平整的地方，盘膝坐下，道："天明雨歇之后我们要继续上路，歇不歇息随便你。"闭上眼睛不再看他。

朱灰灰其实很想拿着千里火往洞里面走深一些，可是不敢违逆暴躁大爷，只得"哦"了一声，也找了个合适的地方，靠着石壁坐下了。

不过，他可没有人家那种静坐的禅定功夫，地上又硬，衣服又湿，身上又冷，怎么待着都不得劲，坐下起来，起来坐下，宛如屁股上长疔，没有一刻的安宁，只觉这辈子遭遇最难过的事情，莫过于此时此刻！

眼见枫雪色坐如钟、静如渊、息虑宁心、呼吸悠长，头上、身上冒出丝丝白气，难道这就是传说中以内力蒸发身上的湿气？

朱灰灰妒忌地摸摸自己的湿衣，忽然恶毒地想，要是此刻大吼一声，说不定就可以吓得他走火入魔……

刚动这个念头，便听枫雪色缓缓地道："你娘没有教过你内功吐纳之术？"这家伙那神秘的娘虽然疯，但不可否认，似乎还蛮有料的。

"就是你告诉我跑路时用的那种呼吸方法吗？我娘教过，不过她可没说是内功。"

"教的什么？还记得吗？"

朱灰灰皱眉想了半天，勉强道："似乎……记得一些！"

"说来听听！"

"我干吗告诉你？"

枫雪色闭目端坐，唇角微微一扬，淡然而笑，道："记不得便承认记不得，反正你已经足够笨了，再吹牛皮也没有人会称赞你！"

朱灰灰被他说破心思，虽然脸皮超级厚，也觉得有一点点羞愧之意从皮肤深处透到表层来，为了掩饰尴尬，粗声粗气地道："谁吹牛了，我当然记得了！"

"我娘说，沛然之气，存乎于天地，养乎于我心，冲游于十二经络，行走于奇经八脉之间……你看，我记得清楚吧！"咳，娘教的这个一共五百六十句，他现在却只记得五六句，不过好歹也还有百分之一嘛！

枫雪色淡淡地道："全是废话。"

这几句口诀听起来是一篇内功心法的起首句，可惜天下大部分门派内功口诀的起首基本都是这类的句子，不能说没有意义，但没有一点出奇之处——想来，能够传授"流光遗恨"轻功的人，传下的内功是不会如此普通的。那么，让人失望的，就只能是这个……这个不学无术的家伙！

朱灰灰当然不服，无奈人熊志短，不敢跟枫雪色大爷叫板，被骂也只好认了。

枫雪色微微睁开眼睛，看了看他，道："现在，你给我老实地坐下，五心朝天，意守丹田，澄神静虑，摄心归一，正觉化气，行子午周天，至三花聚顶，五气朝元……我警告你，给我坐稳当了，从此刻到天明，你只要敢动一动，我就砍了你的腿！"说完将剑横放在自己的膝上。

朱灰灰叫苦："又砍腿啊！"照这么着，他全身长满腿也不够砍的！

一边抱怨，一边学着枫雪色的样子跌坐下去，闭上眼睛闷了片刻，问道："大侠，三花聚顶都是什么来着？还有五气朝元，还有子午周天……"大爷只不许动腿，可没不许说话。

"闭嘴！"

"哦……"

又坐了一会儿，朱灰灰屁股被山石硌得很疼，腿也麻得要命，睁开一只眼睛，偷瞄了一下枫雪色，发现人家端坐如初，他悄悄欠欠身子，准备把腿伸出去舒展一下。

枫雪色仿佛额头上长着眼睛，信手握剑挥出，"噗"的一声，连鞘敲在他的腿上。

朱灰灰吓出一身冷汗，立刻老实了，屁股就如被焊在地上一样，真的不敢动一动。

枫雪色手腕翻转，剑指在朱灰灰背心的灵台穴上。

朱灰灰差点眼泪汪汪：暴力升级了，大爷这次不砍腿，准备直接捅自己个透心凉……

果然，有一股微凉的风自背后穴位钻入体内，就像一只小虫子，沿着经脉爬啊爬啊，麻麻的痒痒的，四肢百骸有一种暖洋洋很舒服的感觉，他情不自禁地缩了一下肩，咧嘴笑了一笑。

小虫子在他的身体里越爬越快，也越长越大，最后变成一只小耗子，跑进他的下腹丹田，定居下来，然后有越来越多的气流，从身体各处涌入，把小耗子包裹起来，一突一突地跳。

朱灰灰闭着眼睛，于冥冥中注视着这只小耗子，觉得自己仿佛是神一样，想让这小家伙往哪里跑，它就往哪里跑，真好玩，嘻嘻……

翌日，朱灰灰一觉醒来，发现自己竟然是坐在石头上睡了一夜，他站起来弯弯腰，伸伸腿，竟然一点也不觉得腰酸背疼，从石头上跳下，觉得身体异常轻快，而且分外的神清气爽。

回想起来，昨夜似乎逮了一宿的耗子，忍不住嘴角露出一丝微笑。看来，逮耗子这活儿也挺有趣的，为什么以前自己会觉得枯燥无聊呢？

往边上瞧瞧，大爷已经不在石头上了。难道他自己走了吗？那……可太好了……

老子自由了！心情一爽，溜溜达达蹚出洞外，看清楚外面的情景，心又凉了下来。

溶洞之外不远，山溪水在岩壁上形成一道细窄的流瀑，壁角积成一个丈许方圆的小潭，水深及腰，潭水清澈见底，不时可见手指大小的鱼儿悠然地游来游去。

枫雪色正站在潭边的石头上，对着潭水，认真地整理仪表：净面、洁发、理衣……

朱灰灰一边看一边忍不住幸灾乐祸：这就是穿白衣装蒜的好处，那身衣服现在都变成花的了，灰灰黑黑黄黄，还不如我们家朱花花那身皮毛好看呢！

枫雪色把头发整理好，回头刚巧看到朱灰灰一脸坏笑，视线落在他的脸上，看了片刻，平静地道："你不来洗洗脸？"

"我洗过了。"朱灰灰懒懒地道。

"啊？"枫雪色有些惊奇，"什么时候？"

朱灰灰理直气壮地道："昨天晚上啊！老天下雨顺便帮我把脸和澡都洗了……"

枫雪色："……"

瞧这家伙，一头乱发有的地方打着结，有的飞舞着，衣服本来就脏，淋湿后又被体温焐干，更加皱巴巴，别说，昨天的雨倒是把他的脸冲得比较干净了，露出一张陌生而秀致的脸蛋，脖子上的泥虽然仍在，然而有的地方也露出些正常的肌肤，观之肌理白腻，温润如脂——这家伙虽然本来面目仍然有待发掘，但至少看上去不再有惨不忍睹的感觉了。

唉！他真是服了！能把一个好好的……孩子养成这样，又脏又懒，愈懒愈脏，而且不以为耻——这家伙的娘绝对是一极品疯子！

朱灰灰摸着肚子，对着一只站在树上鸣叫的鸟儿流口水：这家伙真肥啊，拔光了毛，放火上一烤，焦黄流油，香喷喷……

枫雪色辨认一下方向，虽然昨夜冒雨疾驰，但并未偏离多少方向，此处距离孤鹰涧的栈桥应该并不太远。

他道："上路吧。"

"哦！"

朱灰灰走了几步，又不甘心放过树上的早餐，于是弯腰捡起一块石头，将那只叫得正欢的鸟砸得扑棱棱飞走了。

空山新雨后，空气清凉湿润，沿着山脊向上走，一路但见花树怡人，草色葱茏，树顶上鸟儿来去，啾啾唧唧，山林间一派生机。

这次不用人家吩咐，朱灰灰也知道怎么样走路才轻而且快。他提着气，跟在枫雪色的后面，专挑开着花的地方走，一路踩倒花朵无数。

枫雪色皱着眉看他辣脚摧花，也懒得数落他——才经过一晚上的调息，这家伙便对吐纳之术略窥门径，倒也有几分悟性，只是性子仍如此毛躁惹厌，仍然是不可救药的！

朱灰灰边走边看着天上飞来飞去的"美食"，肚子实在饿了，问道："大侠，我们什么时候可以吃点东西？"

"过了破碑山，就有地方打尖用餐——如果那个时候你还有命的话！"

"什、什么？"朱灰灰有些吃惊，这位大爷不是过山就要把自己咔嚓了吧？那也太现实了！

"如果你是杀手，第一次行动失败了，之后会怎么做？"

朱灰灰道："当然是藏起来逃命要紧哪，难道还等人家找来报仇不成！"这么浅薄的问题也来考人，当他是白痴吗？

枫雪色横了他一眼："你当人人都和你一样胆小怕死？"

朱灰灰讪讪而笑："那——那就等机会，开始第二次行动，接着杀，直到有一方死绝了才算完！"

大爷，人家那不叫怕死好不好！那叫留得青山在，不怕没柴烧，只要老命还在，总能报复回来——哼哼！别看你现在是爷爷，老子比较像孙子，但只要你不"咔嚓"掉老子，早晚有一天，咱爷孙两个调过来！咳，虽然机会很渺茫……

"前面不远，就是孤鹰涧。我们要去破碑山，孤鹰涧是必经之路。"

朱灰灰停了片刻，小心翼翼地问道："大侠，您的意思是说，昨天晚上那些人，会在这个叫孤鹰涧的地方等着咱们？"

这家伙也不很笨嘛！

枫雪色略带赞许地看了他一眼，道："也许是昨天那些人，也许还会有别的人。"总之肯定会有一场殊死相拼。

朱灰灰愁眉苦脸地道："我不明白啊，他们为什么一定要杀咱们……杀你？"

"江湖上的事，哪有那么多说得清楚原因的。"

枫雪色自己也不明白，究竟是谁买了见血楼的杀手来对付他或者……这个家伙。自己虽然不惧，身边这家伙却不让人省心——嗯，见血楼不是一直摸着自己的行踪跟下来的吧？老这么纠缠也很烦人，那么……

他突然顿步，道："前面就是孤鹰涧了。"

朱灰灰定睛看去，只见两座陡峭的山峰笔插入云，其间相隔百十丈，以一架栈桥相连。栈桥悬空，手臂粗细的铁链上铺着木板，宽约四尺，两侧各有三根铁链做扶手，山风强劲，吹得桥体不住摇，云雾在桥上下漫过，观之如巨蛇横波。

朱灰灰的心那叫一个凉哟！要是从这桥上掉下去，到底下就是一块肉饼哪！

他哆嗦着道："大侠，这桥这样险恶，敌人都不用出来，只要等过桥的时候，斩断桥索，咱们两人就得归位了！"

枫雪色看看他惊惧的面容，温言问道："你很怕？"

"你……您难道不怕？"不怕才怪！吹牛谁不会哪！

"怕也要过，不怕也要过，怕有什么用？"

"可我……我还是怕……"

这家伙满脑子豆腐，跟他说这些真是废话！

"你从桥上走过去！"

朱灰灰怒目而视："为什么让我去？"要杀人就直接下手，少来借刀杀人那一套！当他看不出来吗？

"你觉得，敌人是要杀你还是杀我？"

"杀你！"回答得斩钉截铁，然后声音又软了下来，"可是他们以为我跟你是一伙的，所以也不会放过我的。"而且人家嫌他碍手碍脚，第一个就是先宰他——昨天晚上就是这样。

"所以，才要你先过桥。"

"不要！"朱灰灰怒声道。想拿老子当诱饵，门都没有！

枫雪色觉得很无奈，跟这怕死鬼没法讲道理，只要将剑放在他那个小黑脖子上，比说什么都强。

枫雪色检查着栈桥边上的铁索，发现这一边没有被破坏，很好，与自己料想的一样。他直接把剑放在朱灰灰的脖子上，道："要么，过桥；要么，你就躺在这里！"

朱灰灰又惊又怒，骂道："去你的！"

枫雪色也不恼，只是"铮"的一声，将宝剑抽离了剑鞘。

那把剑映着朝日，冰寒沁骨，刺激得朱灰灰颈子上起了一层小麻点，眼睛也被那锋芒晃得睁不开。

他两只手护住脖子，二话不说，向后转，忍气吞声地向栈桥走去。

枫雪色忍不住微微一笑，虽然欺负一个……一个软柿子有点不太好，不过，谁让这家伙吃硬不吃软呢！呵呵！他最大的优点，就是绝不做无谓之争。

走到栈桥边，朱灰灰向悬崖下望了望，立刻又缩回头来，下面深不见底，望着都觉得眼晕，想到可能会在走到一半的时候，桥被人砍断掉下去，他就觉得心肝俱颤，两只脚好像不是自己的，说什么也不肯踏上去。

枫雪色食指轻轻在剑背上弹了一下，发出龙吟般的声音。

朱灰灰知道这是警告自己呢，咬咬牙，闭上眼睛，终于踏上栈桥。

悬浮的栈桥突然受到外力，立刻晃荡起来。

朱灰灰惊得魂差点散了，立刻趴下，虽然没被吓得尿裤子，但是眼泪却不争气地流了下来。

他回头望了枫雪色一眼，悲痛欲绝地道："大侠，永别了！"

枫雪色看到乱发掩映中那双满是泪的乌黑眼瞳，不知怎么的，心微微软了一下，转开头，轻轻地"嗯"了一声。

"如果……我不幸那个啥了，拜托您照顾我家花花，平时给口吃的就行，别喂太胖，不然被人盯上再把它红烧了……"

枫雪色失笑："放心！那头猪交给我了，不过我觉得它做粉蒸肉比红烧好吃。"他用剑拍了一下栈桥的铁索，表示不耐。

"呜，花花，老子对不起你！"

朱灰灰不敢再找理由耽搁，只得哭丧着脸，四肢着地向前爬去——这桥晃晃悠悠，还是用爬的安全点！

一边慢慢地匍匐前行，一边胆战心惊地琢磨：如果我是杀手，会怎么安排这一场伏击？

断桥当然是最省事的！但桥这一端的铁索是完好的，那么，那些人应该是在桥的另一头下手，只等自己爬到中间的时候，他们砍断桥。这样的结果虽然很可怕，但自己只要抓住这铁链不松手，说不定就不会堕下去摔死！

不过，枫雪色为什么让自己先过去呢？绝不只是为了让自己当出头橼子的！嗯，因为杀手要杀的主要是他，只要他不过桥，杀手就不会砍断桥索，否则枫雪色过不去桥，他们还杀个屁啊！

这么说来，自己真正的危险，是在过桥之后——刚过桥他们也不会动手，会麻痹枫雪色，假装这边没有埋伏，放他过到桥中央，然后敌人再杀将出来，将咱二人一锅烩了……

如果是这种情况，自己要怎样应付才好？又或者，敌人在桥两侧都设了埋伏，那自己岂不更没救了？

他心里七上八下，也想不出个好主意，距离桥的那一端，却越来越近了！

三十丈……二十五丈……二十丈……十五丈……

朱灰灰头上开始冒汗，明知道一踏上陆地就是自己的死期，却仍不得不往前爬，真想一辈子赖在桥上啊……

他抬起手，在额头上抹了抹，睁大眼睛向前面看去。

对面的山峰近在眼前，薄雾缭绕，树木扶疏，一座简陋的草亭掩映其间，一点异样都没有，要多安静有多安静。

朱灰灰忽然胆气一壮。

干吗自己吓唬自己啊！什么杀手啊、埋伏啊，这一切都是枫大爷猜的，也许根本就没有呢！

想到这点，不由精神一振，他加快速度向前爬去，快点上岸吧，这桥的别名八成叫奈何桥，真不是给人走的……

在距离峰顶不到十丈之处，忽觉身边有微风扑过，怔然抬头，却见枫雪色的影子在身边一闪便已掠上峰顶。

峰顶树丛中，突然跃出数个人来，枫雪色清啸一声，长剑已然出鞘，挡在栈桥前，衣袖飘飘，与那数人斗在一起。

〈 09 〉

朱灰灰抱着头趴在栈桥之上，不住地叫苦。枫大爷没有猜错，对面真的有埋伏！而且都是熟人——昨天见血楼那十二生肖使！

那十二人此进彼退，长兵短刃、双掌软索，配合十分默契，朱灰灰的目光随着枫雪色的身影打转，没多一会儿便被晃得眼花缭乱，不得不承认，枫大爷虽然衣服已不甚白，可是身姿飘逸、洒然出尘，实在好看得紧！

现在的情景，他是爬上峰去还是继续趴在桥上？两个选择似乎都很危险……

"扑通"一声，有个东西摔在他的面前。朱灰灰吓了一跳，紧紧抓住摇荡的栈索，定睛看去，却是曾经企图挖掉自己眼珠子的那个妖精女人——蛇上使！

朱灰灰叫一声"不好"，"嗖"地转身向后爬开十几步。回头却见那蛇上使根本没有追上来，只是蜷缩在桥板上，眼睛瞪得跟牛似的盯着自己，身体扭成一个奇怪的姿势，一动也不动。

朱灰灰心念一转，往回爬了两步："美人姐姐，你可是身体不舒服？"

"……"

再往回爬两步："美人姐姐，你的架子好大哦！"

"……"

直接爬到面前："美人姐姐，莫非你不能动了？"难道她是被传说中的点穴了？

"……"

哈哈，看来这妖精是真动弹不得了！朱灰灰心中邪念顿起："美人姐姐，我来救你！"伸出一双爪子，向蛇上使的怀中摸去。

"唔……好软！"他狠狠地在蛇上使的胸前掐了两把，使劲儿地调戏了一下，又嘿嘿贼笑着开始翻东西，"这个小绿瓶里装的是什么？啊，是五毒水，夏天驱蚊子最有用了！这个包包里的是紫茉粉吗？虽然闻着香，可是我娘说这东西往脸上擦，脸会烂的！这个盒子里的应该是碧蟾脂，没什么用处，又不能拿来擦手，碰到皮肤就渗透进去，渗进血脉会害死人的……"

一边拿一边看一边毫不客气地揣进自己的腰包里。

蛇上使虽然不能动，但神智清楚，眼见自己的宝贝被这色狼小子搜走，还批得一钱不值，气得眼睛翻白，几乎昏过去！

朱灰灰在她身上来来回回搜了两遍，不但一个铜板没给剩下，还把她戴的耳环、戒指、手镯、项链什么的都撸走了，眼见这女人再也没什么油水可捞，惋惜地捏捏她的脸蛋："美人姐姐，再见！"

一脚将蛇上使踢下桥去！

正在峰上打斗的十一生肖使俱是目眦欲裂，谁也没想到这小子突然会下毒手。

本来蛇上使被点了穴道抛在桥上之后，他们就一直想扑过来救，可是枫雪色拦在栈桥前，剑影绚丽满天雪，谁都冲不过来他的防线。

同伴们眼见着那小色狼在蛇上使怀里掏掏摸摸，恼怒之下更加拼命，可谁知，一眨眼的工夫，那小子就把蛇上使踹到桥下去了，眼见摔下去就活不成了，十一生肖使群情激奋，不要命地冲了上来。

枫雪色也被朱灰灰搞得一惊。

他为人素来侠义，若非对方是罪大恶极之辈，极少杀人。所以虽然十二生肖使伏杀他，但在未明缘由之前，他也一直手下留情，只想逼得他们知难而退，并不曾真正要了谁的性命。初时点了蛇上使的穴道，一是因为这女人总是乱放毒，料理起来非常麻烦；二来，也想捉住个人质，方便和十二生肖谈判。

却未曾料到，身后这个家伙居然如此心狠手辣，竟趁机将蛇上使踹下桥去！

蛇上使这一死，朱灰灰这辈子算是别想安生了，见血楼对他的追杀肯定是不死不休！

这一切发生在电光石火之间。蛇上使被踢下桥，极度惊恐之下，即使被封了穴道，仍然有一声惨叫冲喉而出。

枫雪色距她最近，袖如流云，挡开数人的攻击，不假思索，身形向下跃去，反手一捞，抓住了蛇上使的头发，长剑向上挥出，切入栈桥底部，稍一借力，提着她纵身而起，向栈桥之上落去。

耳听得朱灰灰大声惊呼，正以为是十一生肖使趁机对其不利，便觉自己头上恶风不善，数股大力同时攻击过来。

他身在空中，根本无从借力，手中又提着蛇上使，避无可避，尽力地空中挪身，长剑斜削，挡开几支兵器，然而敌方毕竟人多，他的胸、背两处仍然同时遭到重击。

枫雪色胸中气血翻腾，一口腥热的液体涌上喉头，他心知不妙，强运真气，硬生生将这口血压了下去，身体却向涧下坠去。

耳中听得朱灰灰大骂："大侠去救人，你们还在背后偷袭他，老子跟你们拼了！"

枫雪色微微苦笑，他真是不自量力，怎么打得过十二生肖使！然而心里也有些微暖，这家伙还行，也不是一味地贪生怕死之辈，总算有点义气……

便在此时，头上甩来一道灰影，缠住他的手臂，往回一荡，一股大力扯着他向上飞去。

枫雪色人到半空，提起真气，就势一个燕子巧穿云，倒折一个跟头，轻轻落在栈桥之上，落地无声，栈桥也丝毫没有因此而加剧晃动。

桥上众人忍不住都喝了一声彩。

枫雪色将手中提的蛇上使轻轻放在栈桥之上，顺手解了她的穴道，然后含笑抱拳当胸，答谢各位喝彩声。眼角瞥见朱灰灰被按在栈桥的木板上，又高又壮的猪上使坐在他的背上像一座肉山，他动弹不得却仍不住挣扎，知道这家伙只是受了点小折磨，生命却无碍，遂放下心来！

蛇上使死里逃生，身子抖得像打摆子，牙齿也不住撞击，在同伴的搀扶下，勉强站了起来，"多谢……枫公子相救！"

枫雪色急忙还礼："佘姑娘不必客气，是龙先生相救，枫某也应该谢他才是！"

转过身对着那个十二三岁的男孩施了一礼，道："枫某多谢龙先生！"

那男孩哼了一声，手臂轻抖，一条细长的灰色软索蛇也似的缩回他的袖内！

朱灰灰脑袋被猪上使的大脚丫子踩在地上，动弹不得，只能拼命地转着眼珠子，自下看到那男孩眼角细微的皱纹，和唇上颏下青色的须根——虽然看不出年纪，但这绝对不是小孩，应该是……一个侏儒！

他却不知，十二生肖使的首领，便是这侏儒一样的龙上使。

龙上使年纪并不是很大，自幼便深知自己的缺陷，平时习武刻苦而敏行寡言，因此成为十二生肖中武功最高、最有威信的一个。又因无法长高，兵器便选取了一条三丈长的软索——所以才能在危急时刻，抛下软索，将枫雪色和蛇上使拉了上来！

刚才还是殊死搏斗的双方，此时因为一次互援，反而谁也不好意思再出手了。

那个郎中打扮的，是十二生肖中的羊上使，他轻咳一声："枫公子，刚才我等不知道你是救我们佘大妹子，所以出手误伤了你，在下平时颇喜医理，如果你信得过，在下可以代为诊伤。"

枫雪色笑道："羊上使无须挂怀，枫某小伤无碍。其实枫某还要多谢几位手下留情。刚才如果各位全力以赴，那么此刻枫某也不能好端端地站在这里谈话了。"

他这番话不卑不亢，表现出十足的睿智。

"小伤无碍"明着是谦谢，另一重意思，也是表示以十二生肖使的功夫，尚不足以对他构成威胁；但后面的话又十足地承情，承认如果人家全力相拼，自己也不会如此刻般轻松。

一抑一捧之间，明确传达了一个信号：接着打你们占不到便宜，不过如果你们肯就此罢手，我也不会纠缠旧事，甚至也不介意化敌为友！

俗语说，光棍一点就透。在场的各位，除了被人坐在屁股下面被压得快断气的朱灰灰之外，每个人的眼睫毛都是空的，什么看不出来啊？大家权衡利弊，都认为今天不宜再战。

龙上使对羊上使使了个眼色，后者会意，一拱手道："好说好说！枫公子，您今天救了我们佘大妹子，按理说，十二生肖使再不知好歹，也不能对您再纠缠不休。可我们见血楼，收了人家的钱就得替人家办事，那是铁规矩，所以，即使得罪了您，我们也是不得不为！"

枫雪色一笑，道："重信守诺，那是理所当然，羊上使不必客气！"

"枫公子，从我个人来说，真想交了您这个朋友！可惜此身已非自由之人……"羊上使对枫雪色施了一礼，道，"那么，今日暂且别过，咱们后面再见！枫公子，告辞了！"其余生肖使甚是感激枫雪色救了自己人，均向枫雪色抱拳行礼。

枫雪色急忙还礼，笑道："朋友归朋友，公事归公事。下次再见，如果枫某侥幸不死，当邀各位痛饮几杯！"

猪上使肩上扛着大刀，嘟嘟囔囔地道："不如下次比拼酒，看谁先醉死！"

他坐在朱灰灰背上，胖屁股使劲儿地蹾了两下，然后才起来与十二生肖使站在一起。

朱灰灰眼前发黑，差点被他压冒泡，趴在地上骂道："死胖子，坐死你老子了！"

十二生肖使齐齐哼了一声。

这狠毒的小色狼还敢骂人！若非看在枫公子的面子上，别说他对蛇上使下黑手，便是这不干不净的嘴巴，都值得他们将他剐成一百零八块喂狗！

蛇上使曾被他非礼过，狠狠地盯了他一眼，眼神怨毒至极："小子，我记住你了！"

朱灰灰有气没力地挥挥手："慢走，不送！"

完蛋了！这妖精恨死自己了！将来千万别落在她的手里，不然还不被她生嚼了啊！

娘过去老是说，既然谋财害命，就一定要把人害死，千万不能害得死一半活一半，否则早晚会反受其害！这话真的没错！咱好端端地就多了一个仇人——不，是多了十二个仇人，而且一个都惹不起！都怪那个大爷啦！老子这条小命，迟早得断送在他的手里！

枫雪色道："佘姑娘且慢！"

十二生肖使一齐停步回头。

枫雪色对朱灰灰道："把东西拿出来！"

朱灰灰伸手按住腰包："没有，那是我的！"

枫雪色轻轻地提了提剑，淡淡地道："拿出来！"

朱灰灰就怕这个，心中一凛，无奈地伸手把腰包拿了出来，倒出一堆的瓶瓶罐罐、银票首饰，道："都在这里了！这几个盒子和包包，是那个死胖子压碎的，不关我的事！"

他心中无限委屈，白忙一场，一个子儿没落着，反落下一堆仇家，这次亏大了！

蛇上使望着这小色狼，有些发傻。压碎的那些都是剧毒，有的靠嗅觉起作用，有的是靠接触起作用，有的靠内服起作用，其中有几种，连自己也不敢让之轻易沾身……可这小子把这一堆毒药压在怀里，竟然一点中毒的迹象都没有！太太太、太邪门了！

枫雪色苦笑道："佘姑娘，请你点点，少没少什么东西？"

蛇上使本来想很有骨气地说不要了，可是这堆东西中，很多种毒物都是非常珍贵的，弃之一来不舍，二来也不能便宜那小色狼，只得干笑了一声，慢慢地走过去，戴上薄薄的鹿皮手套，将东西拾了起来。

"枫公子，大恩不言谢，暂且告辞了！前路漫长，咱们还会再见，到时不论是十二生肖使，还是见血楼的其他兄弟，还请枫公子手下留情！"

蛇上使感念枫雪色相救之德，又不方便明说，只是言下暗示，前方还会有见血楼的伏杀。说毕，再次狠瞪那小色狼一眼，转身与其余人等离去。

朱灰灰缩缩脖子。

枫雪色微笑着目送十二生肖使远去，然后将手放在朱灰灰的肩上。

朱灰灰只觉得肩头一沉，他的身体大部分重量都挂在自己的身上，没有防备之下，险些歪倒，急忙奋力顶住，道："大侠，您受伤了？"

适才他亲眼看到，枫雪色的前胸和后背，分别着了十二生肖使中那个冒充掌柜之人的一算盘，和冒充私奔男之人的一掌，他的武功见识纵然比半吊子都不如，却也看得出来，那挂着恶风的一掌一算盘，只怕是石头也能打成碎块，何况是人！

只是枫雪色一直表现得若无其事，他还很佩服地认为，大爷身上一定穿着传说中的护身宝甲，或者就是练有很厉害的金钟罩童子功什么的……却原来，大侠还是受伤了！就知道没这么厉害嘛！

他强忍着偶像幻灭的失望感，道："大侠，我扶您上峰！"两人现在还在栈桥之上，太不保险，还是脚踏实地比较安全。

枫雪色"嗯"了一声，低声道："不要声张。敌人可能还在周围窥伺，别被他们看出来。"

朱灰灰哆嗦了一下。没错！这十二生肖什么的，能够中途设伏，必是知道自己两人的行进路线——说不定现在，他们的身后便有眼线，要是给这些人知道大爷受伤了，再纠集人马杀上来，那他们会很惨……

越想越觉得后果严重，他壮着胆子埋怨道："大侠，妖精一伙明明是来杀我们的，您干什么还要救她？人家一点不领情，把您打伤了，而且还说会再回来。"

大爷您让他们杀了不打紧，关键是老子招谁惹谁了，也得跟着您把小命送出去。

枫雪色微微一笑，无力跟他多做解释，只道："江湖的事情，你不懂！"

"我有什么不懂？"朱灰灰怨声载道，"我娘说了，大侠您这样的叫作滥好人，就是东什么郭先生，早晚会被狼吃掉！"

枫雪色可没精神听这个家伙教训，轻轻地咳了两声。

朱灰灰看到他唇边的猩红，紧张地道："大侠，您要吐血吗？来来来，我遮着您，吐到我身上！"拉开破外套的衣襟，示意他背着点人随便吐。

如果他吐到白衣上或者地上，都太显眼了，明摆着是告诉人家说他受伤了，被暗中之人看到的，那就不妙了！反正自己的衣服黑得看不出颜色，不差他这一口血。

枫雪色轻轻抹去唇上的血痕，道："不用担心，我的伤没有那样重。"

"我是担心我自己……"朱灰灰在自己的舌头上咬了一口，说溜嘴把实话讲出来了！

枫雪色："……"

朱灰灰讪讪一笑："那个，大侠，您看接下来怎么办？"

枫雪色道："找个安静一点的地方，我要先疗伤。"然后若无其事地举步向峰下走去。

朱灰灰跟在后面，看着他的背影，越来越担忧。大爷走路的姿势虽然还是装得很飘逸洒脱，可是他握剑的手却在微微颤抖，抓着剑鞘的手指都发白了，显然在用很大的力气控制着自己——他的伤绝对不像他说的那样轻松。晕！大爷不会挂掉吧？那可把自己坑苦了！

眼珠一转，他有了主意，走着走着，假装腿一软，跟跄着向前冲了几步，嘴里骂骂咧咧道："死胖子，老子的骨头被他坐散了！"一把抓向枫雪色的手臂。

枫雪色焉能让他近身，轻轻一闪身，朱灰灰抓了一个空，收不住脚，一头冲向路旁的大石，正在哇哇大叫，枫雪色手臂一伸，搭在他的肩上，在他准备"恶狗抢食"之前将他拉了回来。

朱灰灰叫道："大侠，小的的骨头只怕断了几根，行动不便，您老人家行行好，扶小的一把！"他反手托住枫雪色的手臂。

枫雪色正要甩开他，猛然觉得那瘦弱的肩膀正在用力地支撑自己，蓦然明白他的用意，一阵暖意流过心底，忽然觉得这家伙虽然又脏又懒毛病又多，但偶尔也有些可取之处。

虽然仍是嫌弃他身上肮脏，却也不忍拂了他的好意，便道："好！"他把身体一部分的重量移到朱灰灰的身上。

朱灰灰用尽力气扶持着枫雪色，还要做出一跛一拐的重伤假象，着实辛苦，但为了不被人发现枫雪色受伤，仍然咬牙挺着，两人缓缓地下峰而去。

〈 10 〉

一座密林。

一线山泉。

一间猎人的旧屋。

屋内放着一些粗制滥造的日用器具，似乎久未住人，到处灰扑扑的。

枫雪色盘膝坐在屋角的一个草榻上，缓缓地张开眼睛。

西边的窗子被草帘挡着，自间隙透入的橘红色光线照在窗下一个脏兮兮的身影上，此人正蜷缩在一团干草中打着瞌睡。

原来，已到黄昏时分了。

枫雪色打量着那个脏成一团的人，唇角微微一扬，忽然举起袖子掩在口上，一阵轻咳之后，袖上已是一片暗红的血迹。

声音虽轻，干草堆中的人却仍惊跳起来："又有人杀来了！"

惶恐四顾，看到枫雪色正面带微笑地注视着他，悬着的心"扑通"一声掉了下去，一张灰扑扑的脏脸乐开了花，屁颠屁颠跑过去，点头哈腰地表示关切："大侠，您老人家没事了？"

枫雪色"嗯"了一声。

他内力深厚，经过数个时辰的运功治疗，伤虽然没有全好，但已无大碍，刚才又把胸中的瘀血逼出，现在体力真气运行自如，已经毫无滞涩之感，稍微调养几日，便可复原如初。

鼻端忽嗅到一股奇特的香味，尚未辨别出是什么味道，肚子突然"咕"地一响。

朱灰灰"嘿"的一下笑出声来。

枫雪色的俊面上染了一些薄红，有些尴尬地看看他："这是什么味道？"

朱灰灰满面笑容："肉香啊！"

大爷又装蒜，还假装不知道是什么，可惜他的胃扛不住饿，露馅儿啦！

他窃笑着转身走到门口，在灶下温热的灰堆里扒了几下，扒出一个黑乎乎的东西，摸着烫手，便直接在地上滚到枫雪色面前，讨好地道："大侠，您请笑纳！"本来是自己的晚餐，不过，看在大爷受伤的面子上，先给他吃吧。

枫雪色一怔，望着那黑团子，问道："这是什么？"

朱灰灰笑道："一只烤山鸡。"他蹲在地上，去剥那个黑球。

枫雪色垂目望去，外面那层烧得黑乎乎的是山笋壳，剥开之后，里面是一只肉香四溢的烤山鸡，金红色的表皮油脂欲滴。

"虽然没有盐，可是我在外面找到一些酸杞果、紫楸叶和一心莲，捣成汁涂在鸡上了，鸡肚子里还塞进了荀草菇、松子和野笋，用温火烤了近三个时辰！"朱灰灰笑眯眯道，"大侠您将就一顿？"

现在多多拍马屁，将来大爷拿剑比画咱脖子的时候，说不定多少会感觉到不好意思呢。

枫雪色目光落在朱灰灰满是灰黑的手上，迟疑了一下："这只鸡看着不错……"

可是能吃吗？先不说他那双黑爪子，就那些奇奇怪怪的什么果什么叶什么莲的汁，都没听说过，很难说是不是"牵僵蕈"和"金钩玉魄"这种毒物的俗名和雅称的区别……

"那是，吃着更不错！"朱灰灰笑容可掬地说，"大侠您不用跟我客气，呵呵！"

瞧老子多大方，啃了你几天的咸菜白饭，还一只烤鸡！

枫雪色的目光在他的脸上停留了一会儿，终于决定赏他个面子。起身缓步走到屋外，在山泉中净手之后回来，撕下一条鸡腿，放在鼻下嗅了嗅，小小地咬了一口。那鸡肉鲜嫩多汁，味道微甜带酸，一股软嫩的香气在舌尖上氤氲，很快溢满口腔。

他忍不住夸了一句："不错！"这家伙弄吃的倒挺在行！

朱灰灰心中得意，吹嘘起来："别的不敢说，鼓捣吃的东西，老子……咳，小的我可是一绝！尤其是鸡，我没烤过一千，也有八百。鸡这东西，因为活着的时候吃的东西不同，所以味道都不一样，野鸡平时吃山里的树籽肥虫，所以肉里带着一股山野之气，好吃得紧！可惜不好逮，这只鸡，老子……小的追了它小半个时辰，才把它累死！还是普通农家养的鸡好偷，趁四周无人，摸将过去，抓住鸡脖子一拧，头往翅膀下一塞，然后装口袋走人……"

他说起自己的拿手绝招，那是眉飞色舞，手舞足蹈。说到高兴之处，一时忘了这位大爷是何许人也，还站起来给人家现场表演了一番。

枫雪色看他越来越得意忘形，一边慢慢地咀嚼着鸡肉，一边淡然道："很好！你自己招认了！八百只鸡，这个数量，绝对够你在大牢蹲个三年五载了！"没见过这么笨的！打只野鸡而已，居然是用累死的。

朱灰灰紧紧闭住嘴巴，蹲回到地上。

枫雪色嘴角微微弯了一下，然后将那只鸡撕成两半，另一半抛给朱灰灰。

朱灰灰高兴地接过来，很没骨气地赔笑脸："谢谢大侠！"虽然鸡是自己的，说谢谢的貌似应该是对方，但咱度量大，并不介意……蹲到墙角去啃烤鸡。

枫雪色看着他的黑爪子，忍了又忍，还是忍不住了："你吃东西之前，就不能洗洗手？"

朱灰灰看看自己的手，也觉得黑得有点不像话，于是随便在衣服上蹭了蹭："我娘说不用洗，手脚也是干净的！"

就你那偷鸡的贼手要是干净，这世界上就没有手脚不干净的人了！枫雪色深深呼吸，然后徐徐吐出一口气：算了，蛇上使用毒都毒不死这家伙，说不定就是因为他天天用脏手吃东西练出来的！

朱灰灰一边啃鸡，一边问道："大侠，我有一个问题，老也想不通。"

"什么问题？"

"你救了那个蛇上使，为什么不问问他们，究竟是谁要来杀你？"

朱灰灰是打死都不承认十二生肖使是来杀自己的——不过，在他非礼蛇上使又谋财害命不遂之后，他们再来就一定是杀他！唉，倒霉！

枫雪色大概是吃人家的嘴短，态度和蔼了许多："见血楼拿人之钱忠人之事，就是砍掉他们的头，他们也不会说出雇主是谁的，这是杀手的信誉。"

朱灰灰捧着脑袋思考了半天，想不通怎么会有这么缺心眼的人，居然死都不肯招，切！信誉这东西又值几个包子？不过，这世界上像自己这样聪明机灵的墙头草毕竟是少数……

提到这件事，枫雪色的脸突然沉了下来："谁让你把蛇上使踢到桥下的？"

他神情一冷，朱灰灰就习惯性胆寒，往墙角缩了缩："没……谁……"可是也没谁不让踢她下去啊！再说了，是她先要挖自己眼睛的！

"你一个……居然心性如此狠毒，一点仁慈良善之念都没有，下次如若再做出这等事，我定不饶你！"枫雪色声音极其严厉。

朱灰灰不敢顶嘴，毕恭毕敬地道："是，大侠！"心里痛骂，刚吃完老子的东西就翻脸，早知道烤鸡拿去喂狗也不给你！

枫雪色冷视着朱灰灰，突然一掌拍在他的肩部，将他拍飞出去。

朱灰灰大惊，老子在心里骂人，他也听得到！刚要喊一声："大侠饶命！"便听得"哗啦"一声，头顶出现一个大洞，一只巨大的如意金刚杵砸将下来，地面立刻被砸出一个深坑。

朱灰灰看到那只又粗又长的大杵，舌头伸出去半天没缩回来。娘咧！能用这东西的，得是多大的巨人哪！他算是吸取差点被猪上使坐死的教训了，一看到巨人出现，"嗖"的一声，揭开墙角倚着的一口生锈的铁锅钻到后面，用它护住胸膛。

可是他最近真是倒霉，后背才靠住墙壁，墙壁却突然动了，他忽悠一下向后栽去，后背重重摔在地上，好在应变迅速，不顾疼痛，立刻以铁锅罩头，钻进草丛。

耳听得隆隆之声不绝，顺着铁锅缝隙一瞧，那栋屋子房顶被打烂，四壁也已经被捣毁了，周围站着五个长得一模一样的巨人，全是一身粗黄麻衣，多耳麻鞋，手提精钢巨杵，身高足有丈二，背宽臀厚，膀大腰憨，五颗大脑袋上乱毛抖擞，跟自己的有一拼。

我的妈呀！这五座大山又是什么人哪！好嘛！他们都用不上终极武器屁股，就用那小船似的臭脚丫子，一人一下，踩也把自己踩死了！

朱灰灰直接缩头进锅，躲在草丛中不敢吱声。

枫雪色在屋毁的那一刻，便如一缕轻烟一样冲天而出，落在一棵铁杉的横枝上，望着脚下的五个巨人皱眉：

"齐云五义？"

齐云五义，那是抬举的称法，这五个巨人，实际上的江湖绰号是"五浑"。他们是一母同胞，自幼便人高马大、力大无穷，但脑筋着实不灵光，没少被乡里坏人欺负利用，后被齐云派高人会智大师收为徒弟，严加管教，并根据其力大无比、皮糙肉厚的特点，传了一身外家功夫。然而这五人功夫长了，脑筋却没长，在江湖之中颇多笑料，于是被人称为齐云五浑。好在五人浑则浑矣，却只是性情憨直，并不为恶。

这五个浑人，为何也来找自己的麻烦？

巴老大瓮声瓮气地道："你下来！不下来我把树砸折摔死你！"

"有本事你上来！"朱灰灰在心里替枫雪色叫板。大爷动不动就上树耍帅，谅那大狗熊似的笨蛋也爬不上去！

枫雪色可没他这么无聊，只是笑道："五义兄弟，找枫某何事？"

他似乎根本不介意差点被五个巨人拍在屋子里的事，一直笑吟吟，怕五个浑人听不懂，还尽量避开一些文绉绉的词语。

巴老大粗声道："来拿你的脑袋！快点自己砍下来，别耽误我们的工夫！"

朱灰灰在草丛中忍笑忍到肚子疼，这大个子可真够蛮的！

枫雪色假装奇道："不知五位要枫某人头何用？"

巴老二很实在地道："那个女人说了，拿你的脑袋回去，才能换墨角麒麟片和千年雪参王给师傅吃。"

墨角麒麟片和千年雪参王，是治疗内外伤的圣药，前者产自极南之处的海域，后者产自昆仑山绝顶，产量既稀，生长之地又险峻，所以一向是万金难求的。

这五个浑人虽然蛮横，对师傅却很有孝心，枫雪色心里有了一点喜欢之意，沉吟一下，问道："会智大师被何人所伤？"同时心里思索：居然是女人想要自己的命？是什么样的女人？自己最近有得罪女人吗？

巴老三奇道："你怎么知道师傅受伤了？一定是你打伤师傅！"说完抱着大杵向枫雪色所立之树砸去。

那棵铁杉有两人合抱般粗，巴老三纵使蛮力如牛，也不能一下砸折，"喀"的一声，大树剧烈摇晃起来，枫雪色却如粘在树枝上一样，动都未动。

巴老三火大，抱着大杵又是一连几下子，巴老四也赶上来帮忙，哥俩你一杵我一杵，大树再粗也挺不住了，终于"咔嚓"一声，向边上倒去。

枝叶纷飞中，枫雪色轻移步子，已落到另一棵更粗的树上，衣袂翩然。

巴老三大怒，抢上几步，就要接着砸。

枫雪色无奈，扬声道："会智大师是我故友，我怎会打伤他！"

在五个浑人里面选，巴老五算是脑筋最透亮的一个，他仰着大脑袋，状甚精明地问道："你说你是师傅好友？"

枫雪色道："正是！"

数年前，他在江西庐山与会智大师有过一面之缘。两人都受庐山秀庐观青琳道长之邀，专程赶去品秀庐观后院神树所产的极品云雾，当时相谈甚欢，故此结友。

然而那巴老五却道："没听说过！"

朱灰灰顶着铁锅蹲在草丛之中，已经乐得不行了。难得有人不怕大爷，给他吃瘪啊！

枫雪色苦笑："数年不见，会智大师可还喜欢吃蒜泥蒸茄子和凉拌海兰芽否？"

"……"

五个浑人脑袋凑到一起交头接耳：

"他知道师傅爱吃什么菜，真是师傅的好友。"

"那可不一定，也许是蒙的！"

"老五说得对！师傅总说咱们几个脑筋不好，这次说什么不能轻信了他！"

"他敢骗咱们，让我去拍死他！"

"等等！万一他要真的认识师傅怎么办？那就是咱们的师叔，拍死他师傅会生气的！"

"对啊！打伤师傅的是个黑衣人，个儿才到我的腰，树上这个人比较高，到我胸口。"其中一个举手比了比说。

"那咱倒是拍不拍他啊？"

"拍啊！不拍拿不到药，师傅就没命了！"

"对对对！管他是谁，拍死了咱不告诉师傅不就得了！"

他们虽然压低了声音，可是嗓门还是很大。朱灰灰听得一清二楚。呵，这五个家伙真是傻到家了，师傅明明是被黑衣人打伤，却赖上这个穿白衣的——嗯，大爷的衣服现在似乎也不甚白……

"可是这家伙在树上跳来跳去，不好拍啊！"

"老五，你去骗他下来，就说我们不要他脑袋了……"

五个人商量了半天，拿定了主意，巴老五很有心计地仰起头："喂，你下来！我们不打你了，我们请你吃饭，吃肉！"

枫雪色很头痛地看着这几个浑人，这五块料真对不起会智大师多年的苦心教诲！要不是看在他们对师傅一心一意的分上，他就替会智修理他们一顿。

"会智大师的伤，可是需要墨角麒麟片和千年雪参王？"

巴老三一听又怒了："连师傅治病用什么都知道，你还说你不是凶手！"抱着杵又冲树来了！

巴老五急忙拽住他，眨巴着铜铃巨目，直使眼色。

枫雪色长长吐出一口气，沉声道："你们如果想要会智大师活命，就给我老实听着！"

五人一起嚷嚷：

"凭什么听你的！"

"你算哪棵葱！"

"我拍死你看谁还听你的！"

……

枫雪色被他们吵得头都裂了："齐云五义，我知道哪里有墨角麒麟片和千年雪参王，你们要不要？"

"要！"

"你骗人！"

"骗人我拍死你！"

"快交出来我给你肉吃！"

"你救了师傅我们给你磕头！"

在乱糟糟的一片声音里，枫雪色用两根手指按住太阳穴，轻轻地揉着，道："药没有带在身上，我给你们一个信物，你们拿着去南方的枫雪城，那里的人自然会取药给你们。"

"你要是骗人怎么办？"

朱灰灰再也忍不住了，将锅一掀，从草丛里跳了出来："大侠是你们的师叔，怎么会骗你们！"这五个傻大个，不骗都会遭报应的！

"那——你要多少钱？"聪明的巴老五替兄弟们问。

"白送！"

枫雪色从衣襟上扯下一枚羊脂白玉的精致纽扣，双指一弹，纽扣射进巴老五的手里："收着，丢了的话，会智大师的命就没了！"

巴山五浑半信半疑，想不通怎么一个纽扣就能救师傅的命了。

树巅上突然有雪亮的光芒一闪，枫雪色长剑倏出又还，身形翩然而起，远远地落在数丈之外。

停顿片刻，那棵粗壮的大树发出"呀呀"的声音，然后轰然倒向一边，断口处光滑而平整。

在场观众虽然是五个浑人加一个不学无术的，但都明白，就在刚才剑芒一闪之间，大树已被枫雪色削断了。

巴老三比比这棵树，比自己砸断的那棵粗多了，立刻佩服起来。

枫雪色本来还想问问，那个想要自己命的女人的事，但实在是怕了这五个浑人的胡搅蛮缠，生怕他们再多话，返身抓住朱灰灰的领子，将他提在手里，身形一展，消失在密林深处。

朱灰灰已经习惯被他拎着了，很有闲暇地佩服道："大侠，从前我还以为您老人家是个好人，原来您和我却是一路货色啊！"

枫雪色抿了抿唇，什么叫和他是一路货色啊！这话真难听！好在他修养极佳，没有把这家伙扔到地上去。

"嗯？"这家伙敢再说一遍试试！

"大侠，您真高，把那几个傻子骗着卖了，他们还当您是好师叔呢！"朱灰灰道，论起厚颜无耻，咱哥俩谁也别说谁！

枫雪色淡淡地道："墨角麒麟片和千年雪参王，又不是什么好东西，我用得着骗他们吗？"

这泼皮心太邪了！亏他以前还费心在他身上找优点呢！

墨角麒麟片和千年雪参王这种东西，枫雪城多了不敢说，几筐总是有的！这两种药在常人眼里自是无比珍贵，可是墨角麒麟片之于东方水域大当家方渐舞，千年雪参王之于西部黑道少主西野炎，有那么难吗？

他便是想拿这个当饭吃，有了那两个家大业大的好友，只怕也不是难事吧？

"大侠，那十二生肖使和五个傻大个应该是一路的，他们都是来杀你的！"这下终于可以确定了，自己是被大爷连累的，那些人跟自己一个铜板的关系都没有。

"嗯。"虽然不能肯定，但他们的目标都是自己，应该没错。

"大侠，我觉得除了他们两批，一定还会有别的人来。"

"嗯。"好烦恼！自己虽然不怕，但是如果总是处在被追杀之中，也很是麻烦。

"大侠，那个傻大个说，是一个女人让他们来的！"

"嗯。"五个浑人应该不会说谎，只是自己对女人一向谦谨守礼，无愧于心，实在想不透为何会被女人追杀……

"大侠，您是不是偷人家的老婆了？"然后又抛弃了她，所以这个女人才会雇凶杀人，连累老子跟他一起受累！

"嗯。"枫雪色一边飞驰，一边思考，一边顺口回答，猛然醒悟不对，"呸"了一声。

"哈哈！"

枫雪色很想在他屁股上踢几脚。最近自己可能对他太和善了，所以这家伙才敢放肆起来……

在朱灰灰胡说八道之中，枫雪色只觉胸口发闷，也不知道是伤势未愈，还是被这混蛋家伙气的！

山路虽然崎岖，但在枫雪色的轻功疾掠中，仍然一点点缩短，天亮的时候，终于来到破碑山脚。

回望山巅，太阳已露出一线镶金的红边，新的早晨终于来临了。

〈 11 〉

破碑山下十里处，便是官道。

这条官道是联结塞北、西边、东域、中州和江南四省九府三十六县的枢纽。自官道往东行，是琛州、松州；往西是九郡、同州、石头关；往南是黎阳、苏溪；往北是燕云和参定。

官道之旁的披风坡，有家仙云老店，店里的仙云桂酿和冻顶乌龙香飘十里，堪称一绝。即使是再急于赶路的人，路过仙云老店也会停下脚步，进店坐上一坐，好酒的带走三分豪气，爱茶者偷得三分风雅。

枫雪色坐在窗前，慢慢地品着仙云的极品冻顶乌龙。他提着朱灰灰疾驰一路，也被他连篇的废话气了一路，最后恼将上来，不得不把剑压在这家伙的脖子上，才强行让他闭上了嘴。一夜的用智用力，他虽外表看不出疲态，但胸背上的伤处却隐隐地痛。

朱灰灰看着大爷桌上摆的四色菜肴，也不眼馋，照老规矩，跟伙计要了一碗米粥、一个馒头、几条咸菜，先啃了一口馒头，然后抱着碗准备去自己的专用座位——门槛上。

枫雪色看看他，道："你过来！"

"是！"朱灰灰捧着碗跑过来，"大侠您有什么吩咐？"

枫雪色本想命他坐在对面，与自己同桌而食，可是见到那张脏脸和那双黑爪子，又觉得胃里堵得慌，长出了一口气，指着桌上的菜道："喜欢什么，就端到那边桌上去吃。"天天蹲在门槛上吃咸菜，装可怜给谁看啊！

朱灰灰有点不敢相信："啊？"大爷怎么突然对自己好起来了？别是另有阴谋吧？

枫雪色看到他狐疑的眼神，有点不耐烦起来："啊什么啊？不吃就滚去那边，别站在这里碍我的眼！"

朱灰灰犹豫了一下："我……我端走什么菜都可以？"

"嗯。"以后少再摆出一副被虐待的样子来毁坏我的大侠声誉！

啊哈！太阳打西边出来了嘿！一定是昨天晚上那只烤鸡起的作用，山鸡啊山鸡，你用你的一条命，换来老子的待遇提升，死得也不冤枉了……

生怕手脚慢了大爷反悔，朱灰灰端起青瓜虾仁、莲枣肉方和葱香鲟鱼脯，直接拿走——哼哼！他瞄这三个菜可不止一会儿半会儿了！

枫雪色看看桌上仅余的一盘芦笋石耳，再次为自己的好心感到后悔。

朱灰灰假装没看见，埋头开吃。唔，虾仁好吃，青瓜丢掉，肉方好吃，莲枣丢掉，鱼脯好吃，葱段丢掉……

他本来也没有什么吃相，又被枫雪色苛刻对待啃了多日的咸菜，嘴里早就淡出鸟来，这一次终于吃开心了，一边在盘子里挑挑拣拣，一边把不爱吃的丢到地上去。

这个德行简直让枫雪色不忍睹视，他唤过小二，把薄纱屏风移过来，遮在自己前面，眼不见心不烦。

便在这时，仙云老店外的官道上，传来马挂鸾铃的声音。

那铃声清脆如琅、叮咚如乐，听来十分悦耳，浑不似普通铜铃单调拙厚。

枫雪色和朱灰灰同时抬头看去，只见一辆马车，正沿着官道，缓缓地驰过来。

那辆马车很宽大，以蓝白色为主，观之甚是素雅，拉车的是四匹青马，油光水滑，非常强健，领头的一匹颈上挂着碗口大的白玉铃铛，那好听的铃声，正是这玉铃发出的。

马车停在仙云老店的门前，赶车的老者简朴青衣，背挂竹笠，一双执鞭的手虽然有些老人斑，但非常灵活有力，颌下一把山羊须，整个人很有精神，看上去像管家多过像赶车的杂役。

车停稳，早有伙计迎了上去，殷勤地接马鞭准备伺候。

那老者手臂一挡，那伙计还没碰到他的身体，便被震得后退十几步，"咕咚"坐在地上，"咔嚓"一声，臂骨脱臼。那伙计疼得满头大汗，连连哀呼。

枫雪色的秀眉轻轻一扬。

便在这时，车中传来一个声音："冯伯，您老人家又伤人了！"声音柔嫩，微带嗔意，好听至极。

那个冯伯躬身道："无心之伤，老奴这就替他接上。"

马车上又有一个清脆的声音笑道："您老人家粗手笨脚，不接还好，一接只怕要把人家的手臂捏断了，还是我来吧。"

马车上蓝帘一挑，一个相貌甜美的少女探出头来，利落地跳下马车，一身粉色的衫子，却是丫鬟打扮。

那美貌丫鬟来到伙计跟前，笑道："你一个大男人，断了胳膊怕什么？哭成这个样子，很让人笑话的！"倏然伸掌，在伙计的臂上一拖一扭，"喀"的一声，伙计的手臂复归原位。

然后她便不再理睬伙计，径直走到马车前，笑道："小姐，到琛州城还有一段路，咱们就在这里打个尖，奴婢扶您下车！"

那个好听的声音轻轻地"嗯"了一声，从蓝色的帘侧，伸出一只秀气美丽的手，肌肤嫩白如玉，手指若春葱，皓腕上戴着一只羊脂玉镯，但那只纤弱的手腕，却似乎连这只镯子的重量都禁受不起。

粉衣丫头轻抬手臂，那只美丽的手轻轻搭在她的手腕上。然后，车帘被另一个穿着淡绿色衣服的漂亮丫鬟徐徐挑开，一个年轻的女子款款走下车子。

这是一个很年轻的女子。看到她的第一印象，是她的皮肤非常白，不是那种健康少女白里透红的肌理，而是那种略带病态的苍白，一头乌发在肌肤映衬下，愈加黑如鸦翅。她眉如远山，眼若秋水，嘴唇的颜色却极淡，只是略带一点粉色。

这女子的相貌也许不是绝顶的美艳，但举手投足间风韵雅致，天然有一种高贵的气质，显然出身不凡。

朱灰灰一直伸长脖子在看，他素来顽劣，平日常在大街上调戏女人，可是面前这个女子，那种弱质纤纤的感觉，竟然令他这个小色狼都起不了非礼之心。他只是不怀好意地想，这女的长得真白啊，好像身体里的血都让人吸干了，嘿，跟装蒜大爷差不多是一对，白到家了！

青衣老者自去料理车马，两个丫鬟扶着那女人慢慢地走进店里。

啧！啧！上次看到一个知府家的姑娘也是这样，明明五大三粗的，还假装让两个丫头搀着装娇弱，走起来一步三摇，差点把丫鬟累死——这女的也有两个丫鬟搀扶着，那至少也得是知府家的女儿吧？

粉衫丫鬟进得店来，一眼便看到角落里那个脏鬼一双色眯眯的眼，盯着她家大小姐上下乱看，一边看还一边猥琐地摇头晃脑。她不由大怒，走过去重重地在他桌上一拍："你看什么？"桌子一震，碟碗跳起，稀里哗啦一通乱响。

朱灰灰常年在市井里混，别的本事没学会，却把眼睛混得很贼，那丫鬟只是一个简单的动作，他却发现在她的袖管里，藏着一个奇怪的家伙，乌黑的鞘，用皮带绑在手臂上，柄上缠着金色的丝线，还镶着两块看上去很值钱的石头。

不好！这东西应该是一把袖里剑！记得有一次在赌场里看人家赌钱，有一个大爷输红眼了，就从袖子摸出这么个家伙一通乱捅……

顺眼一溜，又发现那绿衣丫鬟腰上挂着一把短刀，虽然仅仅一尺多长，但想必砍个脑袋还是绰绰有余的！

朱灰灰连日遭遇追杀，汲取了无数教训，见两个丫头带着家伙，知道这八成又是一些惹不起的主儿，二话不说，把桌上的剩菜全划拉到饭碗里，然后起立，抱着碗向店外跑。

搞不好她们就是要杀大爷的那女人，咱得躲远点，别被人家捎带手给剁了！老子吃个饭也不得消停！

枫雪色顺着屏风的间隙望出去，发现朱灰灰动作比兔子都快，唇角忍不住轻轻扬了起来，这家伙真是怕死成性！

顺便看了那一主二仆一眼，枫雪色心里也有淡淡的疑惑。从此三人的脚步声，他听出那个大小姐虽然步履轻盈，但是足下无力，显然身体甚是孱弱。而两个丫头行路无声，武功虽然尚未见如何，但至少轻功非常不错。

然而，这四人之中，他对那个青衣老者的兴趣最浓厚，刚才这位老先生虽只是随随便便地抬臂阻人，却显示出非常深厚的内力……

身边的窗子"咯"地一响，他漫不经心地回过头去，却是朱灰灰跑出老远，又很义气地返回来，提醒大爷小心。

枫雪色对着朱灰灰点了点头，反正也休息好了，便站起来，将一块碎银子放在桌上，准备离开店里。

屏风外面，两个丫鬟忙成一团，一个担心人家的桌椅不干净，正在重新抹拭，另一个则督促着小二将杯盘碗盏拿开水重新烫过。

那位小姐暂时没有落座，娇滴滴地站在那里，面上带着微笑，很耐心地看着丫鬟们忙碌。

枫雪色要走到门口，便得路过她身边，小姐非常有教养，看到自己阻了别人的路，满含歉意地福了一福，向侧边让出去。

之前朱灰灰在菜肴里挑挑拣拣，将不爱吃的全扔在了地上，虽然店伙计已清扫过了，却还是有一粒莲子漏网，小姐不小心正踩在上面，不禁脚下一滑，向后倒去。

这么一位端庄高贵的大小姐，要是摔个四脚朝天，那可就漂亮了……

丫鬟们大惊地飞过来扶，却见那个本已走过去的年轻公子衣角微微一闪，倏然便退了回来，手臂一伸，在半空中托在了小姐的背部，轻轻将她扶了起来："小心！"

大小姐惊魂甫定，苍白的脸上起了一层红晕，敛衣施礼："多谢公子！"

枫雪色虽然性情洒脱，但长年行走江湖，在女子面前一向谨守礼仪，含笑还了一礼："小姐不必客气！"轻点了一下头，向店外走去。

在门口的时候，正与那整理好车马的青衣老者擦身而过，那青衣老者顿时停住脚步，一双厉目看了过来。

枫雪色却佯作未觉，径直向官道上走去，朱灰灰跟在后面，不住地窃窃诡笑。

枫雪色被他笑得毛骨悚然，霍然停身，冷声道："你笑什么？"

朱灰灰很想装出一副正经的嘴脸，可是那一肚子花花心思却让他不吐不快："大侠，不是我爱说你，要勾搭人家小姐，就得多说几句话，起码得说'敢问小姐芳名'啊，然后再自报家门，'小生今年二十有二，家有良田百亩，尚未婚配……'"

枫雪色皱起了眉头："你说的什么啊？"

朱灰灰很熟络地用肩撞了他一下，贼笑道："大侠，您就别装啦，老子……小的我平生也蹭着看过无数的戏文，早瞧出你们刚才那套动作，就是戏里勾搭成奸的前兆啊！"

"……"

这家伙还真是个小流氓！枫雪色直接用带鞘的剑在他的黑脖子上轻轻地抹了一下："不许废话！"

朱灰灰一缩脖子，悻悻然："大侠，小的知道您砍我的脑袋比剁排骨还省事，您就别老是提醒小的了！"

枫雪色向琛州方向的官道行了几步，冷冷地道："你就那么怕砍脑袋？"

朱灰灰道："这……好像谁都怕吧？难道您不怕？"奇了，难道大爷的脑袋砍了还能再接上？要不就是脖子上还能长出新的脑袋来？

他忍不住道："我娘说我活得皮实，随便怎么折腾都死不了，只要不被人把脑袋'咔嚓'下来，就算肚皮破了，打个补丁都能接着用。大侠，难道您脑袋也很皮实，断了能接，掉了再长的？"

这都什么乱七八糟的！枫雪色再次感觉到鸡同鸭讲的无力感。

他怀疑地看看朱灰灰："你这家伙……是真傻还是装傻？"

说真傻吧，偷鸡摸狗、背后阴人、贪生怕死这类事情他比谁都奸；可你说他聪明吧，不学无术、满嘴白字不算，还连正常人说的话都听不懂！

"我不傻！我娘老说，虽然我爹是猪，蠢得要死的瞎眼猪，可我比谁都聪明！"两人上了官道，朱灰灰望着眼前笔直宽阔的路，问道，"大侠，您说的那伸州，还有多远啊？"

"是琛州！"才说到满嘴白他就来了，"还有大约五十里左右。"

"那么远哪！"朱灰灰叫苦不迭，"五十里，我的脚都要走烂啦！"

枫雪色低头看看，他两只脚上还是跐着初见时那双破布鞋，只不过现在更加烂了些，十个脏乎乎的脚指头都在外面放风，再往上看，可能是他动不动就趴在地上求饶的关系，裤腿已磨出一个大洞，露着黑黑的膝盖，衫子本来就快碎了，现在又添好几个大口子，头发随便挽了个松松儿，早已乱糟糟的，至于脸和手就别提了，估计这世界上没人看到过他本来长什么样子。

唉！本来就不太像人，又经过连日奔波，数番逃命，这个家伙已经彻彻底底没有人的模样了！

枫雪色长长地叹息，有点责备自己的疏忽。

"走吧。"率先向前行去。

朱灰灰哭丧着脸跟在后面，闷声不响。

还没走出几步，忽听身后有一个人喊道："这位公子留步！"

两人听声音耳熟，回身望去，是那粉衣丫鬟追了上来。

丫鬟脚程极快，转眼间便来到两人近前，施了一礼，道："这位公子，请稍留步！"

枫雪色有些诧异，问道："姑娘有何见教？"

"我家小姐命我转告公子，您的任督二脉之伤，虽然看似已无大碍，但尚有隐疾未消，如果不彻治，对身体终是伤害。"

枫雪色一怔，他被十二生肖使击中前胸后背，正是任督两脉之处，经过自己运功疗伤，已经好了八成了，剩下的两成，那小姐却如何得知？

粉衣俏丫鬟抿嘴一笑："这是我家小姐馈赠的灵药，于活血化瘀颇有功效，公子如不嫌弃，还请笑纳！"说完，将手中一个玉色的小瓶递上来。

彼此不相识，枫雪色还没想好要不要接，朱灰灰已经一把拿了过来："我替大侠收着好了！"

粉衣丫鬟一愕，看着朱灰灰的眼神一阵厌恶，想要说什么，但终于忍住。

既然朱灰灰已经接到手中，再退回去反显得小气，枫雪色只得道："如此，谢谢你家小姐了！"

其实，这种接受陌生女子赠药的行为非常不妥，不过他性情高洁，心里无私，为人又洒脱，所以也并不很以为意。

粉衣丫鬟再施了一礼，转身回去了。

朱灰灰拿着小瓶左看右看，心里琢磨，这个东西不知道有没有蛇上使那些值钱，堤内损失堤外补，怎么都能顺到自己的口袋里……

顺手打开瓶盖，一股辛辣之气直冲脑门，他一连打了两个喷嚏，嘀咕道："瑞龙脑、麒麟血、水蜡烛、羊角七……"

枫雪色讶然地看了朱灰灰一眼。他平时涉猎颇多，也通些医理，"瑞龙脑、麒麟血、水蜡烛、羊角七"这几个古怪的名字，他却听懂了，正是冰片、血竭、香莆和白及的别称。这几味药都有消肿补内、通脉活血之效。

这家伙居然能在一闻之下，便辨别出大部分药材成分……他真的如自己所想的那般不学无术吗？只是，他为何好端端的常用名不说，偏要用古书上很偏门的名字？

如果是别人这么说话，枫雪色一定会觉得，这是冬烘先生在附庸风雅，故意用些古雅不常用的名词，显示自己念的书多，有学问。但对方是朱灰灰，他只能认为，这家伙根本就不知道这些东西的常用名字是什么！

也就是说，朱灰灰认识这东西，知道这东西是做什么用的，但是他却无法和别人沟通，因为他知道的名字，和别人知道的名字，根本对不上号。自己那种鸡同鸭讲的感觉就是这样来的吧？

这种情况他自己也碰到过。有一年他游历到西南偏远黔地，搞了很久才明白，当地百姓叫作"布冬"的东西，原来就是家乡那种雅称是藤梨、阳桃，民间称为白毛桃、毛梨子的普通水果。

天下之大，同一事物各地称呼不同，实属正常，然则朱灰灰这个情况却似乎是不正常——教导他的那个人，明明教了很多东西，却又似故意不让他懂，这是为什么？

那个人，是他的娘吗？疯子的思维，果然不是正常人能明白的。

枫雪色接过瓶子，轻嗅了一下，又倒在掌心一些，仔细观看那淡红色的粉末，道："冰片、血竭、香莆、白及……是吗？"

"什么？"朱灰灰果然又用一种迷茫的眼神看着他。

枫雪色深吸一口气："没什么！"他翻看着这个手指粗细、口小肚大的药瓶，和阗玉的材质，价值不菲，微凹的瓶底还有阴文雕刻的三个细小的篆字——

朱灰灰在一边顺嘴念道："什么什么什么！"这三个虫子一样的字没有一个他认识的。

枫雪色简直啼笑皆非，道："这三个字念悲、空、谷，是小篆！"

这家伙，正楷都没认好，何况篆书！唉，不认识就闭嘴藏拙好了，还老觉得自己挺有学问，非要念出来。

朱灰灰一点都不以为耻，问道："这是什么意思？"

"意思就是，这瓶药是悲空谷炼制的。"

朱灰灰摸摸头，还是不懂，又问："那也是卖药坐诊的地方吗？"他在街上看到，卖药的地方一般都叫什么什么堂，前几个字有可能碰上不认识的，这个"堂"倒见得多了。

枫雪色很耐心地道："不是药堂，这是一个山谷，住着一位神医，医术非常高明，救了很多人，人们都称她晚夫人。"

刚才那位小姐竟然来自悲空谷，难怪照面间便看出自己任督脉有伤未愈，看来医术上也有非凡的造诣，只不知道和晚夫人是什么关系……

"我明白了！小瓶刻上这三个虫虫爬的字，便表示药是神医配的祖传秘方，专治各种疑难杂症，包治百病，药到病除，不灵不收钱！"从街上学来的词顺嘴就溜达出来了。

"……"卖狗皮膏药大力丸的！

还是那间大殿，天也还是灰色的，庭院里还是弥漫着浓浓的白雾。

大殿的门窗仍然紧紧关着，殿角落的墙上镶嵌着几颗明珠，光线极之柔和，然而殿里每个人的脸，仍然看不清楚。

正中间座位上的人，一直在凝视着手中的一方薄绢，看了许久。

环坐在其下的诸位，只是屏息静气地望着他，谁也不敢开口。

又过了半天，这个人轻轻将手中的薄绢放在案上，声音低沉地道："天照魔王已经不耐烦了，在催我们赶紧行动。"

底下一个高个子道："可是，我们还没有准备万全，其中一些障碍，还没有彻底拔除。"

"这么久的时间，你们都做了什么？"中间之人的声音听不出喜还是怒。

底下的人却战栗起来。

"是……那些武林中人，他们一直在暗中与我们作对！"

中间之人的声音非常平静，就像在谈论今天的天气一样："那就铲除他们好了！"

底下的人沉默不语。静了好久，有一个人犹豫着道："不知——夜怎么样了……"

正中之人将手臂放在紫檀座椅的扶手上，调整了一个舒适的位置，慢慢地道："夜，应该已经出手了！"

"夜——了解这件事情吗？"

"他知道他应该知道的所有事情。"

"那么，夜一个人，能处理这件事吗？"第三个人斗胆讲出自己的疑问。

中间那个人停了一下，才道："夜从来没有让我失望过。"声音冷得刺人的骨髓。

所有的人都低下头去。

〈 12 〉

中午时分，一辆普通的马车驰进琛州城。

驾车的是个十八九岁的小伙子，自东宁大道左拐又右转之后，便驶进一条胡同之中。胡同两侧是高墙，沿宽阔的青石板路走到底，是一户人家的朱漆大门。

大门口，立着一个白面团团的肥胖老者，见车子驶过来，立刻迎了上去，大礼参见："公子大驾光临，宋子谦迎接来迟，还请恕罪！"

头上一个放肆的声音道："爱——卿——免——礼——平——身——"十足的戏台皇帝腔。

"啊？"

老者纳闷地抬头一看，马车上一个肮脏惫懒的少年，正搭着二郎腿，摇啊摇啊，十足的地痞流氓相。

"咚！"车上飞来轻轻一脚，将那小流氓踹了下去。

老者宋子谦立刻认出那神出鬼没的一脚，正是自家公子的杰作，激动地跨上前一步："公子！"

"子谦不必多礼！"车中人温言道，"距离上次见面，已有三年了吧？子谦风采依旧啊！"

"公子记性好，距上次老城主和夫人请弟兄们中秋赏月，正好是三年。"宋子谦屏退车夫，亲自挽马，将马车牵进院内，走了好长一段时间，才来到一处院落。

"请公子下车！"

车门一开，枫雪色缓缓走下车来，虽然衣上灰尘扑扑，但依然气质高华，面上的笑容也依然和煦。

"公子，请稍事休息，容小老儿为您接风洗尘！"

"有劳了！"

枫雪色轻撩袍角，迈步前行。他目前最需要的，就是热水沐浴，然后将身上的衣服换掉。只是，之前还有一些事情需要交代。

朱灰灰知道大爷虽然对他态度好了一些，但仍然看他不顺眼，不敢跟他进屋，于是很老实地蹲在墙角，等大爷出来发落。

枫雪色一足踏上台阶，看了朱灰灰一眼，又停下脚步，低声对宋子谦说了几句话。

宋子谦似乎有些诧异，但仍恭敬地答道："是，公子！"

这边厢，朱灰灰一边等大爷发话，一边好奇地探头探脑。

他没见过什么世面，还是第一次进到如此大宅的里面，也不知道自己目前所在的这个院子，是这个宅子的第几进院落。不过，这个宅子虽然干净整洁、墙高屋大，却并不豪华，房屋白墙灰瓦，太素净了，人家乡下财主的房子还有雕梁画栋呢！

而且，这么大的宅子，似乎人丁很不旺，除了胖老头就没别的人了，连那个驾车的车夫都不知道去哪儿了。

想想上午在官道上，大爷随便在一棵树上画了个什么符号，没多久，后面便有马车赶上来，非常恭敬地请大爷上车。

当时自己一见这种江湖联络方式，好一阵兴奋，还很崇拜大爷好大的排场呢，原来却被接到这么一个地方！看这徒有其表的宅子，就知道那个白胖老头宋子谦是个穷鬼。

朱灰灰蹲得太久腿有点发麻，他站起来遛遛腿，然后往门边的一棵枫树上靠去，却"咕咚"一声，摔了个屁股蹲儿！没有防备之下，被摔得很结实，在地上坐了半天，他才捂着臀部哼哼呀呀地站起来。

"咦？"

他用力揉揉眼睛，那棵树刚才明明是在自己的身后，现在怎么到三尺之外去了？狐疑地伸手去摸树皮，眼前微微一花，那棵树竟然扭了一下树干，将他的脏手让开去。

啊！莫非……树成精了？房子大人口少，难免阴气盛而阳气衰……这宅子闹鬼？

刚想到这里，突听身后有女子的声音道："这位……少爷，请随奴婢来！"

朱灰灰蓦然回头，发现身后神出鬼没般冒出两个女子，都是十七八岁，相貌姣好，一身婢仆打扮。他顿时毛骨悚然，女鬼！还是两个！太猛了，居然大白天跑出来！

他一下子跳起来："别过来！过来老子掐死你！老子的肉有毒，啃一口让你再死一遍……"

"……"

两个女鬼面面相觑，片刻之后，齐齐出手，一人抓住朱灰灰一只手臂，将他拖了开去。

空旷的宅子，朱灰灰破口大骂之声不绝于耳。

"子谦，查查虎澜江上下，有个落梅庵在什么地方，尽快回报！"

"是，公子！"

"还有，联络各分堂，查查近一个月来，有没有人报人口失踪，尤其是人口大规模失踪……"听到院外传来的破口大骂之声，他微微一皱眉，"怎么回事？"

门外一个声音道："回公子，是您带来的那个少年，惜花和惜月两个丫头正在服侍他沐浴……"

"两个人如果不够，再加两个！"想了想，枫雪色又补上一句，"选力气大的仆妇！"

"是，公子！"

门窗紧闭，屋子里雾气氤氲，枫雪色躺在浴桶中，半闭着眼睛，缓缓地呼吸着，水很热，烫得皮肤很舒服，连日的奔波劳累之后，能够泡上一个热水澡，实在是非常愉快的事情。

拒绝了宋子谦派人服侍。他一向认为，人在江湖，便是一个普通的江湖客，风里来雨里去，纵横山水，快意恩仇，随遇而安最好，哪有那么多讲究！

水渐渐地凉了下去，他慢慢地起身，拾起桶边的一方白巾擦拭着发上和身上的水珠，然后拿过屏风上搭着的衣服。从里到外的衣着，全套素白，正是他喜欢的颜色。

穿衣的时候，看到胸前青色的瘀痕，隐隐的疼让他想起那一小瓶悲空谷的伤药，可惜这东西被朱灰灰那家伙当宝贝揣了起来——说不定会拿到市场上换两个包子吧?

正对着镜子整理发束,耳中隐约听到屋顶之上有些微的声音,似乎有猫跑过。他的手停了停,唇边浮上一个淡淡的笑容,然后若无其事地继续整理自己。

这个宋宅,表面上是琛州城一个富贾的宅第,实则是枫雪城在琛州的分堂,那个白白胖胖的子谦,也不是什么经营布庄酒楼的老板,而是枫雪城三十六堂堂主之一,江湖上人称"铁公鸡"的宋彪宋子谦是也!

听外号便知道,宋子谦是一个"只进不出"的好手!此人思维缜密,精于谋算,多年来将枫雪城在琛州的产业打理得井井有条,这个宋宅看似简单,实则布满机关埋伏,如果能够任人随意出入,那枫雪城也别在江湖上混了。

"咻",屋外传来利箭破空之声。

枫雪色微微一笑,慢慢地穿好靴子,系好腰带,然后拉开门扇,走到石阶上,负手观看。

远远望去,屋顶之上九名白衣侍卫正在全力追杀一片红云,剑光闪闪,如织如网,那片红云在剑网中左躲右闪,看上去险象环生,却每每在危险的间隙,被他溜了出去。

屋檐下,又有数十名白衣侍卫手执弓箭,弓开如满月,乌黑的箭搭在弦上,只等屋顶同伴稍有败迹,那闪着寒芒的箭便如雨射上去。

那片绯红色的云在屋顶上飘忽来去,其间一个"月亮"被烘托得更加光而且圆,却是一个光头大和尚!

大和尚眼尖,发现站在檐下看热闹的翩翩公子,扬声笑道:"雪色,你就是这么迎接好朋友的?"

枫雪色微笑道:"谁让你贵客不做,偏要做贼!"举起手,轻轻地击了两下掌。

那些白衣侍卫突然停止攻击和对峙,收起武器,先对着红衣和尚躬身施礼,又对着枫雪色施了一礼,然后悄然退了下去,就仿佛从来没有存在过一样。

绯衣和尚站在屋顶笑道:"雪色,用我的炽焰兵,换你家的枫雪卫,可好?"

枫雪色板起脸:"不好!"身形拔地而起,掠上了屋顶,手从阶旁摘下一枝扶南花枝，带着微颤的花朵，轻轻指向和尚的腰部。

绯衣和尚"嘿嘿"一笑，身体突然飞了起来，在一束湘妃竹上，两指轻轻一捏，摘下一管竹条，反身回刺。

枫雪色花枝略略回转，挡开湘妃竹枝条轻颤，抖出一团火色花影。

绯衣和尚身形疾退，抽空回了一招，一道绿色的箭射进花影之中，那团火去势一滞，花影却不敛反涨，花瓣倏然离枝，漫天飘摇，虽然无声，却带着柔和的锐气。

竹枝一抖再抖，枝上碧色的竹叶也飞了起来，便似片片竹刀，切入如雨的花瓣之中。

半空中，一红一白两条人影错身而过，同时落在地上，望着地上的花瓣和竹叶，不禁一声长笑，一同将手中的断枝抛下。

绯衣和尚看着沾在衣角的花瓣，同样的红色，在他的绯衣上并不惹眼，停了片刻，笑道："雪色，改天约个时间，咱们当真比画一下，看看究竟谁比较强那么一点！"

枫雪色翻开手掌，看看掌心里的一片竹叶，微笑道："定是空空大师技高一筹！"

绯衣和尚斜睨了他一眼："别叫我空空，再过段时间，空空大和尚出家期满，就要还俗去了！"

枫雪色笑道："空空大师还俗之日，小弟定当亲自登门恭贺！"

绯衣和尚西野炎道："那也要看你到时有没有命在！"

枫雪色秀眉一挑："哦？"

西野炎上下打量他，然后笑道："我观你眉开如月、目含春水、肤润唇朱，唔，雪色，你最近红鸾入命，命犯桃花！"

枫雪色浅浅一笑道："那你可看得出是桃花运、桃花劫，还是桃花煞？"侧身将西野炎让进书房。

两人在房中坐定，自有侍者奉茶上来，随口闲聊了几句，转入正题。

西野炎忽正色道："雪色，你可认识一个自称魔心雪的女人？"

枫雪色苦笑道："今日才听子谦说起此人！"

据铁公鸡宋子谦所言，江湖上近日出现一位叫作魔心雪的女人，在到处请人帮忙追杀枫雪城的雪色公子，因为涉及自家的主人，枫雪城的兄弟一直在暗中留意，但未得到主上明示，尚不敢擅自行动。

西野炎喝了一口茶，道："数日前一别，想必这几天你过得很忙碌吧？"

枫雪色轻描淡写地一笑："还能应付。到目前碰到两批，见血楼的十二生肖使和齐云派会智大师那五个宝贝徒弟。"

"据我所知，现在至少有三十一批来自各方的人马，接下杀你的任务。"

枫雪色眉尖一蹙："这女人究竟是什么人？"江湖中的打打杀杀从来没有一刻停止，他倒不惧有多少人要杀他，可是却有点嫌麻烦。

"据见过的说是个很美的女人，不过很神秘，没有人知道她的来历。"西野炎看他一眼，"雪色，你一点线索都没有？"

枫雪色凝神想了片刻，缓缓摇头："没有。我自出道以来，剑下所诛个个罪有应得，自问无愧于心，若有欲杀我后快者，或是这些人的亲友，也未可知。"又笑了笑，"才三十一批人马吗？也太小瞧枫某了！我倒真的是很想看看，这条命，谁能拿得走。"声音平静从容，却充满睥睨一切的豪迈之气。

西野炎道："我来琛州的路上，已经替你做了六批，据说方渐舞那边也接了五批人，昨天接到飞鸽传书，深冰界的燕深寒也正带人快马赶过来，估计着从北边过来的杀手，一个也逃不过他的掌心。所以能到你身边的，最多还有一半。"

枫雪色一笑："谢了！"

"我和小方真正担心的，是那批来历诡异的黑衣杀手。"

枫雪色的神色也严肃起来："这几日，可有打探出新的消息？"

西野炎压低了声音："你也知道，三个月之前，有两位惊天动地的大人物被贬官并下狱，这两位大人物威扬海外，声震神州，百姓无不爱戴……"

枫雪色吃了一惊："你是指俞、戚两位大将军？"

西野炎沉重地点了一下头："两位大将军半生戎马，战鞑靼平倭寇，保家卫国，爱民如子，名盖千古。现在两人一位年过半百，另一位年近八旬，遭陷害夺职下狱之后，军民无不愤慨，昏君虽恨其功高震主，但却怕激起军民哗变，借将两位大将军扣在京中，将两家家小秘密发配南疆。这些人大都是老弱妇孺，一路行进缓慢，两位大将军为官清廉，本就没有积蓄，家产又被抄没，还是京城商贾为两家人凑银子打点押差，沿途又有京城武林高手暗中跟随照顾，才没有吃到什么苦头。"

枫雪色脸倏然冷了下来："两位将军的家小现在在何处？"

西野炎默然片刻，道："一个月前，两家家小全部失踪。"

枫雪色冲动地站了起来，在屋子里走了几圈，端起桌上的冷茶，喝了几口，勉强压下心里的郁火，道："在什么地方？"

他一向冷静，很少有这样焦躁不安的情况，但……事情涉及国家安危、百姓苍生，无法不令他心急！

俞、戚两位大将军为国征战多年，百战百胜，外寇听到他们的名字便心裂胆丧，他们在，国家安宁，百姓安乐；如今昏君自毁长城，只怕这一片大好的神州热土，又会引来外寇的践踏。

西野炎道："我已派下人手，沿出京的路探查线索。只是，这一路上的官府卡哨，根本就没有两位将军家人过路的报备。"

枫雪色的手正放在茶桌上，"咔嚓"一声，紫檀木的桌子缓缓裂开一道缝隙，他握起拳头，一字一顿地道："联络方渐舞，密切注意扶桑倭国的动向，神州海域，劳他多费心些。"

"燕深寒突然从北地赶来，也是担心鞑靼有异动，所以来与大家商讨对策。"

枫雪色握住长剑，手指在剑身上轻轻抚摸："每当朝廷有变，江湖必掀巨波，这安静了十多年的武林，只怕又要乱一阵子了！"

西野炎那张精致的脸上，也浮上激动之色。他大步走过去，将书房的窗子推开。

窗外芳草萋萋，秀竹挺拔，他傲然一笑："我的宝刀，可很久没有痛痛快快地饮过血了！"

枫雪色走了过来，与他并肩而立，沉声道："炎兄，我忽然有一种很不祥的感觉——朱灰灰看到的那个屠杀，很可能是……"

西野炎接道："两位大将军的家眷！"

两个少年武者对视着，眼中都是一片阴郁之色。

那两位将军一生都在保卫国土，即使是国之仇敌，提起这二人来，也要挑着大拇指，赞一声精忠耿直。朝堂之上，究竟是谁欲置两位大将军满门于死地？难道天真的这么无眼，要夺去这两位名震千古的忠臣的亲人眷属吗？

沉默片刻，枫雪色扬声道："来人，去把朱灰灰——就是跟我回来的那个人——带上来！"

窗外的一竿修竹答道："是，公子！"枝叶轻摇，一个白衣侍卫退了下去。

片刻之后，门外传来一阵踢踢踏踏的声音。

"公子，人带到！"

枫雪色坐回到椅子上，道："让他进来！"

"吱呀"一声门响，四个粗壮的仆妇押着一个人走了进来。

四个妇人都全身湿透、衣衫破裂、鼻青脸肿，脸上被猫挠了似的全是血道子。而被她们押进来的人，垂头丧气，跟只斗败了的鸡似的。

枫雪色皱起了眉："怎么弄成这个样子？"

左首的妇人向枫雪色行了个礼，道："公子，这位……这位脾气不太好，奴婢们还是头一次碰到洗个澡也跟要命似的人！"

枫雪色面上一抹苦笑："诸位辛苦了，去账房每人领五两银子！"命四人下去，他转向朱灰灰。这个主儿以一人之力斗四个女人，大概也没占着什么便宜，累得够呛，自从进屋以来，就低头坐在地毯上呼呼喘粗气。

白色镶浅红色边的新衣，头发洗得很干净，乌黑亮泽，用红色的带子绑了个辫子，皮肤在洗澡的时候可能被搓掉了一层皮，脖子和手都变得雪白粉嫩的。

嗯，这家伙现在看上去终于像个人了！枫雪色略有些满意。

"朱灰灰！"

"老子……小的在！"朱灰灰敢跟四个老娘们夶毛，却不敢跟大爷顶嘴，乖乖地站起来立正。从来都只有自己摸别的女人，今天却被别的女人摸了，还是四个，真亏！

乍见到眼前出现的那张脸，枫雪色陡然怔住。

一张尖尖的瓜子脸，肌肤雪腻，透着粉扑扑的颜色，略有些婴儿肥，两颊像可爱的粉团子。红润的小嘴，小巧玲珑的鼻子，一对杏儿似的眼睛黑白分明，骨碌碌地转着，从前在那个脏脸上是贼光四射，但现在配上这样的一副面容，却显得灵气逼人。

这……这个如此美丽的少女是朱灰灰？是那个肮脏、无赖、满口脏话和白字的朱灰灰？

枫雪色下意识地想揉揉眼睛，手举到眼前，稍一停顿，改为摸了摸额头，眼前的情景与之前的印象出入太大了，与其怀疑眼睛，不如怀疑大脑！

其实，他早已知道朱灰灰是女子。

在山上他探她脉搏之时，便知道了。只是，却无论如何也想象不出来，那个泥里爬土里滚的泼皮，洗剥干净换身行头之后，竟然是如此机灵可爱的模样。

尽管已经确认无疑，但流花河桃花渡那个手拎木桶长勺，满河扔"黄金"的泼皮，和面前这个清新的少女，在枫雪色的脑海中始终无法重合。

朱灰灰等了半天，看大爷只是望着自己，也没赏个话下来，有些纳闷，小心翼翼地东张西望，一下子看到窗边那个望着自己发怔的绯衣和尚，眼睛顿时亮了："大师！大师！我家花花可以还我了吗？"

"花花？"西野炎怔了一怔，"你是说那头猪？"

"是是是！大师英明！大师英明！"朱灰灰不知所云地乱拍马屁。

"炖了！"西野炎顺口道。他心里也很混乱，这就是那天被他踩在脚下的脏鬼？差距太大了！

一听这话，朱灰灰傻眼了。

她忍辱负重，老老实实地跟着枫雪色，不论跋山涉水、吃苦受累，还是死里逃生，都不敢起异心，一半是因为怕死，一半就是因为花花被这死和尚抓了当猪质，现在，这死和尚居然把花花炖了！

一想到她自小养大、陪着她走南闯北的朱花花变成一碗红烧肉，朱灰灰简直是血冲脑门，全忘了人家大师有刀，破口骂道："你个死王八，吃我家花花，让你身上的肉一块块都烂掉，全身冒脓水，黑心黑肝上长疔疮，舌头长得比猪舌头还大，闭不上嘴，烂不死你也饿死你！你家世世代代，生下孩子没……"

她这一路胡混，好的东西一点没学来，市井中骂人的词却过耳不忘、一听就会，此时言辞之恶毒，实在令人叹为观止。

枫雪色眼见西野炎额头上青筋跳起，急忙袍袖一拂，快手快脚封了朱灰灰的哑穴。

朱灰灰兀自不觉，张着嘴骂了半天，只觉嘴巴开合，却听不到声音，终于觉得不对劲，一口唾沫吐向西野炎。

西野炎家世显赫，而且相貌俊美，功夫高强，是武林中的一代翘楚，这辈子没挨过骂，也从没有人敢在他跟前放肆，现在却被这无赖骂得狗血喷头，七窍冒出滚滚黑烟，欺身上前，一把扣住了朱灰灰的脖子。

朱灰灰怒瞪着他，被掐得脸红脖子粗，却绝不肯示弱。

枫雪色见势不妙，连声劝止，可是西野炎在气头之上，只想直接捏死她，根本不理他说什么。无奈之下，他一掌切向西野炎的脉门。

西野炎回手挡开，左掌从袖底伸出，还了一招。

枫雪色侧身一让，变掌为指，弹向他的时间穴道。

西野火手臂微沉，左手拇指跷起，指肚按向枫雪色的中脘。

两人足步不移，转眼间已交手七八招，谁也没占到便宜，不禁住了手。西野炎终于怒气稍散，顺手将朱灰灰丢在地上。

朱灰灰差点被掐死，喉骨生疼，倒在地上拼命呼吸。

枫雪色看着她刚洗白没多久的颈子多了五个红指印，心下有些怜悯，但一想到她骂人的恶毒，又觉得受教训也应该，遂道："你还不谢谢西野少主的不杀之恩！"

朱灰灰嘴巴张了张，却没有发出声音。

枫雪色展袖拂开她的哑穴，耳听得朱灰灰因喉咙受伤而沙哑的声音："我谢他个头！他不杀老子，老子将来就杀他……"

枫雪色生怕西野炎又被激怒，急忙再次封她哑穴。心里纳闷，这怕死鬼这会儿怎么胆子肥起来了？

西野炎深深地呼吸几次，然后冷笑一声："你一个女的，口口声声想做人家老子，下辈子吧！"

"……"朱灰灰嘴巴不住开合，虽然发不出声，但显然也不会是什么好词。

西野炎索性伸指解开她的穴道："你再骂敢一句，我就把你卖到窑子里！"

"有种你就杀了老子！"朱灰灰伸着脖子给他捏，"你不杀？不杀是吧？好，有种！那你就等老子来杀你吧！老子把你切成段，胳膊红烧，腿清蒸，里脊做糖醋，五花做腊肉，肥肉蒸包子，瘦肉做爆炒，脑袋做成冬瓜盅，前肩吊起来风干，肝儿腰子做醋熘，肠儿肚儿做卤煮，黑心烂肺没有人要就扔出去喂狗……"

她的骂词越来越花，西野炎初时大怒，可是听着听着，竟然被她骂乐了："你们家当厨子的是怎么着？"

"管得着吗你！死秃头！"

朱灰灰还是不解恨，仍要接着骂。枫雪色轻喝一声："够了！"

"不够！"朱灰灰生平第一次有胆子顶撞大爷，"他杀了我家花花，还要捏死我！"

枫雪色冷冷地道："如果他真要捏死你，你以为你还可以站在这里吗？"

"喀"的一声轻响，西野炎两根手指在三寸来厚的桌上掰下一角木头，放在掌中一搓，然后将掌心里的木屑吹散。

朱灰灰哆嗦了一下，不由摸了摸脖子，只是仍然不服气："那——他还杀了我家花花！"

"那头臭猪，谁稀罕杀！"

"你才臭呢！"朱灰灰习惯性回嘴，猛然醒悟，"什么？你的意思是……没杀它？它还活着？"

"在青阳城里有人替你喂着呢，回头你滚过去领走！"

朱灰灰简直心花怒放："就是就是，它吃得又多，肉也不好吃，养着太浪费您家粮食，还是还给小的最好！谢谢大师！谢谢大师！"

西野炎被冤枉挨了一通臭骂，又立刻被捧回大师，不禁苦笑。这朱灰灰变脸之快、脸皮之厚，实在令人佩服。

枫雪色忍不住道："朱灰灰，你一个女子，动不动就满口粗话，祖宗孙子的乱骂，太不成体统！"还口口声声自称老子、小的，这种词实在不适合女子使用。

朱灰灰揉着脖子，纳闷地问："体统是什么？"

"……"

枫雪色彻底放弃了对这女泼皮的教化，吸了一口气，转移话题："朱灰灰，你再仔细回想一遍，当日江滩之上，被杀的人都是什么模样？哪怕记得一点点也好。"

朱灰灰苦着脸道："大侠，这段书我都说过快一千遍，实在是一点隐瞒都没有，您老这么审，那是逼着我往里面加作料！您说吧，您是喜欢甜的还是咸的，或者酸的、苦的、辣的都成，小的一定投您所好，您爱听什么小的给您说什么！"

枫雪色被说得哑口无言，看了她半天，长叹一声："我们去落梅庵吧。"

〈 13 〉

惜凤山山势并不高，但是却因为满坡的梅花而小有名气。

自山脚而上，便是一片广阔的梅林，林中梅树古拙，姿态各异，品种也自不同。可惜此时春意已浓，若天气尚寒之时，便是一片清芳无比的香雪之海。

接近正午时分，山径之上，有两人两骑一前一后缓缓而行。

当先之人，是一名清雅俊美的少年，一袭白衣，如银碗盛雪，不染纤尘。座下白马，气势如龙，神俊昂扬。

后面的那位，是一名玄衣少女，相貌清丽，漆黑的眸子灵动，煞是可爱，骑一匹除了四蹄雪白，全身都是黑色的小毛驴，屁颠屁颠地跟在白衣少年的身后。

这二人，正是枫雪色押着那倒霉孩子朱灰灰，在赶往落梅庵。

行走过一道山弯，枫雪色看看前面的三股岔道和深深的梅林，勒住马，回头道："朱灰灰！"

"小的在！"朱灰灰大声应答，猛拍着驴屁股向前几步。

听到一个女孩口口声声自称小的，枫雪色仍然感觉到别扭，可是他已经纠正过上百次了，威胁砍腿也罢，拿剑比着她的脖子也罢，可她就是改不过来！唉！这个丫头片子，虽然被逼着换了一身干净衣服，可是一点也没改从前那个市井小流氓的德行！

"你去打听一下，去落梅庵应该走哪条路，离这里还有多远。"

又叫我去啊！朱灰灰心里一万个不情不愿，嘴上却不得不认命地道："是，大侠！"

东张西望了一下，发现在梅林西侧有炊烟袅袅，于是慢腾腾地爬下驴背，懒洋洋地走了过去。

望着朱灰灰磨磨蹭蹭的身影，枫雪色的唇角情不自禁地轻轻挑了起来。

他对朱灰灰这个除了脸皮厚之外几乎没有一项优点的家伙，虽然大多数的时候都看不顺眼，但偶尔也会觉得新鲜有趣——尤其是当看到她明明心里气得要死，却偏偏假装出一副"我很开心"的模样时，他心情便情不自禁地愉悦起来。

当时在琛州分堂时，这怕死的家伙一听说还要她跟着去落梅庵，一张脸涨红得跟煮熟的螃蟹似的，简直要扑上来啃他两口，可是他只轻轻地在剑上拍了一拍，她便立刻换上"我很乐意为大侠效劳"的嘴脸，没骨气地谄笑……

"朱灰灰！"

朱灰灰奔了回来："小的在！"

"不要偷懒，用跑的，快去快回！"

"我从来都不偷懒！"朱灰灰不爽地噘噘嘴，转身向林中奔去。

"回来！"

大爷这不是成心遛自己玩嘛！朱灰灰一溜小跑地来到马前，大声抱怨着："大侠，您把所有的事情一次交代清楚成不成？"

枫雪色坐在马背上，看看她气红的脸，微微沉吟了一下，将原本想要说的话咽了下去，只道："小心一些！如果有狗咬你，就用你娘和我教你的法子跑。"

"去死！"

支使着自己跑来跑去，就为了这么一句废话，难道我不知道碰到狗就跑吗？被狗追过一百多次，早练出飞毛腿了我！朱灰灰实在忍不住骂了一句，然后怕大爷发怒，两只手捂着嘴撒腿就跑。

枫雪色跃下马背，缓步走进梅林。行约十数丈，见岩石上一座八角赏梅亭，他登亭随意地向四周看了看，曼声笑道："枫某来了，阁下还不现身吗？"

梅林之中寂然无声。

枫雪色笑了一笑，道："阁下既然不肯现身，那么，枫某得罪了！"

长剑连鞘斜斜地挑起，指向三丈外一株古梅。

这样看似漫不经心地一指，林中梅树忽然无风自动，枝叶发出簌簌的声音。

风摇叶动中，突然有黑影破空而出，来势疾如电，却无光无影；迅似雷，却无声无息，只是带着无比凌厉的杀气，誓要一击必中。

天地间凭空出现一道旋转的黑网。

枫雪色反手拔剑，旋起一天夺目的雪色，冷冷的、深沉的，闯入那恨意与

123

杀机构成的黑色幕网中。

寒气满天。

"喀啦"一声，那株百年老梅的树干，竟然从中间破开，向两边倒了下去。

梅树的后面，露出一个瘦削的男子，阴气沉沉的面容，一身暗褐的布衣，仿佛血干涸之后的颜色。而在他的右肋之下，正有殷红的鲜血渗出。

那血一滴一滴地落在泥土上，如红梅绽瓣，美却悚目。

枫雪色淡淡地道："可惜了一株好梅！"

那男子没有去管肋下的伤，只是瞪着他："你怎么知道我在？"声音沙哑，带着嘶嘶的喉音。

"因为杀气。"

枫雪色垂目看看自己剑，剑刃上染了一线血痕，他有些惋惜地道："阳春三月，梅虽已无花，但不改铁骨冰心，依然清雅涤人，可惜你身上的杀气太浓，连这千亩冰枝都遮盖不住！"

那男子紧紧握了一下手中的兵器，却因牵动肌肉，引发一阵剧烈的呛咳，肋下的血迹迅速洇开，他不得不腾出一只手按住。

枫雪色看了看那支兵器，问道："见血楼右护使，卍鬼千莲贺遒？"

那男子点头承认。

"好功夫！"枫雪色衷心地称赞。

贺遒苦笑道："还是杀不了你！"

"但杀歧阳周泰周老爷子父子四口，却是绰绰有余！"提到这个名字，枫雪色神情冷了下来。

贺遒冷笑："杀了又怎样？"

枫雪色慢慢地道："在周老爷子灵前，我答应过他的稚孙，替他一家报仇。"

他看看贺遒，神色肃穆："周老爷子与我平辈论交，周家三位公子，有两位专心科举、不谙武功，这父子四人，素来宅心仁厚，修桥补路，施粥救贫，实不当死！"

贺遒闭紧嘴巴，良久始道："我管不了那么多！"

枫雪色一叹，道："那么，你可以去了！"语音一顿，再道，"你可有话要枫某带给见血楼或者他人？"语下之意，请贺道交代遗言。

贺道凉凉一笑："好，麻烦你帮我传话给见血楼，就说贺某……"忽然声音转低，剧烈咳了起来。

枫雪色眉尖微蹙，走前两步，问道："什么话？"

他的那一剑，自贺道的右肋下迅速刺入，刺穿了贺道的肺叶，由于剑刃薄而锋利，撤剑的动作又快，伤口非常小，因此贺道表面出血不多，却是因为大量的血都流进了内腔！

贺道也知自己的伤势已是活不成了，他抬起头，嘴角鼻下全是血沫，惨淡地一笑，往前跟跄了两步，道："告诉我们楼主，就说……你、去、死、吧！"

随着一声霹雳，掌中飞镰忽然炸开，满天黑雾中爆出无数亮晶晶的铁莲子，从不同的角度，向枫雪色兜了过去。

枫雪色冲天而起，长剑挽起一朵银色的花，那花朵仿佛有着奇异的磁力，数百枚铁莲子如蜂投巢，被一股强大绵密的力量牵引着，纷纷投入到银花中去，然后便是"噗噗"不绝的落地之声。

枫雪色翩然飘落。

贺道呆呆地看着他，身体晃了两晃，一头栽倒在地上，大量的血从他的口鼻喷了出来。

枫雪色轻轻地叹了口气，慢慢地道："我从来也没有忘记，卍鬼千莲，是莲，不是镰！"

望着贺道的尸体，他的眼神流露出一抹怜悯之色，其实每次杀人之后，都是这样的心情。尽管死在自己剑下的人，都有一千一万个该死的理由，但他仍然觉得忧伤……

忽然之间，很想看到朱灰灰，看到那双乌溜溜的眼睛，看到那张粉扑扑的脸，很想拿剑吓唬吓唬她，然后听她一脸谄媚地叫大侠……那应该是一种很轻松的心情……

"这个小坏蛋，已经去了很久，应该回来了吧……"

一不小心说顺嘴，把心里话都骂出来了，朱灰灰怕被大爷砍，"嗖"地跑远了。

初时还以为那个炊烟袅袅的地方并不远，可是走了一炷香的时候仍然没有走到，跳上高处一看，才发现那地方竟然在另一座山坡上面。

朱灰灰气得直骂人——被骂的当然是那个装蒜的白衣大爷！要不是他，自己现在说不定在哪个地方，正领着花花逛大街踅摸好吃的呢！

阳光如此明媚，这个时候，就应该吃饱喝足了，然后找个地方，晒着太阳睡大觉……

唉！骂归骂，骂完了，该干什么还得干什么去！她可不敢偷懒。恨只恨这个破山，连个活人都看不见，倒累坏了她的两条腿。

朱灰灰满腹牢骚，在梅林间穿行，又走了很长一段路，终于见到前方出现一座宅院。

那院子很大，粉墙红瓦，门前院落都是梅树。黑漆的大门关着，门楣上悬着一个黑底的牌匾，上面写了三个金光闪闪的大字。

朱灰灰歪着头看了半天，发现那三个字笔画扭来拐去，和之前拿到的那个悲空谷药瓶的字体很像，但念什么却不认识，也就不再理会。发现旁边的角门虚掩着，她也没客气，推开门迈步走了进去。

门后是青砖地，没走几步，是一堵照壁，这上面也写了一个字，本来看着挺面熟，像个佛字，可是张牙舞爪的笔画又跟她见的不同，所以也不敢确认。

照壁后面是三个房间，中间的房里供奉着佛像。看到佛像，朱灰灰恍然大悟：这里原来是个庙！她绕过佛像后面的门，又进了一重院子，院内又有三间房子，门都关着。

奇怪，怎么一个人都没有，大家都在用午膳吗？

想到吃，朱灰灰不由自主地摸了摸肚子，觉得也有点饿了。

"喂！有人在吗？"

院落里寂静如死，没有人应答。

"没人吗？没人我要进去啦！"登堂入室之前，照例要打声招呼——这次不是来"顺"东西的，如果被人当贼打有点冤。

迈步上了台阶，伸手去推正殿的大门，"吱呀"一声，厚厚的门被推开了，朱灰灰探头进去。

这也是一座佛堂，朱灰灰连供奉的是哪位佛祖都没有看清楚，目光就被一个人吸引过去了。

她只看到那个人的背影，浅杏色的袍子，腰间杏色的宝带，将他的身形勾勒得修长而挺拔，一头黑发用金冠束起，看上去贵气逼人。

那个人站在供桌前，背对着门，正在将三炷清香插入香炉，然后合掌参拜，举止宛如春水般温柔优雅。

"喂，跟你打听个路啊！"朱灰灰生平只服武力，从来都不知道"礼貌"二字是什么意思。

那人根本连头都没回，只是合掌默祷。

"喂，问你话呢！"朱灰灰道。

那人回过头来。

那是一张俊雅到极点的脸，面如冠玉，白皙温润，唇似朱漆，微微地弯起一个完美的弧度，眼如桃花，一双黑眸淡如烟雨，眼神有点迷离，顾盼间弥漫着蒙蒙水雾。

朱灰灰情不自禁地退后一步："你……那个……您……"

心里警铃大响，自己最近点子背，碰到长得好看的，都是不好惹的。枫雪色如是，西野炎如是，这个人相貌也很漂亮，只怕脾气也好不到哪里去……

"那个，这个……"朱灰灰自动点头哈腰，"我是想问，这庙里有人在吗？"在摸不清人家实力之前，先装孙子准没错！

那人握着折扇，轻轻在手上敲了一下，冠玉般的面庞上，绽着一朵浅笑："我在！"

同样是闪亮耀眼的男子，枫雪色像高山上的一抹轻雪、天际的一缕薄云，高洁、清冷、宁静，还带着那么一点点寂寞，一点点忧伤，偶尔笑一笑的时候，便如异花初绽，虽然如花般的颜上雪意未消，但眼神里流露的总是暖意。

而这位贵公子，虽温柔得像水，像春天里的风，像雨后美丽的虹，像深夜里静美的月，像夏日夜晚来临前，悬挂在西天的明丽晚霞，又美丽又轻灵，却离人很遥远。

朱灰灰"啊"了一声，心里嘀咕，这家伙长得虽然好看，可是和大爷一点都不同，大爷的眼睛清清亮亮的，笑就是笑，生气就是生气，可这家伙的眼神却烟雨迷离，让人看不清楚。他脸上是带着笑，可是他的眼睛，却明明在告诉对方，你离我远一点儿……

"咳，小的打扰了！"朱灰灰假充斯文，"请问公子，您可知道，落梅庵离这里有多远？"

那位公子微微一怔，上下打量着她："落梅庵？"

以朱灰灰多年来小偷小摸的经验，一有人用这样的眼神打量自己，那肯定是自己已经引起对方怀疑，这个时候就算咱满心都想拿了人家的东西马上逃走，也得先忍着别下手。于是她随口编谎话道："我有一个孙女，在落梅庵当尼姑，有好几年没回家，现在她老娘快死了，让我找她回家见老娘一面。"

那公子好生奇怪，问道："你孙女？"

"是啊！您别看我年纪不大，可我辈分大！我那孙女，头发都白了，见着我照样要叫姑奶奶！"朱灰灰顺嘴扯道。即使在嘴头上，她也坚持能不吃亏就不吃亏。

"是这样啊！"那公子笑了起来，"我倒不知道，这庙里的尼姑们，哪个是你的孙女呢！"

"什么？"

"山门上那么大的匾额，不是写着'落梅庵'三个字吗？"

"啊？"还有这么巧的事！朱灰灰尴尬地摸摸头，"我，咳，我没注意，这个地方我也是第一次来。"

她心里直琢磨，这个家伙大概不是好人，尼姑庵，他一个大男人在这里干什么？尼姑们呢？啊哟，搞不好这里的尼姑也不是好人！过去在街上听话本，经常讲到有些不要脸的尼姑，会勾搭强壮漂亮的男人，然后把他们扣在庵里不让回家——说书人每当说到这里的时候，台上台下的人都鬼笑鬼笑……

她一动歪心思，眼珠就滴溜溜地转个不停，那公子注视着她，忽然一笑，道："我带你去见你孙女。"

"不必了！尼姑们大概正在用午膳，我一会儿再来。"反正已经找到地方了，快去通知大爷是正经，才懒得多事呢！她转身向外走去。

那公子折扇一摆，拦在了她的身前，淡笑道："还是见过再走吧！"

"还是算了吧！"朱灰灰绕过他，向另一边走去。

那公子轻轻摇摇折扇，脚跟一旋，也不见有什么动作，又挡在了朱灰灰的身前。

朱灰灰再换个方向走，那公子轻轻一转身，仍然是挡在她的面前。

朱灰灰大怒，这种拦人的方式她可熟悉得很！心里骂道：呸！算你碰到行家！当年老子在街上，曾经用这招吓得无数女人哇哇哭叫、满街乱窜，哼哼！你比老子，差得远哪！

她伸手去推他的手臂，一推不动，再加多些力气推，可是那双手臂还是横在自己面前，一点都不曾移动。

朱灰灰连日来跟着枫雪色跑东跑西，也算长了很多的见识，见此情景，立刻知道不妙，倒霉，果然又碰到行家了——话说回来了，在自己这样不学"武"术的人面前，会个三招五式的都能称得上是行家……

她忽然想起临来时枫雪色嘱咐的话：小心一些！如果有狗咬你，就用你娘和我教你的法子跑。

娘和他教过什么来着？三花聚顶，五气朝元？不对不对，大爷指的应该是——什么光什么恨的轻功。用他教的行气调息法子，自己跑起来确比过去轻快了许多，狗都追不上——对面这小子比狗还少两条腿呢……

一边胡乱地想着，一边运了运气，两只手放在那公子的手臂上。白白嫩嫩的小手，手背上小小的梅花窝，淡粉色的指甲，衬着对方那浅杏色的衣衫，煞是好看。

那公子笑吟吟地看着她，等她来推。

朱灰灰望着他冷笑，算你运气好，老子现在被大爷逼着每天把手和脸洗白白，不然，哼，老子把你抓成乌鸦！

提起被枫雪色逼着每天清洗，她就一肚子怨气。自己爱洗不洗，娘从来都不管，他多什么事啊！以前只要抱着饭碗坐到他看不见的地方就好，现在不洗干净居然不给饭吃，大爷真是越来越狠了，不但要砍腿、砍脑袋，还要饿死她、洗澡洗死她……总之真倒霉透了。

一推再推都推不动，朱灰灰才没傻到还用同一种方法呢。她两只手在那公子的胳膊上停了片刻，然后顺着手臂摸了上去，在他肩上轻轻一捏，魔爪顺着人家的肩膀滑下去，在对方胸膛之上狠狠掐了一把。

一摸二捏三掐，乃是朱灰灰在大街上骚扰女人的三大绝招，那是经过千锤百炼过的，若再配上腋下抓痒之最终技，简直可以无敌于天下。此招欺负女人固然有效，对于没见过市井女流氓的贵公子来说，同样一击必杀，他初时不解其意，继而便明白过来，原来是被这丫头调戏了，脸上的轻柔浅笑终于被惊怒的表情代替了，反手压着她的手臂一送一扭，"喀"的一声，将其两条手臂的关节都扭脱下来了。

朱灰灰只觉臂上一阵剧痛，却不敢怠慢，脚下用力，"嗖"地蹿出门去，居然一下就跳到墙上，虽然吊着两条手臂疼得眼前发黑，也不禁又惊又喜，这什么光什么恨，还真好用！

那公子顺手从佛案上的供果盘里拈起一粒蜜枣，看也不看就射了出去。

朱灰灰还站在墙上得意呢，只觉得后腰微微一麻，顿时腰酸膝软，"咕咚"一声，从墙上摔了下来，四脚朝天倒在地上，虽然墙不高，地面也是草皮，可她仍然被摔个半死，全身上下无一处不疼，脑袋还撞在一个花盆上，撞得眼前金星乱闪、耳朵嗡嗡直响，不用看也知道，肯定起了个大包。

她虽然平时怕疼怕死，碰到危险的事情能躲就躲，但其实也是分情况的。该装孙子的时候，绝不逞强，可是一旦装孙子都不顶用，身上那股泼皮小混混的狠劲就冒出来了，所以这次虽然摔得厉害，仍然咬咬牙准备站起来逃走。

她努力地挣扎，身上却一点力气都没有，胳膊又被人卸下来，连根手指都动不了，尤其腰部的那个位置，酸酸痛痛仿佛开了个口子，有无数只蚂蚁正从口子往里爬，爬得全身麻麻痒痒，非常的难受——都怪大爷非逼着她洗澡，看把她的皮洗坏了，不禁揍了吧！还是老娘说得对，洗澡多了，就是伤身体嘛！

她正躺在地上"哎哟"着，贵公子缓缓地踱步出来，撩起杏袍，蹲在她的身边。那温柔得似春风般的笑容又回到脸上，笑吟吟地用扇子敲敲她的头，也不知道有意还是无意，刚好敲在她额头新长出来的大青包上。

朱灰灰顿时眼泪汪汪。好疼！这小子真缺德啊！

"站起来！"

"站不起来！"朱灰灰泄气地道。她这一辈子谁也不怕，就怕比她强的，偏偏这世上比她强的人太多，这不，又碰上一位。

贵公子笑道："你轻功不错，我小瞧你了！"

明知道人家是在讽刺自己，朱灰灰也假装听不懂，躺在地上，谦虚道："哪里哪里！比您老人家，还差上那么一点半点！"

额头的大包、腰部的酸麻、身体的摔伤，加上手臂的脱臼，令她疼得满头大汗，便是这样，她仍然没忘了拍马屁，但愿能把他拍舒服，然后手下留情，就把她当个那什么，放了……

"说吧，你是什么人？"

朱灰灰躺在地上，身体别的地方动弹不得，眼睛却可以骨碌碌地乱转，无意间瞥到什么东西，咳了一声，道："这位公……公子，求您个事儿……"

"嗯？"贵公子蹲在她的身边，脸上笑容愈发的柔和，像纤羽上软软的绒，一双眸水般流转，风情万种。

"那个……你能不能把我搬开一些……边上有一棵臭草……"

贵公子脸上的笑容凝固了一下，然后又如春水化开，游目寻找，指着她头边的一棵羽状叶子、开小黄花的草，问道："是这个吗？"

朱灰灰斜着眼睛看过去："就是它就是它！"这种草虽然能够活血、解毒、消肿、祛风，但气味实在受不了，自己没疼死也要被熏死了！

贵公子柔柔地笑着，从那株草上摘下一片叶子，放到朱灰灰的鼻子上。

朱灰灰急忙鼓起腮，嘟着唇，用力将草叶吹开。

贵公子索性把那棵草全拔了下来，动作很慢、很温柔，甚至带着几分慈爱地，将一大捧草连茎带叶全堆放到她的脸上。

朱灰灰再接再厉鼓腮猛吹，这次非但吹之不动，还被那浓烈的气味冲进肺里，呛得直咳嗽，身体被震动得疼得更厉害，不禁大怒，张嘴便欲骂人，可不幸的是，草叶却掉进嘴里，她大惊，急忙呸呸地往出吐，一时狼狈至极。

贵公子笑呵呵地看着她："这种草很好吃吧，要不要多吃一点？"

朱灰灰好容易把草吐出去，道："好吃！很好吃！"你自己抱回去吃好了！吃死你个阴险奸诈的笑面虎！

这一说话，嘴里又掉进一些草叶。

那贵公子笑着道："如果不想多吃，便乖乖地告诉我，你是谁？"

朱灰灰不敢倔强，道："小……呸呸……小的……朱灰灰……呸……"

"你到落梅庵，究竟有——"贵公子语声稍稍一停，水色迷离的眼睛里，忽然精芒闪动。他一字一顿地问道："什、么、目、的？"

头顶之上，响起一个淡淡的声音："是我叫她来的。"

〈 14 〉

朱灰灰听到这个声音，简直要热泪盈眶了，如果身体能动的话，肯定是匍匐过去，抱着那人的大腿，拼命蹭来蹭去摇尾巴，要是自己的嘴也那么长的话，还要跟花花似的，拱啊拱啊！

"大侠！大侠！呸、呸……我不是吐你……是吐草……呸……"

贵公子眼睛稍微眯了眯，顾盼间终于有了真正的笑意，他施施然站起身，愉快地道："枫兄，好久不见。"

一听这话，朱灰灰心里凉了半截。她还指望挑拨大爷来帮自己报仇呢，却原来，这笑面虎和大爷是认识的！

枫雪色站在粉墙之上，也是微微含笑："流玥兄，确实好久不见，一向可好？"

贵公子流玥笑道："还好还好，上次姑苏不眠楼匆匆一别，却没想到竟在这里又和枫兄重逢。"

这两人彬彬有礼地打招呼，一个比一个客气，可急坏了地上躺着的朱灰灰，忍不住叫道："大侠，小的还在地上躺着哪！"

枫雪色看了看她，白衣一展，飘身落下，对着流玥抱了抱拳："这个丫头得罪了流玥兄，还请海涵！"

流玥瞥了眼地上，问道："这位……是枫兄家的丫头？是在下无礼了，还请恕罪！"

朱灰灰疼得都快断气了，那二位还在那里比谁更有教养，气得她半死，当即口不择言："你妈才是枫兄家的丫头呢！"打狗还得看主人，大爷就站在这儿，她还怕那贱人个鸟啊！

那流玥忽然脸上一沉，枫雪色训斥道："休得胡言乱语！"

俯身在她的腰上推拿了一下，解开了她的穴道，"别赖在地上了，起来吧！"

朱灰灰感觉到一股暖暖的力量从他的手上传过来，身上的麻痒一点点地消失，她又躺在地上缓了一会儿，咬咬牙，腰部用力，直挺挺地坐了起来。

枫雪色先看到她胳膊软绵绵地垂在身体两侧，又看到那额头之上鼓起的青紫色大包，明显被欺负苦了，心里忽然觉得非常不快，暗道：自己虽然和流玥不是很熟，但他也是武林中的高手，就算朱灰灰非常气人，可毕竟是女孩子，也不应该下这么重的手……

思索之中，抬头望天，似乎发现什么的样子。

朱灰灰好奇心极重，虽是吊着两条膀子，仍忍疼仰头张望。

突听"格格"两响，手臂上传来剧痛，她"啊"地大叫一声，然后骂道：

"疼死我了！接骨头你不会啊！"用力眨了眨眼睛，将两滴痛泪赶出眼眶。

枫雪色一番好心，怕她疼先引开她的注意力，然后才接好手臂，却反而被骂，刚想教训教训她，便看到她眼里浮着泪光，终于忍了下去。

他手掌一摊："拿来！"

朱灰灰甩着胳膊，偏过头将脸上的泪在肩上擦了去，问道："什么？"

"悲空谷的那瓶药。"

"没了。"

"什么？哪里去了？"

"药粉倒进你家鱼缸里，瓶子换糖吃了。"

"……"

枫雪色简直对这馋鬼败家子无语了，悲空谷的疗伤药接骨生肌自不必说，甚至能够活死人而肉白骨，效用如神，江湖之中千金难买，这败家子居然为了用瓶子换几颗糖，就把药粉喂了鱼！

"很好！既然这样，你就头上顶着这个包吧。"枫雪色淡淡地说。

朱灰灰举起手，小心翼翼地捂在额头之上，那个包有鸡蛋大小，触手滚烫，木木地痛。她皱起了眉，忍疼道："这也不算什么伤，几天就长好了！小时候我摔断了手才疼呢，回家跟娘哭，还被娘打了一顿。我娘说，要么就学着把自己变得皮糙肉厚，受了伤就不觉得疼，要么就算疼也自己忍，没有人会可怜！"

枫雪色顿了一顿，觉得自己没必要跟这个缺少正常教育的野丫头生气，顺手将她捂着脑袋的手拉了下来，瞧了瞧那个青紫色的包，还好，没有破皮，回头敷上药膏，等瘀血收了就好了。

流玥公子轻摇折扇，看枫雪色处理完朱灰灰，遂笑问道："敢问枫兄，到这荒山庵里，可是也要找一个孙女，回去见母亲临终一面吗？"

枫雪色不解其意，避而不答，道："流玥兄又是何故到这落梅庵来？"

朱灰灰踮起脚尖，把嘴凑到枫雪色的耳边，嘀咕道："大侠，他和这庵里的尼姑有奸情！"声音虽然放低，却是故意让人家听到的。

这等粗俗不堪的诋毁，实在令流玥公子欲怒无言。他窒息片刻，眼望别处，假装没听见，只是脸色有点发黑，"啪"的一声将折扇合拢，又展开，摇扇的动作加快，似是热得厉害。

枫雪色瞪了她一眼，望着流玥歉然一笑："这丫头自幼少人教诲，因此粗鲁成性，流玥兄莫见怪！"

流玥很有涵养，只是笑了笑："枫兄言过了，我岂能和一个小姑娘一般见识！"目光却在朱灰灰脸上打了个转。就没见过嘴巴这么损的丫头，非要好好教训一番不可！

朱灰灰一触到他的目光，小小心脏立刻加速跳了两跳。忽然想起一事，头上顿时流下汗来。自己真是糊涂虫，还有闲心在这里胡扯，只怕耽误了大事……

她惶惑地扯扯枫雪色的衣角："大侠，情况有点不对，这个庵……似乎没有人……"她在这里折腾到现在，居然一个尼姑都没有看到！

枫雪色轻轻点了点头："有也是死人！"

朱灰灰吃了一惊："什么？"

流玥公子折扇一指："两厢配殿、后面卧房和膳堂，你自己去看！"

朱灰灰望了望枫雪色，见他没有阻止之意，立刻奔向东配殿，推开殿门，便看到佛案前的蒲团之上，端坐着两个女尼。

这两个女尼垂着头一动不动，右手执念珠，左手执木槌，似乎在敲木鱼念经的时候，偷懒睡着了。

朱灰灰停了片刻，屏住呼吸，小心翼翼地将手放在其中一个女尼的肩上，轻轻一推："喂！"

那个女尼身子一晃，随着她的推力委顿倒下，尼帽下露出一张诡异的脸，惨白的皮肤，凸出的眼珠，嘴巴张着，舌头微微伸到嘴边……

尽管心里已有准备，可是朱灰灰还是忍不住尖叫起来。她已见过多次死人，哪一次都比这具尸体血腥惨烈，但却还是第一次亲手摸尸体！

身边白色的衣袂一闪，枫雪色已然出现在她的身边。俯头查看了一下尸体的温度、斑痕和僵硬程度，道："喉骨被捏碎了，死亡时间不会超过一个时辰。"

朱灰灰胆战心惊地碰了下另一个女尼，果然又应手而倒，女尼扭曲的面部令她身体不住颤抖。

枫雪色看看她："怎么样？"

"我……我再去别处看看！"虽然在极度恐惧中，朱灰灰仍然没有忘记自己的任务——大爷是押着她来找人的，找那个曾与自己同船、送了一个红豆沙馒头给她的尼姑。

枫雪色陪着她走进西配殿，这间殿里，一共有四具尸体，她再去大殿后面的卧室、膳堂，每间房里都有数具尸体，同样都是喉骨碎裂，也都保持着生前最后一刻的姿势，显然凶手的效率非常高，一击毙命，女尼们瞬间死亡，连姿势都来不及改变。

最后来到厨房，一个女尼握着菜刀，倒在案板上，案板上是切到一半的青菜。

一侧，另一个女尼拿着木铲，伏在地上，身边全是散柴，灶上的铁锅里炖着豆腐和萝卜，汤水微微吐着泡泡，已快熬干了，灶膛里犹有余烬未熄。

从自己看到炊烟那一刻算起，到现在大约有半个多时辰。大爷推断，这些女尼死亡不超过一个时辰，也就是说，在自己向这里走来的时候，那些女尼正在一个接一个地被杀……

朱灰灰忽然流下眼泪。

枫雪色望着她，心中柔情顿起。这孩子虽然顽皮气人，那只是自幼失了教导之故，终究心地还是善良的。他拍拍她的肩，语声温和："灰灰，不要伤心，这些人的命债，我们早晚会讨回来！"

朱灰灰抹抹眼泪，抽抽搭搭地道："我不是伤心，我是庆幸！幸亏自己到得晚，要是早来一步，说不定现在也死在这里了！"

枫雪色："……"算他浪费感情！这不争气的东西！

朱灰灰弯下身，将那个趴在地上的女尼翻过身来，看了一眼她的脸，直起腰，长长地吁了一口气，对着枫雪色摇了摇头。

枫雪色明白，没有！这些尸体里，没有与朱灰灰同渡的女尼。

这证明，要么那女尼逃过一劫，要么——她被凶手带走了。别忘了，当时在船上的不止朱灰灰一个，还有其他人认识这个女尼的。

如果这女尼没死，她现在在哪里？他急于找到她，希望她能从另一个方向提供线索，让他来明确判断，江滩上被杀的，究竟是不是那两位大将军的家人。

枫雪色默默地思索，如果我是那些黑衣杀手，屠杀的时候被对面渡船上的人看到，然后要如何将这些人灭口？

杀人不难，难的是如何找到这些人——他们是一群素不相识的人，来自天南地北，彼此只不过恰巧搭了同一艘船而已，下了船便会各自散去，融入人海之中，此生也许不会再相见……

如果我是杀手，虽然距离很远，虽然渡船逃走很快，但也足够把船上乘客的重要特征都记下了。印象最深的，便是船老大被杀后，那个摇船逃走的中年人。因为他带着刀，有武功在身，江湖中人，总是对同类多加关注一些。即使他们不认识他，但在行家眼里，即使是一个动作，也已经能够透露这个人的武功、来历等很多个人信息，因此黑衣人只要稍做调查，倒不难找到东林镖局。

所以，第一个遇难的，便是东林镖局。

接下来，便是向找到的人，逼问其他人的来历，就算大家彼此不熟，但一路同船而行，也会记得一些，哪怕仅有只言片语，也可据此顺藤摸瓜，找到下一个人——就如自己这样，不是从朱灰灰这糊涂虫仅记得的一句话里，找到落梅庵的么。

朱灰灰，大概是最好找也是最不好找的人。

说她好找，是因为她带着一只相当惹人注目的花猪，这个世界上，有几个人会带着一头猪满世界乱晃的？

说她不好找，是因为她居无定所，到处流浪，而像她这样的流浪儿，实在多不胜数——对了，在半月村外那个中了血缕衣的流浪儿，衣着打扮和年龄身形都和之前的脏鬼朱灰灰差不多……

如此说来，因为与朱灰灰接近的缘故，他也已成为那些黑衣人的目标——何况他还杀了七个黑衣人！

只是，自雁合塔之后，这些黑衣人便如凭空消失了一样，再也没有出现。反而是自己身后，有一大批莫名其妙的江湖人，受了一个女人的收买，来要自己的命。那么，这个突然冒出来叫什么魔心雪的女人，和那些黑衣杀手有没有关系？

这落梅庵的女尼们，不同于之前被灭门的数起案子，都是被捏碎喉骨而殁，虽只是普通的手法，但此人用来却极为利落干脆——这些房子里，每一间都不止一个人，可是每个人都保持着生前的姿势，面容虽然扭曲，却未见一丝恐慌惊惧，显然，不论是两个人在一起也好，五个人聚一房也罢，那个人的碎喉杀人动作，快得这些女尼来不及表露出一点害怕，便几乎在同一时间毙命!

江湖上有这份功力的人,可不多啊!

嗯,自己算一个,那位流玥公子,虽然没有交过手,可上次在姑苏不眠楼看到他与浙东一位武林高手过招,武功着实不在自己之下,应该也算一个,而且他好巧不巧,偏偏在这个时候出现在这落梅庵——只是,以他的身份,有什么理由要做这种事?

他带着朱灰灰缓步走到院子里。

那位流玥公子仍然站在那里,一手负在背后,一手轻摇折扇,悠闲地欣赏着院子角落里的一丛春花,颊上带着温柔的笑容,神态安静而悠闲。

听到脚步声,流玥公子回过头来,俊颜上的笑容变得深了一些,徐徐道:"一共二十一人,全是喉骨碎裂而死,鹰爪、分筋错骨手、大小擒拿……即使是江湖中流传最广的武功,也至少有十三种可以造成这种伤势。何况,还有很多门派都有锁喉功,以及很多不传秘技……"言下之意,范围太广了,凶手不好找。

枫雪色微笑道:"流玥兄倒是清楚得很!确实,能造成这种伤的功夫,太多了,可惜有这份功力的,却屈指可数。比如,我!"

他漫不经心地伸出手,在院内的一块石碑上轻轻按了一下。手抬开的时候,石碑上出现了一个清晰的指印。

流玥的眼睛微眯,秀美的眸子亮了亮,随即笑道:"还有,我!"

手掌有意无意地在石碑上拍了拍。

两人目光相视,彼此都有了惺惺相惜之意。

朱灰灰围着那石碑转了三圈,发现什么变化都没有,不禁撇撇嘴,吊儿郎当地将一条手肘搭在石碑上面,曲着腿,对那流玥公子甚是轻蔑。

身后的石碑承受了她的体重,忽然碎裂。朱灰灰一个跟头向后栽去,若非枫雪色伸手相扶,定会跌一大跤。她揉着眼睛,看着碎成十四五块的碎碑,简直怀疑这石碑是豆腐。

她再厚脸皮,也不敢认为,这"豆腐碑"是自己"压"坏的。应该和这个流玥脱不了关系。那么,尼姑之死呢?

呆呆想了半天,粉扑扑的小脸忽然涨得通红,霍地跳将起来,瞪着流玥:"是你!一定是你杀了这些尼姑!我来的时候,只看到你一个人,你还要连我

137

一起杀的！你别不承认，从我看到你开始，你都没有离开过院子，却连死了多少尼姑、尼姑怎么死的都知道，你要不是杀人凶手才怪！"

流玥好笑地看着她："你可知道，天上飞的苍蝇都比很多人聪明？"

朱灰灰知道他绕着弯子骂自己连苍蝇都不如，好在脸皮厚，也不在乎："什么意思？"

枫雪色解释道："苍蝇对于死气非常敏感，只要有尸体，即使还没有腐烂，它们也会感觉到，于是纷纷飞过来。"

朱灰灰看到殿内绕着尸首乱飞的苍蝇，微微皱眉："可我还是想不通，苍蝇和我有什么关系？"

流玥道："你进来的时候，有没有发现，东西配殿虽然门窗关着，但是门前的苍蝇特别多？"

朱灰灰侧头回想了一下，确实如此，悟道："啊！我知道了！苍蝇是喜欢尸体的，本来这种佛殿，因为常年焚香礼佛，很少会有虫子，突然苍蝇增多，那必是因为有变故！"

枫雪色微微点头，以示嘉许。

朱灰灰仍然觉得疑惑未解："可是，你就算看到苍蝇，知道有变化——但又怎么知道一定是人的尸体？而且还知道死了多少人、人是怎么死的，难道这是苍蝇告诉你的？"

流玥看着她的目光很温柔，但朱灰灰却觉得他在看一个白痴，情不自禁地摸摸头，想不出自己究竟白痴在什么地方。

"我知道死亡人数、知道死亡原因，那是因为我进去查看过了！你进院子的时候，我正在为死者上几炷香——你应该庆幸你的武功太差，否则，你会很惨的！"

朱灰灰终于明白他的意思了！他是说，如果她武功够格，早已被他当凶手拿了甚至杀了。这话虽然不中听，却是实情，她扁扁嘴，没有开口。

枫雪色问道："流玥兄何故会到这个庵中来？"

在这起案子中，流玥知道自己确实是嫌疑很大，因此耐心地解释道："这庵里的主持净慧师太，是我授业之师梅子鹤先生的独女，身世颇为可怜。幼时失母，出嫁不久又丧夫，因无所出，便归家侍奉老父，数年前恩师西去之后，她便在这座庵里落了发。我因有事恰好路过此处，便前来探望。只可惜，我也来迟一步，只见满地尸体，却没见到凶手。"

枫雪色有些动容，道："那位倒在卧房窗下的师太，竟然是诗名满天下的梅翰林的女儿？"

"正是！"流玥叹道，"恩师只此独女，我却不能护其周全，将来却有何面目去见恩师！"

朱灰灰嘴唇嚅动，想说话却又忍住。真是神了，这一地死人，大爷居然知道谁是那个师太！

枫雪色看了她一眼，道："后宅东侧卧室窗下那位师太的身体上，覆盖着一方白单，如果没有猜错的话，当是流玥兄不忍恩师故女曝尸在外，以白单遮之。"

朱灰灰伸伸舌头，原来这么简单啊！自己也曾看到有一具尸体盖着白单，当时还奇怪了一下，只是一直只顾着看脸，心里又害怕，就疏忽了。

枫雪色长长地吐出一口气。唉！这丫头做正事的时候本来就笨，再加上粗心马虎，简直是没救了！真不知道自己哪来这么多的耐心跟她解释！

流玥轻轻挥扇："枫兄到此，又有何贵干？"

枫雪色叹道："实不相瞒，枫某带着这个孩子到此，是来寻找一位女尼。事情起因，是这孩子无意中看到一起屠杀惨案……"

他简单将事情始末说了，但却未提自己与西野炎怀疑，那江滩血案的受害者可能是俞、戚两大将军的家人。一来兹事体大，未经证实之前，不能妄加猜测；二来，也因为这位流玥公子身份比较特殊之故。

流玥耸然动容，以扇击掌，道："惩恶扬善，扶危济困，除魔卫道，正是我辈本色！这落梅庵的二十一条人命，少不得也要算在那批恶人的头上，枫兄如不嫌弃，某愿附着尾翼，一效绵薄之力。"

枫雪色闻言一笑："流玥兄言过了，有阁下援手，恶人定难逃法网！"

朱灰灰在一边听着，心里满不是味道。完了，大爷和这人勾搭成奸了，自己的仇报起来可更加难啦！哼，那笑面虎装得和没事的人一样，她可一直记恨着被卸手臂、被摔得半死、被臭草熏得直恶心的仇呢！

流玥问道："如此说来，渡船上的那位师太，尚在人世？"

朱灰灰不爱搭理他，板着脸呛道："我怎么知道！反正没在里面躺着！"

枫雪色斥道："不得无礼！"

朱灰灰"哼"了一声，嘴巴噘得老高，一生气，连大爷也不爱理了，自己跑进大殿里，去寻摸有什么好玩的东西可以顺手牵羊的。

枫雪色头疼地看着她，"这孩子实在粗鲁，流玥兄见谅！"

流玥笑道："枫兄客气了！我倒觉得这位姑娘言语率直，很是有趣。对了枫兄，下一步将如何安排，小弟愿听差遣！"

枫雪色心胸磊落、洒脱旷达，因事情可能牵涉比较大，所以也不再谦虚客气，便道："当务之急，仍是找到那位师太。"

他提高了声音叫道："朱灰灰！"

"小的在！"朱灰灰一边大声回答，一边屁颠屁颠地从大殿里跑出来，边跑边往怀里塞东西。

枫雪色脸一沉："你在干什么？"

"没干什么！"朱灰灰习惯性地回答。

"你手里拿的是什么？"

"没有什么！"朱灰灰将手放在背后。

枫雪色脸寒如冰，沉声道："把你的贼手伸出来！"

这个丢人的丫头片子，居然趁落梅庵尼众遇难之际，去偷死人的东西，这等卑下行径，比趁火打劫的强盗还不如！

朱灰灰申辩道："我什么都没拿！"

枫雪色冷冷地看着她，一语不发，只是轻轻地将剑从鞘中拨出三寸，然后又"嚓"的一声送了回去！

朱灰灰咬咬嘴唇，将手从背后拿了出来，捏成个两个小拳头，伸到他的面前。

枫雪色两根手指在她手背上重重拍了一下："打开！"

朱灰灰疼得叫了一声："知道啦！"

被迫把手伸开放平，两个粉润的掌心中，各有一支乌黑的小簪。短短的簪身，簪头分别是被雕成裸身的男女，凹凸有致，纤毫毕现，栩栩如生。

枫雪色脸上微微涨红："还有！"

"没啦！"

"怀里面是什么？"

朱灰灰无奈，伸手进怀，摸了半天，掏出一个黑色丝质香囊，上面绣着一

140

幅春宫图，绣功精致，表情生动，甚是香艳。

乌簪和香囊，两样东西都不值钱，那么，这不争气的东西，是看中上面的人像了？

枫雪色沉声喝问："这等浮贱东西从哪儿来的？"

"你吼什么啊！又不是我偷的，是捡的！"朱灰灰大声喊冤，"你看，这两支簪子是一对儿，可以合在一起！"

她把两支簪往一起一合一按，一声轻响，簪头的男女变成裸身相拥的姿势，簪子变成一支双股钗。

枫雪色简直要被她气死了，他还从没见过一个姑娘家居然这样没脸没皮的！他冷冷地问："朱灰灰，你是不是等着我砍你的脑袋了？"

朱灰灰撒手扔掉簪子和香囊，护住脖子，无限委屈："干吗又砍我啊，我又没惹你！"

流玥弯身拾起那两件物事，反复看了看，笑道："枫兄，我想你可能错怪这位姑娘了！"他将那两个东西在手上掂了掂。

枫雪色霍然一醒，没错，自己被那不争气的东西气糊涂了——这里是尼姑庵，有这等淫贱物事，还可说庵中女尼思春心切，但是，庵中出家人，却没有发现一个带发的，这簪子……从何而来？

他从流玥掌中接过那两样东西，乌黑的簪子非金非玉，似是一种木料，散发着一种幽沉奇异的香味，簪头雕刻细致入微，连发丝都清晰可见，人物表情非常传神。那只香囊绣制的针法细腻，春宫直如真人。囊中所置香草，并非寻常女子所用的玫瑰百合等物，而是一种黑色的干花，与那簪子的味道一样，却强烈得多。这种味道，初时闻着甚香，但多闻一会儿，便觉腥气扑鼻，再闻一会儿，头脑中竟然有种昏沉的感觉。

枫雪色将两物拿得远了一些，沉吟不语。

古书记载，滇黔之南有品种稀珍的婆娑树，因为从干到枝到叶到花，全是漆黑色的，所以又被称为黑色婆罗。这种树会散发一种奇特的味道，香腥难辨，无毒，有催情的作用，一向被当地用在男女之情上，佛典称这种黑色婆罗为入魔之树。

同时，这两件东西上的男女人像皆未着寸缕，唯见发式奇异，也绝非中原之人……

朱灰灰看他翻来覆去地看，立刻讨好道："大侠，你喜欢？送给你！"

枫雪色瞪了她一眼："找打！"

朱灰灰扁扁嘴，大爷的脾气又开始暴躁了，送他这么好看的东西也要打。

枫雪色道："这两件东西，不是中原之物。"

流玥点头同意，道："似是来自西南之地。"

枫雪色看着朱灰灰："你在哪里找到的？"

"在中间那座大佛后面的地上。"

枫雪色和流玥同时闪身进殿，朱灰灰望着他两个，摇摇头，坐到台阶上，托着腮东张西望。

没一刻钟，枫雪色和流玥又双双出现在她的身边。

枫雪色冷着脸问："你怎么没说，佛像后面还有一具尸体？"

朱灰灰假装惊奇："咦？我以为你们已经知道了，苍蝇都告诉你们了呀！"

枫雪色和流玥无言，这丫头原来在这儿等着报复呢！

"好吧，既然苍蝇没说，那么我说好了。告诉两位一个好消息，佛像后面那位被塞在锦幔下面的师太，正是与我同渡一船的那位。"

枫雪色在她头上敲了一下："这算好消息？"

朱灰灰捂着脑袋站了起来，长长地伸个懒腰，然后拍拍屁股上的土，喜滋滋地道："大侠，这位师太已经吹灯拔蜡，现在真的没小的什么事了，您可以放我走了吧？"

枫雪色哼了一声："看到那件事的人都死了，你就不怕自己也被人砍了？"

朱灰灰道："我本来也没知道多少，而且全都告诉您老人家了，坏人杀我还有什么用？不如直接杀您……"所以再跟着你混，老子这条命才是真正的危险呢！

"休得啰唆！"枫雪色训道。谁说这丫头傻了？打起小算盘，比猴子都精！只是，难道线索真的从此就断了吗？朱灰灰拾的两件色情之物，又是什么人留下的呢？这位师太死状与其他人都不相同，别人姿态自然，唯有她被塞在锦幔后面，而且凶手杀她之时似乎行动甚是匆匆……

想了很久，枫雪色总觉疑点甚多，理不清个头绪。他叹了口气，怕还有

142

什么遗漏，便与流玥重新在庵里仔细探查了一遍，却再也找不到任何线索，于是离开了落梅庵。

〈 15 〉

穿过梅林，回到三岔路处，枫雪色的白马兀自在山坡下等待主人，而朱灰灰那头小黑毛驴，早已不知跑到哪儿去了。

朱灰灰骂骂咧咧："早知道这头蠢驴要逃，老子先砍了它一条腿黄焖了再说！"难怪大爷动不动就要砍自己的腿，原来对付不老实的家伙，砍腿是最好的办法。

枫雪色也不理她，只问道："流玥兄将往何处去？"

流玥笑道："左右最近无事，便随枫兄安排，即使只为了恩师之女，这落梅庵灭门之案，流玥也是要插上一脚的！"他撮唇而啸。

遥遥地，梅林深处传来一声马嘶，一匹高头健马跑了出来。那马全身黄毛，油光水滑，无一杂色，长长的鬃毛迎风飞扬，尾长而垂地，看上去就像一头黄玉狮子。

枫雪色赞道："好一匹黄龙玉狮骢！"

流玥笑道："枫兄的飞电风雪驹，也是世间罕见的名种！"

朱灰灰妒忌地看看人家那两匹马，奶奶的，难道让她跟在马屁股后面一溜小跑不成？就凭自己那两条小细腿，不可能追得上这两匹马的！她摸摸肚子，胃已经很瘪了，别说追着马跑，只怕多走几步，就得一头栽倒在地，去和那些尼姑做伴……

流玥甚是体贴，微笑着道："时已过午，我这里带有肉脯糕饼，大家不妨用些点心再走。"

枫雪色点头同意："也好！"

听到附近有汩汩的流水之声，两人牵着马，觅着水声走去。行不多时，在山石之间，发现一条清浅的溪流，穿过梅林，潺潺流向远方。

将两匹马放去饮水吃草，枫雪色和流玥在溪边找了一块平整的石头，坐了下来，将所携的食物和水袋摆出来。

这位流玥公子出身高贵，携带的食物非常精致讲究，虽只是普通的梅花糕、松子饼、荷叶小笼包、椒盐小烧饼、玫瑰鲜果、鹿肉脯、香酥小鱼、金丝八宝和杂合酱菜，但颜色搭配非常悦目，放在一个朱漆云纹的海棠食盒内。

朱灰灰伸手便去抓包子，手刚伸到一半，头上一疼，枫雪色的一根食指抵在她的额上，正冷冷地看着她。

朱灰灰噘噘嘴，悻悻地缩回胳膊，不情不愿地退后几步，跳到水边的一块石头上，把手伸到溪水里，胡乱撩了几下水，回过头来："洗好了！"

枫雪色用手指在自己的脸上指了指。

朱灰灰的嘴噘得更高："脸又没脏，干吗也要洗！"抱怨归抱怨，却不敢不听，随便掬水在脸上抹了两把，"脸也洗好了！"

枫雪色缓缓摇头。

朱灰灰粉滢滢的两腮顿时气得鼓成一对小包子，愤愤地将两条袖子一直拉到肩上，露出一对白生生的手臂，大力地撩水泼在自己的脸上。

枫雪色实在觉得头疼。

琛州分堂的仆妇真是说对了，让朱灰灰洗脸洗手洗澡，跟要她的命似的。为了这，他每天不知道要跟她斗多少回。唉！这丫头爱脏就脏她的好了，他瞧不惯，不看她就成了，干吗要管她的闲事。可是，要他眼睁睁看着好不容易才洗剥干净的一个小姑娘，重新变成一个脏鬼，也实在是不忍心哪！

流玥一直浅笑地望着他们，心道：江湖传闻，枫雪城雪色公子剑术独步江湖，为人侠气仁义，却原来还有这般细心婆妈的一面。他虽然对这坏嘴巴的少女很凶，但关心之意溢于言表……

他的目光落到朱灰灰的身上，看到那对嫩藕也似的手臂，随着大力泼水的动作，水珠顺着皓腕、小臂一直淌到手肘，淌到上臂，打湿了上臂一幅图案。

那是一幅很惨烈的图案。

一只小小的鸟儿，体态玲珑，披着血一般的羽毛，头上翘翘的冠像一簇燃烧的火焰，展开着翅膀，身体扎在一丛荆棘上，血一滴一滴地落下，它却仰头向天，小巧的嘴巴张着，似在泣血而歌。

这只红色的烈鸟，不是那种刺出来的文身，而是与朱灰灰的肌肤浑然一体，仿佛从她肌肤深处，天然生长出来的，而且每一根纤羽都那么逼真，一双豆粒般的眼睛仿佛盛满着悲壮。阳光下，那浸了水的小鸟全身呈现出鲜艳至极的红色，雪肤红痕，红得惊心动魄。

流玥浸润着桃花水雾般的黑眸，忽然眯了一眯，瞳孔收缩。

他见过那幅图案！

那坏嘴巴少女手臂上的，是一种不知是来自地狱还是天堂的鸟。

曾经有一个人指着这样一幅图，告诉他：这种奇异的鸟，生长在天地的尽头，传说中，它的一生，只唱一次歌。它从出生便披着一身如血的羽毛，自离巢那一刻起，便不停地寻找一种长满刺的树。当它终于找到那棵树的时候，会把自己的身体扎进棘刺上，一边流着血，一边拼死唱出一生中唯一的一支曲子。那凄婉悲怆的声音，令天地为之失色。血尽、命殒、曲终，它的一生，便是为了这临终的一歌……

流玥的脸色微微有些发白，这个……这个少女……是什么人……

朱灰灰生气地捧水在脸上洗了半天，终于不耐烦了："好了没啊？我连胳膊都洗了一遍！"

枫雪色轻一点头，唇角扯起一个不为人察觉的微笑。

朱灰灰欢呼一声，拉下袖子胡乱地抹抹脸上的水珠，跳过来伸手去抓点心。

枫雪色哼了一声。

朱灰灰叫苦："大侠，你还有什么事啊？我已经洗得很白啦！"

"是流玥公子的食物，你想吃，有没有问过流玥公子？"这丫头真不长记性，怎么教都教不会。

"大侠，你真麻烦！"

朱灰灰从来不觉得，想吃什么还要征得人家的同意。她一直都是想吃什么就拿了，人家不给便偷——娘说过，想要什么伸手拿便是，就算是问了，人家不想给的还是不会给，所以根本就不用理，不论用什么办法，只要拿到手里，就是自己的。

她嘴巴又噘起来："公子，我可不可以吃你的包子？"呸！为个包子跟人家说软话，实在丢人！

流玥从海棠食盒中，拿起盛着荷叶蟹黄小笼包的小盒，送到她的手中，温柔地笑了笑："姑娘请！"

"谢……谢！"朱灰灰很不习惯地道了谢，一只手接过小盒，一只手捏了个包子，整只地塞进嘴里，"好……好吃！"

"慢点吃，别噎着！"枫雪色道。又没有人抢，狼吞虎咽干什么。

朱灰灰将包子咽了下去："这个包子真好吃，大侠你尝一个！"抓了个包子递过去。

枫雪色急忙拒绝，他可没忘了这只手曾经黑成什么样过。

"嘿嘿，那我可就不客气了！"朱灰灰乐呵呵地继续吃着。

流玥一眨不眨注视着她，枫雪色发现他的目光有异，替朱灰灰解释道："这孩子是饿得狠了，流玥兄切莫介意。"

"是啊是啊，你家包子太好吃啦！"朱灰灰很难得地赞扬了几句。看在好吃的包子的面子上，这个笑面虎欺负她的仇，可以暂缓再报。

流玥一笑，问道："你叫什么名字？"

"朱灰灰啊！你逼供之时，我不是都招了嘛！"朱灰灰一边吃包子，一边埋怨这人记性不好。

"啊……"流玥尴尬地咳了一下。原来，她姓朱……

"怎么了？"朱灰灰不明所以地看看他。

"你几岁了？"

朱灰灰摸摸头，有点迷茫："十四五六岁或者十七八九岁吧，我娘说她也记不住。"

于是流玥也很迷茫。

枫雪色知道这又是一个搞不清状况的，甚感同情，便道："这孩子的娘性情似乎很是古怪，流玥兄以后便会了解。"

流玥若有所思地点点头。那人也是性情非常古怪的……那么，这个少女会是她么……

枫雪色招手将朱灰灰唤过来。

"什么事啊，大侠？"

"把头伸过来。"

朱灰灰立刻双手捂着颈子，戒备地叫道："我什么都没干！"干吗又要拿人家的脑袋出气啊！

枫雪色好气又好笑，从怀里取出一个小小的盒子："谁稀罕你的头啊！"

伸出两根手指，轻轻拧住她粉嘟嘟的脸颊，扯到面前来，将药盒的盖子打开，挑出一点油膏，细心地抹在她额头的大青包上。

药膏一涂，便有一种极为清凉的感觉，从那处火般灼烫的肌肤渗了进去，朱灰灰瑟缩了一下。

枫雪色停了停："很疼吗？稍微忍一忍就好。这药膏很有效用，明天瘀肿就消了。"

朱灰灰眼神很惶恐，大爷怎么突然对她好起来了？经验告诉她，一般出现这种反常的情况，一准儿没有好事！

心里七上八下地等了半天，也没见大爷动手，忍不住道："大侠，虽然我不知道自己又犯了什么事，可是不管您要砍腿还是砍头，都请快一点，小的还有包子没吃完呢！"反正大爷又不会真的砍，让他快吓唬完，咱也省心了！

枫雪色手停了停，收回药膏："朱灰灰！"

"小的在！"回答得极顺溜。

"滚到一边去！"

"是，大侠！"朱灰灰抓着剩下的两只小笼包滚蛋了。

流玥望着她，桃花水眸里不自禁地浮现出深深的笑意。

朱灰灰躲得离两位大爷远了一些，将包子吃掉，看看那两人坐在大石上，一边谈话一边斯斯文文地用餐，倒是讲话的时候多，吃东西的时候少。

她不敢凑过去，伸长脖子听了一会儿，都是谁谁谁如何作恶，谁谁谁如何厉害，谁谁谁做了什么……听着像是在讲江湖的故事，却又听不太懂，比娘讲的难听一百倍，甚是无味。

于是懒得再听，自己玩了一会儿，感觉无聊，往山坡草地上一躺，两只手枕在脑后，一条腿支着，另一条腿架成二郎腿摇啊摇。太阳晒得全身暖暖的，非常舒服，一阵倦意袭来，她打了个大大的哈欠，慢慢地闭上眼睛。

不知睡了多久，忽然被一阵异样的声音吵醒，草地上窸窸窣窣，似有无数的虫豸蛇蚁在爬行，她听了片刻，猛然回过神来，坐起身，睁眼一看，嘴巴顿时张得老大。

一只白皙的手，轻轻地按住了她的口。

朱灰灰大惊，刚要咬人，眼睛接触到一双水雾迷蒙的桃花眸子，牙齿再也咬不下去了。

流玥竖起一根食指，挡在自己漂亮的唇上，做了个噤声的手势。

朱灰灰不懂他搞什么鬼，愣愣地点点头。流玥慢慢收回按着她口的手，向四周指了一指。

朱灰灰眼睛向周围一看，自动伸出两只手，把嘴巴按住，免得叫出声来。

流玥一笑，轻柔地摸摸她的头发，似是表扬她很乖。

朱灰灰脸红了一下，居然感觉有点害羞。她一向脸皮超厚，别人的打骂讽刺全不在乎，可是人家只要对她好一点点，便觉得很是受宠若惊。

流玥把她的窘迫看在眼里，笑容更加的温柔潋滟。

朱灰灰长长的睫毛眨了眨，眼睛转到一边："那个……"她肚子里词汇有限，不知道怎么称呼这个人。枫雪色身兼大侠和大爷，红衣秃头是大师，大哥这个词马屁程度不够，人家肯定不会乐意……真是犯难呢！

流玥笑言："你可以叫我的名字。"

"啊？"难道咱也叫流玥兄？

流玥眼睛弯弯的："我的名字是流玥，高天流云的流，王字旁加一个月字的玥。"他拾起一根短枝，在地上写下自己的名字，"我也姓朱，朱流玥，你知道吗？"

朱灰灰指着那个"流"字，惊喜地道："这个字我认识！小流氓的流嘛，老熟人了！"朱流玥？你也姓朱怎么啦？少来套近乎，老子可没忘了被你折磨的仇！

流玥似有些失望，然而很快又笑了一笑："你的名字是哪两个字？"

"灰灰啊，就是灰尘的灰。"

流玥有些好奇："为什么会起这么一个名字？"怎么听都不像个女孩子的名。

"我娘说灰尘很厉害的，会让人生很多病，可是没有它，就没有光明雨露，所以人们又恨它又离不开它。"

流玥笑着点头："是这样啊！那，你有没有小名？"

朱灰灰摇摇头："这个没有。"

她向四周看了看，光顾着聊天，差点把这些东西忘了。

她的身周现在简直热闹非凡：

一尺多长的红头蜈蚣、碗口大小的花纹蜘蛛、手臂粗细的碧鳞青蛇、肥肥胖胖的麻皮蟾蜍、扬尾舞钳的蓝色巨蝎、巴掌大的虎头巨蜂、人头般的铁皮黑蚁……

蛇嘶嘶吐信，蜂嗡嗡振翅，蜈蚣百脚张扬，蝎子扬着黑色尾钩，蚂蚁磨着两只大牙，毒蛙一蹿一跳，飞的飞、爬的爬、跳的跳，黑压压、密麻麻，半空里、草丛中、山石边、树身上……到处都是!

朱灰灰从来没看过这么多的毒物聚集在一起，好奇地东张西望。这些毒物只是看着凶，实则没用得紧，一直在三丈之外张牙舞爪，根本就不敢靠近来。

"那个，流……流玥兄，这是怎么回事? "装孙子拍马屁都习惯了，忽然被抬举着叫人的名字还真是不适应。

流玥笑笑："刚才你睡着的时候，有人赶了这一堆毒物过来。"

心中忖道：平常女子，看到这么多毒物，只怕都吓得瘫了。这孩子很好，一点都不害怕……嗯，这女孩如果真的是她，凭她和那个人的关系，区区毒虫自是寻常见惯，又岂放在眼里。

"大侠呢? 不会是被毒虫生生啃了吧? "朱灰灰有些幸灾乐祸地问。要是那样，自己就自由啦! 只是——才怪! 大爷那么厉害，他生啃毒虫还差不多。

流玥笑着摇摇头："枫兄现在大概——正与这些毒物的主人相谈甚欢吧。"

这没良心的小丫头，枉枫雪色对她那样关照，居然一点都不为他担心——嗯，这也很好，不然……

朱灰灰还真的是一点都不担心。

一直以来，她都被大爷"欺压"，丝毫无反抗余地，不论想出什么歪招都没有用，因此早已在潜意识里深深植入"大爷无比强大，大爷非常厉害，大爷很惹不起"的信念。更何况，她跟着枫雪色出生入死好几次，每次打架，不管敌人力气多大，数量多少，他从来没输过。所以，她虽然嘴上绝对不承认，实则内心深处对枫雪色佩服得五体投地。

她在枫雪色面前无比的乖顺，固然是因为怕死，但更多的却还是因为这种敬服。而且她虽然粗心马虎，却也知道大爷只是表面上很凶，实则对她还是蛮关照的，有感于此，大爷每次教训她的时候，她总是睁一只眼闭一只眼，嘴上虽然不服不忿，行动上还是要给三分面子。

否则如西野炎，武功不比枫雪色差，她脑子热起来照样破口痛骂，即使差点被捏死仍是不服；还有这位"流玥兄"，同样深不可测的人物，她在他手里吃了亏，即使因为大爷在不敢骂人，仍然时不时要在心里骂几句。

虽然每次吃了亏，都只能在嘴上讨回来，却也不能怪她窝囊。像她这样一个混在市井里的小泼皮，受了那些武林高手的欺负虐待，除了嘴上骂两句出气之外，还有什么办法？

朱灰灰蜷起腿，抱着膝盖，问道："流玥兄，大侠去了多久？"

"有一炷香的时间了。"

朱灰灰嘀咕道："怎么还没谈完啊？"

流玥笑了笑，很耐心地道："对方是一个非常厉害的邪派魔头，枫兄这一去，只怕要'谈'上好一会儿了！"

"邪派魔头？"朱灰灰的眼睛瞪圆了。娘讲故事的时候，常常会提到邪派魔头怎样怎样，都是超级厉害的，原来世界上真的有这种人！她"腾"地站了起来，兴奋地道："我去看看！"

流玥握住她的手臂："你不能去。"

"为什么？"

"因为——枫兄让你留在这里。"

这句话比什么都好用，朱灰灰除了腹诽和顶嘴，行动上是从来不敢违逆"枫兄"指令的，泄气地坐了下来。

流玥心里有些小闷。

如果刚才他说，因为很危险，她会不会说，不怕，你不是跟我一起吗？然后他便保护着她，一路杀出去……

他无奈地笑笑："灰灰！"

"啊？"

还是"小的在"这个三字比较好听啊……流玥顿了一顿，指了指她的手臂："刚才你在洁面的时候，我看到你的手臂上……有一个漂亮的图案！"

"漂亮吗？我怎么不觉得？"朱灰灰拉起右臂的袖子。在陌生男子面前裸臂，这举动实在有伤风化，可她一个混混小流氓，哪管风化这东西是蒸着吃的还是煮着吃的。

她歪头向肩上看去，这图案从小就长在她身上，可她也没怎么认真看过——

主要是她平时不爱洗澡，皮肤总是黑黑的，图案看不太清。其实不仅仅是这图案，连上次在琛州被四个女人强行洗澡之后，她从镜子中看到一张没有泥污的脸，都半天没认出来那是自己。

那悲壮的惨烈如血的鸟儿……

流玥目光在那幅图案上流连了一阵，望着朱灰灰，用极温柔的声音问道："这个图案是怎么来的？"

"谁知道啊！"朱灰灰没心没肺地说，"我娘说是我小时候被阿山抓的——呵呵，我娘糊涂得很，记不清的事就爱胡说骗人，她当阿山是神猫啊，会抓鸟还差不多，还会画鸟儿？"

哦，原来阿山是一只猫！流玥轻轻地舒了一口气："你娘——她长什么模样？"

"我娘她头发黑一半白一半，皮肤黑一半白一半，眼睛黑一只白一只……"

流玥："……"那是妖怪！

聊了一会儿天，大爷还没回来，朱灰灰究竟还是对"邪派魔头"兴趣不减："流玥兄，我们去找找大侠吧。"

"也好，那魔头吓跑了我的马儿，我也要与她算账去！"流玥舒展了一下身体，"这些毒物很讨厌，我背着你出去。"

朱灰灰有些诧异："讨厌吗？我不觉得啊！你看那蝎子、蜈蚣、蚂蚁、蜘蛛和虎头蜂，个头又大又肥，炸来吃简直酥脆美味，还有蟾蜍和蛇，虽然有毒，但是吃法很多，剥皮去掉毒囊，煮粥做汤，尤其鲜甜……"

流玥勉强笑了一下，伸手按在唇上，强抑下胃里的一阵翻腾。他终于知道，为何枫雪色总是对她不假颜色，并对摘她的头很有兴趣了，这孩子的大头实在和别人长得不一样，令人有剖开探究的欲望……

朱灰灰迈步向毒物堆中走去。

流玥一把拉住她："小心！"

朱灰灰摇摇手："别怕别怕，跟在我身后，它们不咬你。"

"什么？"

流玥刚要让她说清楚，便发现一件奇怪的事情，随着朱灰灰步子往前，那群毒物竟然蠕动着向后退开。

它们仿佛察觉到了什么危险，个个惧怕至极，毒阵中涌起强烈的波动，前边的蜈蚣脚多跑得快，急着往后退，后面的蝎子来不及转身便被压在下面，然后又有别的压上来，层层叠叠地摞在一起，蝎子急了眼，尾钩乱蛰，蛇和蟾蜍无一幸免，疼痛之下，也厮斗在一起。数万只毒物你咬我一口，我蛰你一下，厮杀着滚成了一团。这个时候，长翅膀的显出优越性来了，虎头蜂们在天空中发一声喊，黑云一样，瞬间逃得干干净净……

朱灰灰惋惜地看着这一场混乱："要是花花在，它可有口福了……"

流玥惊奇地看着这一幕，忍不住问道："这是怎么回事？"

"呵呵，从小就是这样，越是有毒的东西，见到我逃得越快！"朱灰灰很得意地道，"我娘说我长得好看，天上的百毒娘娘看着喜欢，就不让它们咬我。"

才怪！流玥心道：什么百毒娘娘喜欢，一听就是骗小孩子的话。不过，先前看到这些毒虫围困在三丈之外，还以为是因为那魔头控制着，现在看来，却是因为身边有这个孩子。枫雪色让自己留下来保护她，只怕也不知道她还有这个本领吧？

在毒阵中行走，脚过是花纹斑斓密密层层的毒虫，连武功高绝、见多识广的流玥都觉得头皮发麻，朱灰灰却浑若无事。流玥不由佩服她心理强大，忽然想到，这孩子是不是吃多了"油酥美味"的炸百脚蜈蚣、炸多毛蜘蛛，所以才锻炼出来的？想到这里，他立刻离得她远了一些。

又走了很长的距离，脚下毒物渐渐稀少后至绝迹，朱灰灰向四周看看，问道："流玥兄，大侠在哪个方向？"

流玥凝神倾听了片刻，笑着道："闭上眼睛。"

"啊？"朱灰灰一向是不听人家话的，别人要她闭眼，她偏偏更要张得大大的！

流玥伸出手轻轻将她的眼睛阖上，然后搂住她的腰，笑道："不许睁眼，不许叫！"

朱灰灰刚要问为什么，便觉得身体突然腾空飞起，瞬间拔高，感觉在某处顿了一下，然后又飞了起来，在空中掠行数丈，再在某处一顿，继续飞起……

朱灰灰没有像流玥想象的那样，会惊声尖叫。

她一来根本不懂，世间女人被男人抱了，不管是愿意还是不愿意，照例是要挣扎几下、尖叫几声，表示自己很纯洁很清白的；二来，对这种事情她也很有经验，不过又是被人家用轻功带着跑而已，只不过之前枫雪色是用拎的，而这位流玥兄是用抱的……

嘿嘿，这位流玥兄就是不如大爷有经验哪！对她这样的人，怎么能给咱机会！朱灰灰人在空中，心起"恶念"，一双魔爪假装没地方放，悄悄伸向人家的胸膛——最近她净吃亏了，好容易有便宜送上门来，不占白不占……

耳朵突然一痒，流玥向她的耳窝哈了一口气，然后传来他轻笑的声音："小丫头，你如果乱动，我们会掉下去的哦！而且——你会是垫在下面的那个。"

朱灰灰倏地把手缩回来："我没动！"流玥兄好阴险，明摆着威胁她，就算掉下去，摔得最惨的那个也是她自己，他反正摔不着，因为下面有她这个皮糙肉厚的人肉垫子嘛！

在流玥愉快的笑声中，朱灰灰感觉到自己在空中不住地飞行，也不知飞了多远，身体终于落在实地，察觉流玥围在自己腰间的手臂紧了一紧，然后便被放开了。

她立刻睁开眼睛。

这是一个荒无人迹的山谷。谷中野生着古拙的梅和修直的竹，中间树木稍稀疏些，草叶青翠，野花杂陈，十分清幽。

梅树下，枫雪色白衣如雪，安静地坐在一块青石之上，按剑在膝，俊美容颜冷然如冰。

山谷中明明没有风，但不知怎的，他却衣袂飞扬，发出猎猎的声音，束发的带子也飘动着，发丝有些微的凌乱。

空地另一端的草地上，站着一名长发的女子。

她一身紫色的罗衣，身形苗条，容貌美丽，肤色苍白，黑眸幽深，樱唇如血，眼神狠虐刻毒，看上去竟如鬼魅一般。

这个女子便是大爷的敌人？

朱灰灰很是好奇地多看了她几眼，然后放腿便要向枫雪色奔过去。

她一向怕死，看到危险能逃多远逃多远，只是对方一个俏生生的女子，说什么也不会是大爷的对手。所以她觉得往大爷身后一站，非但不会有性命之忧，还能为大爷壮壮气势，讨他的好——一举三得嘛！

流玥伸手按在她的肩上，郑重地摇了摇头。

朱灰灰压低了声音："为什么？难道就让他们两根筷子打架？"她的意思是，好歹这次咱们人多，难道就让大爷和那女的单打独斗，不带群殴的？

这么没头没脑的问话，流玥却居然听懂了，展颜一笑，只道："你且少安毋躁。"

〈 16 〉

梅林幽雅，山溪清澈，坐在石上闲谈的枫雪色和流玥，却几乎同时察觉情况不对。

天地间，忽然涌起青雾。

雾由薄而浓，转瞬间便弥漫了整个空间。

午时的太阳，竟似乎穿不透这浓浓的雾，只有一种隐约的灰白色调，不刺目不耀眼，浓雾渐渐呈现出七色幻彩。

不是雾！这等晴天日头之下，怎可能会平地起雾？

雾中传来异声，窸窸窣窣，细细碎碎，仿佛无数只脚，正在向这里爬过来，爬过来。多听得一阵，竟然觉得连身上都麻痒起来。

那一白一黄两匹神骏至极的龙驹忽然人立而起，"唏律律"仰天长嘶。

流玥脸色微变，轻啸一声，他那匹宝马黄龙玉狮骢，放蹄向远处奔去。

枫雪色目如闪电，徐徐起身，轻轻一击掌，他的飞电风雪驹也跟在黄马后面，奔远了。

雾越来越浓，越来越重，随雾而来的，是一种极腥秽的味道，仿佛有无数只毒口，正呵吐着腐尸般的气息。

"是瘴气！"流玥神色凝重，"奇怪！"

枫雪色正要答话，浓雾深处，忽然响起奇怪的声音。

"枫——雪——色——"

似是从幽冥深处传来的声音，尖锐的、凄厉的、缥缈的，仿佛地狱中无数的怨魂厉鬼，正在争先恐后地涌将出来，扑在新鲜的血肉上，撕咬着肉块、咕嘟咕嘟地饮血、尖利的牙齿磨着白森森的骨头……

枫雪色感觉到一股阴冷的气息从皮肤的毛孔渗透，又顺着骨缝里钻进去，仿佛千万根小针，随着血液以极快的速度侵向心脏，一向神坚气定的他，也不禁有些意志飘摇起来。

那鬼哭一样的声音倏然剧烈起来，"啾啾"之声不绝于耳。

空气中凭空起了蒙蒙寒气，也分不出是光幕还是雾幕，一瞬间，天地仿佛都被吞噬了，触目所及，皆是浓浓的、暗暗的、灰白的，如回到玄黄未分之时那混沌的一团……

枫雪色脸色微微有些发白，秀眉略扬了扬，轻轻地拔出了剑。

混沌之中，悄无声息地绽开一抹雪也似的亮色，将这幕布破开了一道裂缝。

"照顾朱灰灰！"

声音已经在数丈开外。

流玥本待向前探视情况，听到这句嘱托，脚步倏然停了下来，回头看看草地上的朱灰灰，暗暗叹了口气，缓步走到她的身边。

此时，朱灰灰仍在晒着太阳打瞌睡，白嫩红润的脸蛋，长长翘翘的睫毛，嘴角微微向上弯着，似乎梦里见到了什么好玩的事情，在忍不住地笑。

流玥伏下身子，静静地看了她一会儿，然后轻轻拉开了她的衣袖，露出雪藕似的手臂。

如火焰焚身般的鸟儿，悲壮的眼神，惨烈的歌声……

没错！就是这个图案！连那只鸟儿胸口流出的血滴形状，都和印象中的那个一模一样……

他一颗心百转千回，情不自禁地握住她的胳膊，在那艳丽的图案上轻轻摩挲着。

望着那张在瞌睡中显得分外安静的小脸，他的手指轻轻地抚过她小巧的鼻子，抚过她粉嘟嘟的脸颊，抚过她粉色的唇……

然后在那双毛茸茸的眼睛抖动欲睁的同时，按住了她的嘴巴……

枫雪色身形略闪，人已经侵入那浓浓的雾中，越走雾越深。

雾是滞重的，仿佛不是浮在空中，而是随时都会坠到地上去。

他的视线几乎全部被浓雾阻住了，已经看不见路，用剑小心翼翼地拨开树的枝杈，感觉着脚下的草地，谨慎地向前移动。

身体行动间，浓雾发出嗤嗤的涌动声，无论是眼观的、耳闻的还是鼻嗅的，都非常让人不舒服，周围一切都显得神秘莫测。

那种古怪瘆人的声音，听来愈加的清晰，其中，还夹杂着一个撕心裂肺的哭声："妈妈！妈妈！"

稚嫩的声音，惊恐的哭叫，不清晰的口齿，令枫雪色脸色微变。

这声音……是个很小的孩子……

明知道，江湖之上波云诡谲、陷阱极多；明知道，出现在这神秘恐怖的环境中的孩子，必是故意设计，但，枫雪色仍然向着那哭声扑了过去。

不论是诡计，还是鬼怪，他都要弄个明白。

那孩子的哭声忽远忽近，枫雪色在奔行中，忽然停住脚步。

前方的浓雾忽然旋转起来，越转越疾，转成一个巨大的雾的旋涡，旋涡卷过，前方现出数丈方圆的一个空间，看不清这是哪里，只看到，竹林下，草地上，坐着一个小小的孩童。

这是个普通的农家孩子，看上去也就两三岁，肥肥胖胖，头发剃成普通的三块瓦，颈上戴着长命锁，穿着一个绣着葫芦的大红肚兜，赤裸的小手臂和小腿上面，咬着数十只蓝蝎、碧蛇、黑毛蜘蛛和红头蜈蚣，孩子的小脸已经变成紫黑色，一边哭，一边喊妈妈，一边用小小的手拍着身上的毒物，想是痛得厉害，欲将毒虫们赶开去。只是他小小软软的手掌，还不及毒蛇的头大，指掌间被咬得稀烂，却只是肿胀着，连血都流不出。

枫雪色心中一疼，果然只是个很小的孩子！清朗的眸里，蓦然现出凌厉的杀机！

一直隐藏在暗中不出的敌人实在是非常了解他，知道他心性仁慈，即使知道这个孩子是陷阱，也会义无反顾。

枫雪色迈步向那个孩子走去。

浓雾忽合，有一股阴冷至极的劲风拂过，厚重的雾突然沸腾起来，像波涛一样汹涌。

枫雪色轻轻地拔剑，浓雾中剑气纵横。

一阵剧烈的兵器碰撞声之后，那股阴风突然退了下去。

枫雪色收剑，感觉到剑尖上有血滴下。

心里有点沉重。他虽然伤了对方，但是却仍摸不清对方来路。

浓雾变得稀薄了许多，但那种不舒服的感觉却越来越强烈，竟然连呼吸都有些困难，枫雪色微微喘息着，感觉自己的衣服，都被雾水打湿了。

那个孩子仍然躺在地上，只是已经好半天无声无息，只有手脚还不住地抽搐一下，显示仍然还有一口气在。而那些毒虫，仍然咬在他的小手小脚上不肯松嘴。

枫雪色五指轻挥，缕缕劲风之下，那些毒虫一个个从孩子的身上跌落死去。

他轻轻地抱起孩子。

这个孩子全身乌黑，肿得像泡涨了一样，身上有百十处毒虫的啮痕，伤口处却不见流血，只是淌着一种墨绿色的黏稠液体，散发着一种极腥秽的味道，显示出那毒的剧烈。

枫雪色看着他身上的伤处，心中极难过——便是大人，中了这么烈的毒也早已挺不住了，何况这只是个小小的孩子。

"宝宝别怕，叔叔来救你！"他说给自己，也说给孩子听——尽管孩子已经根本听不见。

现在的情况，是要尽快地替孩子解毒。

要么是他用内力将毒逼出来，这需要很安静的环境，需要辅以许多草药，还需要很长的时间。

要么是马上找到解药——解铃还需系铃人，施毒之人，也自有对症之药。对孩子来说，这无疑是最安全、最有效的。

所以，枫雪色选择后者。

他撕下白衣一角，将孩子包了起来，揽在怀里，冷冷喝道："出来！"

无人应答，只是那雾又浓了起来。

怀中孩子小小的身体仍然在抽搐着，只是抽搐幅度已经很缓慢。枫雪色心中担忧，不再耽搁，再次出手。

长剑一颤，两颤，三颤，满天飘雪。

那湿重的雾似被这清冷的雪光搅碎了一般，由一片片，变成一团团，又变为一块块、一条条、一缕缕，然后整个空间便明亮起来。

浓雾之后，突然传出一串银铃般的笑声。有人娇声笑道："雪色公子果然名不虚传，我的幽魂落雾阵，居然困不住你！"

随着话音，一个女子款款走了出来，身穿浓丽的外族女子服饰，裸臂露腿其是冶艳，莲步摇曳间，一股酽酽的花香扑面而来。

浓郁的香味，带着淡淡的腥气，很熟悉的味道。

熟悉到枫雪色刚一闻到，便想起那对阴阳合欢的短簪，和一只绣着春宫图的香囊——就在落梅庵正殿佛像后面，掉在那具女尼尸体身边。

是黑色婆罗花！

枫雪色瞳孔收缩："你终于出来了！"

那女子以手弄发，娇笑道："看样子枫公子很想念小女子呢！"

枫雪色看着她："毒手咤女？"

江湖中，这个女人是出了名的心肠歹毒杀人如麻，听闻数年前，她已被西南武林道逐出，却又出现在这里……

毒手咤女笑得弯下了腰："哟，想不到枫公子还认识小女子啊！"

"那刚才枫某的剑下亡魂，就是尊夫荼毒千里苗三旺了？"

毒手咤女笑道："呵，枫公子杀了拙夫，莫非是想与我……嗯嗯啊啊……"言语间非常下流无耻。

枫雪色虽然洒脱，却是正人君子，对女人向来敬而远之，闻听毒手咤女的话，非常厌恶，冷冷地道："落梅庵的女尼，可是你们夫妻杀害的？"

毒手咤女愕然笑问："什么女尼？"

枫雪色将剑交到抱着孩子的手中，自怀中摸出先前在落梅庵发现的香囊和短簪，冷声问道："这是你的东西吧？还想狡辩么！"

毒手咤女眼中闪过一丝诧色："咦，你是从哪里得来的？"

枫雪色冷然而笑："怎么，你们杀人之后，连将东西遗落在哪里都不记得了吗？"

话虽如此，心中却想到，落梅庵的尼姑，很有可能不是这对毒夫妻杀的——对于这对夫妻来说，一个个捏断别人的喉咙，绝对不如在其水井里下毒来得省事。

毒手咤女皱起眉头，想了想："知道了！必是我师妹做的好事！呵呵，我虽然毒辣，却仍是不及我那师妹，那极有可能是她杀人之后，拿了我的东西嫁祸于我。"

"你的师妹？"

毒手咤女奇道："枫公子莫非仍然不知，连日来你所遇追杀，皆是我那师妹所为？"

"魔心雪？"

枫雪色还真的不知道，甚至魔心雪这三个字，于他都是陌生的。

毒手咤女咯咯笑道："我这师妹是师傅晚年所收最小的弟子，一向娇纵任性，这次居然重金聘请天下武林人来对付你，实在令我这做师姐的也莫名其妙。莫非你对她始乱终弃，让她恨到心里……"

枫雪色不欲再听她胡说八道，打断了她的话，道："你把解药拿出来！"

毒手咤女看了看他怀抱中的幼儿，假装惊奇："你杀了我丈夫，居然还想问我拿解药？"

枫雪色知道那孩子多耽搁一时便多一分危险，没工夫跟她废话，直接出剑。

毒手咤女却根本不与他正面对敌，转身便走，在丛林中奔走如飞，居然轻功极佳。

枫雪色提步追去，转了几个圈子，眼前豁然开阔，已至一个山谷。

雾已然散去，周围是葱翠的山岭，谷中梅竹相间，郁郁葱葱，幽静怡人。

枫雪色的剑指在毒手咤女的喉咙上，淡淡地道："拿解药来！"

毒手咤女全然不惧，娇笑着道："什么解药？"

"这个宝宝！"枫雪色只说了四个字，剑尖微微往前一送，已划破了她的肌肤。

毒手咤女想不到他会真的下手，顿时花容失色。

枫雪色冷冷地道："我不想说第二次！"

毒手咤女一咬牙："好！我给你！"

她慢慢伸手入怀，摸了半天，拿出一个翠色的盒子，打开盖子，露出一种朱红色膏冻状的液体。

知道这妖女诡计多端，枫雪色唯恐她又放毒，已提前闭住呼吸，眼睛一瞬不瞬地盯着她。

便在这时，他怀里的那个孩子突然发出"啵"的一声，肿胀的身体竟然爆了开来，一团粉红色的烟雾从那爆烂的身体上扩散出来。

枫雪色关心孩子，急忙低头查看，首当其冲，被这粉色烟雾喷个正着。

他应变奇速，清啸一声，顺手将已胀裂的孩子尸体向那妖女撞了过去，人已如翩然惊鹤，冲天而起，落在十数步外的一块青石之上。

毒手咤女仰身躲过，大笑："枫雪色啊枫雪色，枉你还是老江湖，竟然如此容易被设计！"

枫雪色立在青石之上，只觉得眼睛一阵热辣，疼如刀割，忍不住便想流泪。

然而他是堂堂男儿，宁肯流血也不能流泪的，如果这眼泪一出，英名尽失。他强自运内力压制着眼部的热疼，却觉得那疼越来越烈，而且向头部深处一点点蔓延着，饶是武功再高，心中也不禁有些乱了。

只是他深知此时绝对不能被敌人看出破绽，因此越是心中混乱，越要尽力控制着自己的面部表情。他微笑道："哦？在下不才，倒是很想听听，姑娘是如何设计枫某的？"

毒手咤女得意地道："我知你是老江湖，如果直接在那孩子身上下毒，定然被你看破，所以先令四十一种毒虫叮咬小孩，将毒液种到他身上，这种毒液相互克制，所以这孩子也不会一时便死。我又在浓雾之中掺入无毒的黑婆罗，这种黑婆罗被小孩吸入体内，激发毒液，形成一种奇怪的毒蛊，但这种毒也只是作用于这小孩子，伤不到你，所以我又加了第三种东西，就是刚才那盒赤蜃膏，用它的味道促使那种毒蛊再度被激变，于是形成一种极为罕见的奇毒。"

她一口气说到这里，停下喘了口气，笑道："以三种毒药互相激发，我如此地苦心设计，你枫雪色就算有通天彻地之能，只怕也休想活着离开这个山谷了！"

枫雪色沉默片刻，问道："这个孩子是谁家的？"

毒手咤女笑道："我怎么知道，不过是顺手在山下捉的而已！就要用这种普通人家的小孩子，才好引你上钩啊！哈哈，你们这些自命侠义之人，实在傻得可笑！"

枫雪色冷冷地道："毒手咤女，你以为，这样就可以困住枫某吗？"

他好整以暇地坐在了青石之上，拍拍掌中剑，微笑道："来来来，你有什么手段尽可以使出来，看枫某可曾如你所愿。"

毒手咤女笑道："枫雪色，我知道你剑术称绝天下，你以为，我在这种占足了上风的情况下，会上你的当吗？"

枫雪色俊颜之上，忽然现出一抹笑意："那么，枫某要得罪姑娘了！"

身形飘起像一片轻云，掌中电光倏忽吞吐，再回到青石之上的时候，剑尖滴出一串血珠。

毒手咤女莫名其妙地望着胸前多出的血洞，一股暗红的血喷出很高，她用一只手按住伤口，然而那血却无论如何也止不住，她不禁惨然色变，然后，慢慢地倒了下去。

"杀了你，很抱歉！"枫雪色声音很温柔，"我会杀你，不是因为你下毒算计于我，而是因为你害死了那个孩子。"

顿了一顿，续道："杀小孩子的人，都该死！"

他温和地解释着，却不知道，那女子已然听不见他的话了。

"啪、啪、啪！"

山谷之中，突然响起几声掌声。

枫雪色听到一阵轻盈细碎的脚步声，抬起头，脸朝向声音的来处，浅浅地笑了一下："来者何人？"

一个轻柔的声音道："贱妾魔心雪，见过枫公子。"

"哦？"枫雪色扬扬眉，微微笑了笑，"久仰！"

魔心雪道："枫公子，想必你早已知道，这一路上追杀你的，便是贱妾了！"

枫雪色点头："我知道。"

"那么，枫公子可知道，为何贱妾会拼尽一切，请来这么多人杀你？"

枫雪色安静地望着她："愿闻其详。"

"枫公子，数月前，你可曾杀过一个叫作千手摘花十三狼的人？"

枫雪色点点头："然后呢？"

"十三狼，是我的丈夫。"魔心雪道，"虽然拙夫很不争气，但是贱妾还是不能任他随便被别人杀了。"

枫雪色"哦"了一声，没有发表意见。他实在无语，十三狼这种人人得而诛之的采花贼，居然还会有女人肯为他报仇！

"然则，落梅庵的女尼又是何故得罪你，定要将之灭门？"毒手咤女的话虽然不可信，但他也要问个清楚。不管怎么样，这件事和这对师姐妹必有联系。

魔心雪却也不否认，只是叹道："这件事情，要怪，只能怪枫公子。我到处邀人为我报杀夫之仇，当然对公子非常关注。公子自琛州一路行来，曾经与人询问去落梅庵的路，我自然便收到消息。以我之立场，公子要的，不管是什么，都是我要毁灭的，所以我一边派见血楼的杀手贺道来阻你，就算杀不了，也拖延了公子时间，同时，便将落梅庵的尼姑全杀了！"

枫雪色淡淡地道："夫人好功夫！"他是指落梅庵众尼被杀的那种干净利落。

魔心雪也听懂了，谦道："枫公子过奖了！我师门只余我姐妹二人，师姐于用毒极有天赋，便学了师傅的毒术，贱妾愚笨，只学到师傅武技的皮毛。"

枫雪色"哦"了一声，心中却想：落梅庵的事情，真的是这个魔心雪做的吗？如果是，则这件案子和之前的血案并没有联系，自己的某些推断可能有误；如果不是，她把一切都揽在自己的身上，又是为了什么？

正在思考着，听得魔心雪问道："那么，贱妾是不是可以来杀你了？"

枫雪色道："不用着急，你可以先把令师姐的尸体安置了，一个女人，曝尸于荒野，枫某实在于心不忍。"

"不必这么麻烦！"魔心雪道，"我这位师姐最是贪财，请动她出山，用了我家祖产的五分之四，我们其实没有什么情谊可言。"

枫雪色了然道："所以，你要故意等她死后，才出来？"

"自然！她死了，这份钱，我自然便可以不用付了！"魔心雪一点内疚都没有。

"如此说来，夫人还要感谢枫某，为你省下一笔钱。"枫雪色的唇上露出一抹苦笑，这个女人，比他想像的还要冷血。

魔心雪道："枫公子，你的援兵，只怕是不会来了。那位与你在一起的男子，是江湖人称'皓月流霞'的流玥公子吧？他和您那位丫头困在师姐的万毒噬骨阵中，只怕早已做了毒物腹中的美食了！"

枫雪色忽然微笑："枫某虽不知因何夫人推断枫某在等待援兵，但枫某可以向夫人保证，流玥公子和我那丫头，绝不会成为毒物腹中美食的。"

"哦？枫公子倒是很有自信！"

枫雪色面上的笑容极其真诚："枫某不是自信，而是信得过流玥公子！你且回头看！"

"你少诓我！"

魔心雪半疑半疑地回过头去，赫然见到，一丛修竹之下，一个着杏色衣衫的贵公子正携着一个玄色衫子的清丽少女，对着她微微而笑。

魔心雪美丽的脸变得有些惨淡，她勉强笑道："原来两位江湖上大大有名的侠客，居然要群殴一个弱女子。"

遥遥地，流玥笑道："夫人不必担心，枫兄的事情，还轮不到在下来管，在下只是掠阵来的。"一双桃花般的美目似笑非笑，立在竹下如淡淡的水墨。

魔心雪深深地凝视着他，半晌，似是终于信了他的话，点头道："但愿你言行如一！"重新回过头，"枫公子，得罪了！"

她轻轻解下腰带，迎风一抖，腰带一端，竟然伸出薄薄的锋刃，迎着阳光，发出森冷的光芒。

深紫色的腰带旋起满天的幻彩，魔心雪便如一个婷婷的舞者，攻向枫雪色。

枫雪色安然地坐在青石上，神态悠闲地举剑相迎。

那魔心雪武功不低，为人也冷血狡诈，一条绸带舞动如索如鞭，如刀如剑，抽、绞、缠、勒、刺……诸般杀招，甚是歹毒。

枫雪色的剑在那绚丽的深紫色幻影里，非但显不出往日的风采，而且大有缚手缚脚的意思。到后来，他索性闭上眼，不去看对方。

这下朱灰灰可着急了！

她虽然是一个外行，又早已被满天飞来飞去的紫影晃得眼花缭乱，但也看出来了，那个女人似乎很是畏惧枫雪色手中的剑，所以只是仗着手中的兵器长，远远地站在数丈开外与之过招。

可枫雪色却似突然犯了懒病，不管人家怎么打，他老人家就是坐在石头上不肯起来，只是随随便便地还击，所以险象环生。

眼看好几次大爷都差点被那条破带子缠住，朱灰灰急得头上冒汗。

这……这大爷也太懒了！不是看那女人长得漂亮，就"酥了半边"吧？

她拉了拉流玥的手臂："流玥兄，大侠为什么不追上去砍她，为什么要坐在石头上给人家打？"

流玥抿了抿嘴唇，没有开口。他也觉得有些意外。枫雪色坐在青石上不动，唯一的解释便是因为受伤不便——只是平心而论，这个魔心雪虽然算是一流的高手，然而和枫雪色比起来，仍有很大的差距。看现在的情况，即使枫雪色带着伤，应付起来仍然游刃有余，那么，他为什么迟迟不拿下她？

正猜不透其用意，枫雪色终于真正地出手了。

一片摇曳的紫色幻影里，突然绽开一朵雪色的莲花。

这朵莲花，圣洁而纯净，仿佛可以涤荡人间所有的污秽之气，所过之处，那嚣张的紫影被寸寸斩断，山风吹过，满谷飘舞着紫色的蝴蝶。

魔心雪只觉右手指上的关冲穴一阵发麻，接着是液门穴，然后是中渚、阳池、外关、支沟……手少阳三焦经上的穴道，自手指、手腕、手肘一路酸麻上去，她撒手扔带，一条右臂已然没了知觉。

而枫雪色，仍然好端端地坐在青石之上，连动也没动过。

魔心雪见机极快，身形突然弹起，一跃握住竹枝，身形一坠，一弹，笔直向远处射去。

枫雪色道："流玥兄，留下她！"

流玥只应了一个"好"字，已然追踪上去，事关重大，即使不用枫雪色说，他也不会放她离开的。

朱灰灰远远地望着他，那淡黄色的衫子在翠绿的竹间飞跃，黄绿相间，画面十分美丽，尤其那黄衫，飘动如一朵明丽的晚霞。

魔心雪肩臂负伤，全力奔逃，瞬间便逃出数十里。

眼看再翻过两个山头，便可逃出惜凤山的地界，身后追来之人又早已不见人影，她才刚松了一口气，眼睛瞥到一个人，脚步突然停了下来。

前方悬崖，挂着一道流瀑，瀑下是一汪深潭。瀑水清冷，潭水深碧，动静天然。

然而，纵使那瀑再澄澈，再幽深，也不及潭边石上倚着的那个人。那双眼里，那一泓夜光般微渺、夜空般深沉、夜星般落寞、夜色般多情又冶艳的柔波。

一时间，风声、水声、鸟鸣声……自然界所有的一切声音似乎都停止了，魔心雪的心跳也突然停止了。

她站在路边，痴痴地望着那个人："你……你来啦……"

那人没有说话，只是张开手臂，用充满怜惜的眼神望着她。

魔心雪轻轻地呻吟一声，纵身投入他的怀中，美丽苍白的脸上现出一抹娇红。

那人温柔地看着她，俯首在她的额上印了轻轻的一吻。

魔心雪欢喜的笑容初展，便听到"咯"的一声响，她觉得喉咙疼痛，诧异地张大眼睛，用力呼吸，然而空气却再也无法进入肺腔。

她怔怔地望着这个人，软软地倒了下去，眼睛里，流出两滴红色的眼泪。

那人轻轻地推开她，凝视着自己的手指，轻轻地吹了一口气，仿佛吹散了系在指尖上的一缕芳魂，优雅得如同不是刚捏断一个女人的喉骨，而是才拈花戴在那美人的头上一般。

他弯下腰，似是想将尸体投入潭中，却忽然听到林中传来什么声音，侧头想了一想，无奈地笑了一下。

笑容缥缈，点染满了夜的莫测，似是不胜夜的寒凉。他身形一展，便消失在密林之中。

天色渐暮，夜，已将降临了……

山林的一侧，扬起一角淡黄色的袍子，流玥修长的身形出现在林外，在身后数名锦衣人的拱卫下，靓丽如远天的一朵彩霞。

他一眼便看到倒在山石上的魔心雪，停住脚步："去看看怎么回事！"

一名侍卫立刻奔过去，扳过魔心雪的身体，检查了一下："回小王爷，这个妇人是被捏断喉骨而死，尸体温度犹在，应该是刚死不久。"

流玥移步上前，俯头看看魔心雪喉咙上的伤痕，也看到她脸上的两滴红色泪痕，沉默了片刻。

"这座山上，还有我们多少人？"

"回小王爷，这次的惜凤山之行，我们共有三十六名兄弟。"

流玥考虑了片刻："留下一人带上这女子的尸体与我同去，其余的人去林中搜索，看有没有什么痕迹。还有，去查查，今天这惜凤山，究竟都有谁在这里凑热闹。"

"是，小王爷！"

锦衣侍卫躬身答应着散入林中。

流玥手握折扇，遥望着那一泓清潭，心中有着淡淡的忧虑：

魔心雪已死，死亡原因与落梅庵的女尼是一样的，当然要带回她的尸首给枫兄验看。只是不知道枫兄的伤怎么样了，惜凤山这两日可不太平，强敌环伺，高手如云……还有朱灰灰那个孩子……自己一定要尽快赶过去与他们会合才行……

〈 17 〉

朱灰灰眼见流玥追踪魔心雪而去，自己狐假虎威地跟在后面跑了两步，抬头便已见不到那两人的影子，她气得骂了自己一声笨，拾了一块石头，向魔心雪消失的地方砸去。然后回过身，想问问枫雪色到底刚刚搞什么鬼。

枫雪色端然坐在那块青石上，仍然保持着最初的姿势，似乎从刚才到现在，一直动也没动，甚至连朱唇弯起的弧度都没有改变。这个模样和雕像无异。

朱灰灰心里一惊，大爷是怎么了？难道……翘了？不会吧？刚才不还挺有精神吗？她犹豫着，屏息静气，一步一步地挪了过去。

离得近了，才发现他如雪般的衣衫，已被激战之时的劲风割破，零落地挂在身上，几缕散发垂下来，随着风微微拂动，平添了几分不羁。

听到熟悉的脚步正在蹑手蹑脚地走近，枫雪色终于抬起头来，秀眉轻扬，冰雪般的俊颜上，绽开一个浅浅的笑容，这笑容如此温暖雍容，宛如初春的阳光，驱散了朱灰灰满心的忧惧。

"朱灰灰！"

"小……小的在！"朱灰灰大声地回答。沉重的心一下雀跃起来，大爷还活着！太好了！就知道大爷很厉害嘛，这么厉害的人怎么会随随便便翘掉呢！

"你没事吧？流玥兄呢？"

"流玥兄去追敌人，还没回来。"朱灰灰道。

枫雪色微微点头，眼睛轻轻地阖上。那个魔心雪在说谎！从刚才的交手判断，她的武功虽然不弱，可是要她杀女尼们容易，但做到同时、瞬间击杀，而且伤痕不轻不重，始终如一，她还力有未逮。

因为落梅庵之事，不但涉及其他几桩惨案，更可能牵连到俞、戚两位大将军失踪的家人，所以，这个女子一定不能放过，要拿下询问清楚。

他沉思不语，朱灰灰却觉得心惊胆战。

不知怎么搞的，她总觉得大爷哪里不正常，犹犹豫豫地问："大侠，

166

你……您老人家没事吧？"

枫雪色在青石上闭目坐了一刻，才道："还好。"他缓缓起身，一手按在青石上，轻飘飘地落在地上。

朱灰灰越看越觉得不对，忍不住又追问一句："大侠，您真的没事？"

枫雪色"嗯"了一声，道："我们走吧，离开这里。"

他徐徐举步向前走去，走出数步，一脚踏空，身子向前一扑，他剑尖向前一点，顺着跌势飘去，在空中一翻，稳稳地落在地上。

朱灰灰看着险些令他跌倒的地方，那是一个磨盘大小的洼，深达两三尺。

这么大的一个坑放在眼前，就算是瞎子也不会往上踩，大爷却踩了上去……

她的心中突然一冷，抬头望向枫雪色，大爷仍然在缓步前行，步履优雅，风姿翩翩，与平时也没什么不同。不同的是，正前方六尺开外，是一块很大的石头，他正笔直地迎上去。

"大……大侠！"朱灰灰心里一颤，屏息看了一会儿，在他撞上大石之前突然开口。

"嗯？"枫雪色脚步一顿，微微侧过头来问。

朱灰灰三两步跳到他的面前，举起手横在他的面前，轻轻地晃了两下。

然而，他的眸子却连眨都没有眨一下。

"大侠，您看我手中这朵花儿，很漂亮吧？"

枫雪色停了片刻，微微笑道："我看不见。"

虽然早已意料到，但亲自从枫雪色口中得到证实，朱灰灰仍然如雷轰顶。

"什……什么？"

枫雪色微笑道："刚才与毒手咤女过招的时候，不小心被毒气侵入眼睛，只怕暂时要失明了。"

"那……那您还笑得出来？"一阵突如其来的难过袭击了朱灰灰。

"不然怎样？"枫雪色笑问，"哭吗？"

朱灰灰低下头："您要是真想哭，我……我可以假装没看见。"

枫雪色不哭，她却要哭了。

明明在心里拼命告诉自己，现在大侠的眼睛瞎了，自己的好日子便来了，要逃便逃，想去哪里去哪里，他再也抓不到自己了。只要偷偷去接上花花，哥俩从此便逍遥自在，再也没有人砍咱的腿和脑袋了……唉！大爷眼睛盲了，对于自己实在是只好不坏。

可是不知怎么的，她却一点都幸灾乐祸不起来，她的心仿佛塞满了重重的东西，那东西里还包裹着无数的尖刺，毫不留情地狠狠地刺着她柔嫩的心脏，有一种说不出的、锐锐的疼。

朱灰灰用力地咬着嘴唇，情不自禁紧紧地抓住胸前的衣服，企图压抑住那股莫名其妙的疼："大、大侠，接下来怎么办？"

枫雪色心平气和地道："先离开这里，到了有人烟的地方，再联络我的部下。"

"好……好的。"

"出谷的方向是哪里？"

朱灰灰心里一酸，回答道："在您的左边。"

枫雪色点点头，举步向左方走去。朱灰灰跟着走了几步，眼看他又要碰到一棵树，终于忍不住了："大侠！"

"嗯？"

"我可以牵着你一起走，可是你不能砍我的手！"虽是心中酸楚，她仍然习惯性地以自己的小人之心度枫雪色之腹，心想，我可没心思占你的便宜，你不能冤枉我对你动手动脚！

枫雪色笑了，温润如春天般和暖明媚。

他只回答了一个字："好！"

于是，朱灰灰拉住了他的手。

大爷的手很稳，手掌厚实而温暖，手指修长有力，掌间有长年握剑磨出的薄茧，相比之下，她的手才到他的一半大小，与其说她牵着他，不如说是他的手握着她的手。

感觉到他手心薄茧微微地磨着自己的手心，朱灰灰的心突然"咚咚、咚咚、咚咚"地跳了起来，虽然心里很难过，虽然发誓绝不动手动脚地揩油，可是她却仍然很想偷偷地捏捏他的手，只是……大爷肯定会以为她占他的便宜……

枫雪色沉默着，任凭她牵着他，一步步地向前走。

眼前的世界一片漆黑，这种状况于他是如此的陌生，饶是身经百战、叱咤风云，饶是面上依然笑容不变，内心深处，却也感觉到无助和茫然。

他不知道这个孩子会把他带到什么地方。纵使他可以呼风唤雨，此时，此刻，他的身边，却只有她……

朱灰灰牵着枫雪色的手，沿着山谷中的蜿蜒小路，一直一直向前走，似乎能够感觉到大侠的手传递来的信任，这种被大侠依赖的责任感，终于打消了她占人家便宜的"邪恶"念头。

走了半天，朱灰灰忽然想起一事："大侠，流玥兄的武功是不是很高？"不知道能不能打过那个女人……

枫雪色微笑道："很高！"

"那，你们两个谁厉害？"

枫雪色考虑了片刻，道："不知道。几年前，在姑苏不眠楼，初次见到流玥时，他正与一位成名的剑客对战。那位剑客享誉江湖三十余载，双剑之下亡魂无数，流玥却只用了一只折扇，便将这位剑客的双剑废了。"

那个时候，流玥的武功便已不在自己之下，几年过去了，现在的他，武功肯定比那时高出很多。只是，这几年来，自己也没有虚掷光阴。所以，两人的武功谁高谁低，仍然难以判断。

朱灰灰"嘿嘿"坏笑："姑苏不眠楼是青楼吧？里面的姑娘肯定很好看！"要不然大爷和流玥兄怎么都会跑去那种地方。

这丫头，脑袋里都想什么乱七八糟的呢！枫雪色道："那是一家酒楼，厨师的拿手好菜是碧螺虾仁、响油鳝糊、酥橘元、白汁圆菜，对了，那一家的小笼汤包鲜润适口，等将来我请你去尝尝！"

"比流玥兄的还好吃？"朱灰灰对流玥带来的包子念念不忘。

枫雪色微笑："回头你比较比较，不就知道了。"

"大侠，如果流玥兄打输了，那女人还会不会追上来？"这是朱灰灰一直在挂念的事情。

"会！"枫雪色知道她在担心什么，也不隐瞒，"不但那个女人会追来，这惜凤山，还不知道有多少人，正准备追上来。"

朱灰灰心里"突"地一跳："那、那……"糟糕了！大侠眼睛看不见，要是再有人杀来，他们就只有死路一条。他死也就死了，自己是招谁惹谁了？只

169

不过跟他混到一起，脖子上就得挨一刀吗？她忽然想到曾经见过的死人，或者脑袋被切还须眉皆爹，或者开膛破腹肠滚肚流还满地翻滚，一个个血淋淋恐怖异常……

她不由越想越怕，心里不住琢磨：大侠是个好人，可是他再好咱也犯不着拿自己的小命给他……陪葬吧？

或者，咱还是应该另打主意……

枫雪色察觉手心中的小手在轻轻颤动，知她心中害怕，于是轻握了一下以示安慰。

朱灰灰扭头看看他平静的脸，勉强笑了一下，道："大侠，您老人家现在眼睛不方便，既然山上还有很多人等着杀咱们，咱们最好别这么大摇大摆地走，不如我们上哪儿躲上一会儿，等天黑了再走，会安全得多。"

枫雪色点点头："好。"

"那——前边不远处有个山洞，我们藏进洞里如何？"朱灰灰指着不远处的一个山洞，指了之后，才想起大爷看不见。

"好。"

朱灰灰牵着枫雪色的手，引他向山洞走去。这个山洞并不深，纵深也就四五丈，倒还宽敞干净，洞口开在石缝中，也算得隐蔽。刚才如非角度合适，她还真不会注意到。

洞壁边上，有一块凸起的石头，朱灰灰举起袖子抹了抹，扶着枫雪色坐在上面。枫雪色沉默不语，听凭她安排。

朱灰灰坐了一会儿，终是担心敌人找上门来，坐立难安，于是假笑道："大侠，您老人家暂时在这里休息一下，小的去探探路，看看有什么情况。"

枫雪色神色如常，回答的仍然是一个字："好。"

尽管很是不舍，朱灰灰仍然道："那——我去了！"

"去吧——"枫雪色顿了一顿，脸上绽开一朵温暖的笑容，"要小心！"

朱灰灰心中惭愧，不敢看他，低头走了出去。走出十几步，又不放心，返回来折了一些粗大的树枝和长草将洞口遮住，走了几步，又怔怔地站住，回望着洞口，过了片刻，终于猛然转身，撒腿向远处跑去。

大爷，虽然我遗弃了你，可是你不要恨我啊！你曾经狠狠地欺负我，我没有趁你眼睛变瞎，把你带进沟里、推进井里，已经很是对得起你了！现在我只是丢下你不管而已，你可不能怪我不讲义气！如果你的运气好，敌人找不到你，就会自己离开了。但如果你运气坏，被敌人杀了，到阎王爷面前告状的时候，可千万不要提到我啊……

她拼命给自己找借口，企图打消心里泛滥的难过和愧疚，终究还是一溜烟地逃走了。

一口气飞奔出十多里，看到前面山坳里有炊烟袅袅，停下一看，却是一个小小的村落，顿时舒了一口气，终于到了有人烟的地方。

在她的人生经验里，这种小山村都很闭塞，人们都是老亲老邻，来个陌生人就很引人注目的。大概自己天生长得就不像好人，以前一走到这种小村，便被人人盯着，到最后连偷只鸡都不容易。如果是平时，被盯就盯了，她也不在乎，但这个非常时刻，为了自己这条小命的安全，是绝不能被人怀疑的。

抬头看看，西天霞光渐隐，暮色四合，牛羊归圈，再过不久，天就全黑了。

朱灰灰决定，这个时候不宜进村，要等天黑之后，悄悄地摸将进去，拿些吃的用的，然后再接着跑路。只是，大爷坐在洞里等她，应该也会很饿吧？可千万别傻傻地等哦，肚子饿了就出来找吃。还有，千万不要认为她不回去，是出了什么事，千万不要出来找她，万一遇到敌人会很惨——啊，都忘了，应该给大爷准备一把手杖，这样他自己走路的时候，才不会摔倒，或者撞到什么……

她拼命抗拒着想要返回山洞的念头，忍着饥饿，坐在村头不远的树林子里，托着腮等天黑。

背后，不远的地方，突然响起一个女人声音："小姑娘，跟你打听一下，这是什么地方？"

朱灰灰心里一惊，几乎跳了起来。

这个声音是如此熟悉，熟悉到此人一旦看清自己的脸，就会毫不犹豫地扑上来，扭断她的脖子。

她想逃跑，可是一吓之后，身体僵硬，根本不听使唤，额头上不由渗出冷汗。

"喂，小姑娘，问你话呢！"另一个同样熟悉的声音越来越接近，"回过头来！"

朱灰灰叫苦不迭，却说什么也不敢回过头去。

一只手搭在她的肩上，轻轻一带，朱灰灰被一股巧劲带着转了五六个圈子，头晕眼花兼心中害怕之下，一跤跌倒在地。

"牛二弟，不要欺负小姑娘嘛！"先前那个女人的声音嗔怪道。

朱灰灰抬头一看，咧咧嘴，哭了。

没错，果然是那个妖精蛇上使！摔她跟头的，是在听风客栈里，给她盛毒米饭的那个店小二，牛二弟？他是牛上使吗？

蛇上使和牛上使身后站着的那位，也是老相识，便是听风客栈中那个猎户打扮的粗壮男子，此人背弓挎刀，手中挽着一匹神骏漂亮的白马。

那马看着她，焦躁地用前蹄在地上刨了刨，然后仰天长嘶。

朱灰灰心里一阵紧张，这是大爷骑的那匹马！

蛇上使妖妖娆娆地走前几步，娇滴滴地道："小姑娘别哭，天这么晚了，你怎么还不回家？"

小姑娘？对了！他们不认识自己了！朱灰灰生平第一次感谢大爷逼着她洗白白换新衣。

心情一放松，脑子顿时好使了，瞬间想起无数个应答的谎话：

后娘欺负，被赶出来了……

狠心的爹爹要卖她给人当丫鬟，逃出来了……

丢了家里的小羊，没有找到不敢回去……

然后最终说出口的却是："阿山还没有来，我们不见不散的。"

蛇上使"扑哧"一笑："哟，你才多大的孩子啊，就学着人家私会情郎啦！"

朱灰灰装出很害羞的样子道："阿山是我们村里最英俊的，全村的姑娘都喜欢他！"

蛇上使笑道："那么，那个阿山喜欢你吗？"

朱灰灰假装有点难过地低下头去。

蛇上使哈哈一笑："小姑娘，我告诉你哦，对付男人啊，光会害羞可不成，来来来，姐姐教你几招，包管你那阿山，从此对你死心塌地！"

朱灰灰抬起头，很期盼地看着她。这次不是装的，却是真的好奇。她还真的很想知道，这个蛇上使怎么能让阿山对自己死心塌地——要知道，阿山可是家乡隔壁阿婆养的一只大花猫啊！

蛇上使嘿嘿一笑，扔给她一个小盒子，"拿去，找个机会给你那个阿山吃下去……"

朱灰灰一看，正是自己先前在她怀里搜到的物品之一，后来又被枫雪色胁迫着还了。她高兴地拾起来，假装不敢相信："给他吃这个就行吗？"

蛇上使哈哈大笑："行！肯定行！"

牛上使在一边道："余大姐，你就别拿那东西祸害小孩子了！喂，小姑娘，我问你，你有没有见到过一个全身穿白衣服、长得很好看的男人？"

果然是在找大爷！朱灰灰心中一凛，面上做出一派天真茫然："有多好看？比阿山还好看吗？"

牛上使一皱眉，这小姑娘看着机灵，却是一个傻乎乎的花痴。他不再理她，道："马大哥、余大姐，我们到村子里问问。"

牵着白马的马上使点点头，道："今天这惜凤山可真热闹，也不知道枫公子最终会落到谁的手里。我们到村子里和兄弟们联系一下，看看别的人有没有找到他。"

三人边说边转身向村中行去。走了几步，那个蛇上使忽然回过头来，对着朱灰灰娇媚一笑，顺手扔过一小块银子："拿去，买点胭脂水粉擦擦，对付男人，光凭那盒药还是不够的。"

朱灰灰拾起银子，嘴甜得和偷吃了三斤上好的蜜饯一样："谢谢！谢谢这位漂亮的姐姐！"

蛇上使果然心中大乐，挥挥手去了。

朱灰灰看到他们向山坳的小村子行去，腿一软，坐倒在地上，一颗心冷得跟冰似的。

"今天这惜凤山可真热闹，也不知道枫公子最终会落到谁的手里。"这不就是说，果然有很多人要杀大爷！只不过，他们都还没有找到他而已。

如果是平时，就算有再多的人，大爷也不会怕的，可是现在他的眼睛看不见了，一定不是他们的对手，要害一个盲人，有一千种一万种办法，甚至都不用动手……不行，得回去将大爷藏个更安全的地方，绝对不能给他们找到。

一时间心急如焚，她撒腿就往回跑，跑了几步，又停了下来。大爷的马还在他们的手里，大爷很喜欢这匹马的，以前连她摸一摸都不让。本来眼睛就看不见了，又被人欺负把马抢走了，他会很难过的吧？

朱灰灰回过身，望着已经完全沉入暮色中的小山村，倦鸟归巢、犬吠牛叫声中……她的心里渐渐有了主意。

朱灰灰蹲在草丛中，耐心守候。

夜寒露重，山风吹过，草木间发出各种怪声，朱灰灰虽然常年流浪，但之前身边或者有花花，或者有大侠，还从未一个人这么晚了还在山上蹲守，心中不免有些怕怕的。她抱着手臂缩成一团，苦苦等待，终于到了掌灯时分，趁着陆陆续续亮起的灯火，悄悄地摸进村子。

这个村子约有百十户人家，过的是最传统的农家生活，天一黑，就家家关门闭户，没有什么人在外面走了。

朱灰灰借着微光，一直摸到村子的中心，看到一间酒馆模样的房子，遥遥看去，窗门都打开着，窗前的一张木桌上，蛇上使三人正在边吃边谈。

酒馆门前的木桩上，正拴着那匹飞电风雪驹！虽然身前放着草料，但它根本不屑一顾，不时昂头长嘶，神色甚是委屈。

朱灰灰怕被蛇上使等人发觉，不敢向前靠近，心中只道："这匹笨马，好歹也得吃饱肚子才行，不然，一会儿怎么有力气逃走嘛！"

一想到吃，她立刻便听到自己的肚子咕噜噜地叫。平时遇到这种情况，她连想都不用想，径直就奔人家的鸡窝去了，可是现在有重任在身，偷鸡不便，只能另打主意。

转头瞥见东头有一处院子比较大，房子也盖得相对漂亮，知道这家比较富裕，她顺手从旁边的篱笆上抽出一根木棍，向那房子靠了过去。

乡下人朴实，院墙也盖得不高，她蹲到墙角听了片刻，没有什么声音，便偷偷地爬上墙头，左右看看，跳了下去。足刚落地，一条大狗呜呜叫着蹿了过来，朱灰灰早有防备，一闷棍打在狗的头上，将狗打晕过去，然后拖着狗塞进不远的狗窝里。

在做这件事情的时候，一间房子的门打开了，一个布衣荆钗的妇人提着油灯出来查看："阿黄，乱叫什么？"

朱灰灰蹲在狗窝的阴影里，急忙"汪汪"两声，算是替阿黄答话。

那妇人也没留心，随便看了一眼，没发现什么情况，便回房去了。

朱灰灰溜过去，趴在窗户下面听了一会儿，听到里面有一男一女简单的对话，什么蒙馆、科举之类的，听来那男的似乎是个秀才先生。

她本身没什么学问，也素来瞧不起有学问的人，因此也不理会，直奔人家的厨房而去。

先揭开大锅小锅，再翻大橱小柜，又掀开大盆小碗。

普通的农家厨房，也没什么好东西，搜了半天，只找到一些咸菜、几条熏鱼干、两颗咸蛋、几个粗面的馒头，不禁甚为不满：瞧房子盖得挺漂亮，却吃这样的粗茶淡饭，喂狗都不稀得吃！

虽然嫌饭食不好，可是贼不走空，没有别的选择，也只好将就了。她找了块屉笼布将东西包起来，揣进怀里。在菜刀和烧火棍之间选择了半天，终是觉得菜刀比较锋利，于是顺手抄起来掖在腰上。又看到灶台上有一个黄铜水壶，里面还有半壶热水，很沉。她想了半天，觉得大侠现在一定口渴了，终于还是决定带着走。于是又找了根麻绳穿过提手，将壶挂在肩上。转身出了厨房，在院子里寻摸了一圈，看到竹竿上晾着一些衣物，也毫不客气地顺手牵了几件，胡乱包在一起，系在背上。

琢磨了一会儿，她觉得东西拿得差不多了，便又翻墙出去。

以她的估计，现在天已经黑了，蛇上使他们就算不在这小村子里歇息，也不会带着马儿一起上山的，多半会将马寄养在村子里，然后继续去找人。

虽然她已经磨蹭了很久，可是再回到小酒馆的时候，发现蛇上使三人仍然在那里吃东西。她蹲在墙角，左等不走，右等不走，急得头上冒汗，肚子里很不礼貌地一直问候到那三个人祖上的第十八代。

也不知道等了多久，那三个人终于起身。果然如朱灰灰所料，他们暂时把马留在了小酒馆。为了以防万一，她又耐着性子等了一会儿，看那三个煞星没再返回来，才小心翼翼地摸了过去。

那白马神骏非常，平常人等根本不能近它的身，通常情况下，肖小之辈往近处一凑，便会一蹄踹飞。可是那十二生肖使中的马上使乃猎户出身，对付动物非常有一套，所以它才会被捉，本来甚是委屈，这一见到熟人，顿时高兴得"唏律律"一声长嘶。

175

朱灰灰被它吓个半死，抱着头钻到篱笆后的树丛里，打定了主意，万一被蛇上使他们捉到，便说是来找阿山私奔的。

等了好久，没有人出来，她长吁了一口气，爬了出来，悄声道："马大哥，马爷爷，拜托你沉住气别乱叫好不好，你想害死老子和你家主人啊！"

马儿不知道听懂了没，打了个响鼻，却不再嘶鸣。

朱灰灰壮着胆子将它的缰绳解开，牵着它，一步一步，悄悄地向村外走去，心中又惊又喜，没想到运气如此之好，这么简单就把马偷了回来。

好不容易出了村子，她立刻加快了脚步，不会骑马，只好牵着马疾走，又怕被人顺着蹄印找到，记起哪个故事里听过，用布包马蹄可以不留印迹，于是又撕下衣襟把白马的四蹄包住，再借着星光带着它兜了一大圈，最后终于回到枫雪色藏身之处。

怕自己离开的这段时间会有变故，她不敢直接进去，而是蹲在不远的地方，聚精会神地看着洞口，发现洞口的草还是自己当初盖的样子，立刻放下心来，牵着马奔了过去。

拨开遮盖物，刚要往里钻，眼前突然亮起一道电光，直刺她咽喉。

这道雪亮的电光也太熟悉了，朱灰灰吓得哎呀一声坐在地上："大侠，是我……小的回、回来了！"

雪光忽然敛去，剑在她额角之上停了一停，缓缓地收了回去。

枫雪色沉默片刻，微弱的星光下，可以看到他展颜一笑："你回来了！"声音非常温暖。

朱灰灰一边拉着马进洞，一边抹着头上的冷汗："大侠，小的这个脑袋，差点真的归您所有了！"

"我还以为……"我还以为你自己走掉，不会回来了。

枫雪色听到几下熟悉的响鼻声，然后感觉到有一颗大头在自己身上蹭，他心中微微有些激动，伸手摸着马头，停了一会儿，才道："原来你带着马儿一起回来，我却没听出来。"马蹄上包的布，固然可以不留蹄印迷惑敌人，却也影响了他的判断。

朱灰灰将洞口重新盖好："大侠，您猜我看到谁了？"

"谁？"

"十二生肖使里面的三个，蛇上使、牛上使，还有一个叫马大哥的不知道是什么使。"

"那是马上使。"枫雪色为她解释，"十二生肖使，差不多姓什么便对应什么使。"

"原来是这样啊！"

枫雪色奇怪地问道："他们没有为难你？"之前在孤鹰涧栈桥上蛇上使恨不得活活吃了这家伙，怎么会白白放过她！

朱灰灰"嘿嘿"一笑："他们没有认出我来。"她得意地把怎么用阿山骗过蛇上使、怎么偷回马儿的事情讲给枫雪色听。

枫雪色不禁微微而笑，称赞道："好聪明的孩子！"这孩子不光只有做坏事的小机灵，关键的时候，倒也细心勇敢。

朱灰灰谦虚道："哪里哪里，是大侠指点得好！"她习惯性地拍枫雪色的马屁。

枫雪色笑了一声："朱灰灰！"

"小的在！"

"对不起！"

"是，大侠——啊？"朱灰灰张大眼睛，不明白他何出此言。

枫雪色缓缓地道："我还以为你离开了，所以——对不起！"

他胸怀磊落，当初虽然没有说出来，但心里确实起了怀疑的念头，颇觉对不起朱灰灰，因此便跟她道歉。

"啊，没……没什么！"

朱灰灰即使脸皮超级厚，也觉得非常惭愧，颊上的皮肤一点一点地烧了起来，幸亏枫雪色的眼睛失明了，不然即使在黑暗之中，只怕也会被他看穿她的心虚。

不过，惭愧归惭愧，她却还没笨到承认，自己原来确实是打算抛弃他一走了之。她清了清喉咙，转移了话题："咳，对了，大侠，您老人家饿了吧？我带回吃的了哦！"

她从马背上将自己从村子里顺出的东西取来，将手在衣服上蹭蹭，拿起一个馒头送到他的手中："大侠，您老人家请！"补充一句，"我已经洗过手了。"

她纯粹是欺负枫雪色看不见，所以自己也睁着眼睛说瞎话。洗手？确实洗过，不过却是在中午！

枫雪色情知她说谎，却也没有嫌弃，接过馒头，问道："这是哪里来的？"

"在下面村子里的人家拿的。"

枫雪色脸一沉："偷的？"

朱灰灰一边给他剥咸蛋，一边顺口答道："反正不能算给的。"

枫雪色慢慢将馒头放下。

朱灰灰抬起头看看，以为他嫌饭食不好，便劝道："大侠，我知道这馒头面粗碱大，蒸得不好吃，可是现在我们有的吃就不错了，您老人家别挑嘴了，将就一下吧！"

枫雪色淡淡地道："我不吃偷来的东西。"

"啊？"朱灰灰差点被他这句话呛死。什么？她都没嫌他连累自己，他还敢嫌她偷东西！

"不吃拉倒！我自己吃！"奶奶的，饿死你个装蒜大爷！

朱灰灰一赌气，抓过馒头啃了一口："唔，这馒头虽然不好看，可是味道真不错，今年最新的面粉，好香！好甜！呀，这蛋黄的油流到我手上了。还有这鱼干，虽然很小，但是熏得真好……"她一边吃一边赞不绝口，故意气枫雪色！

枫雪色沉住了气，闭目养神，一语不发。

朱灰灰唱了半天的独角戏，渐渐觉得没趣，自己便住了嘴。忍了半天，又开口道："大侠，您不吃东西，喝水总行吧？"将水壶递到他的手上。

枫雪色确实觉得唇舌焦渴，稍一迟疑，就着壶口饮了几口水。

朱灰灰等他喝完，接过水壶，坐得离他远远的，省得一会儿被打，然后笑嘻嘻地道："大侠，忘了说了，这壶水也是偷来的！"

枫雪色："……"

他不再理她，打坐运功。

丹田里内息流转，真气沿经脉上行，直达双目，想将毒逼出，然而那毒实在凶猛，内力愈强，毒性反扑越烈，他的双睛如被刀剐一样，一跳一跳竟似要夺眶而出。

其实已经试了好几次，然而每当内力运行到中毒处，眼部便剧痛无比。无奈之下，他只得收回内力，暗暗地叹了一口气。

那边厢，朱灰灰这一日紧张疲劳，终于熬不住，闭上眼睛沉沉睡去，然后便做了一个长长的噩梦。

梦中换做她的眼睛瞎了，又到处被人追杀，大爷很讲义气，一直牵着她的手，长剑一挥就把来杀她的人干掉了。可是追杀的人太多了，大家生气地排起了队，主动把脑袋伸出来给大爷砍，大爷砍了一个又一个，过足了砍脑袋的瘾，最后累得手酸，终于生气地不管她了，丢下她一个瞎子，茫茫然站在那里，四周一片漆黑，她伸着手摸索着前进，走着走着，一不小心掉到井里……

她躺在地上翻来覆去，睡得极不安稳，一只手轻轻地覆上了她的额头，将一缕清凉的气息送进她的身体，她混乱的大脑终于渐渐平静……

紧张的身体舒缓下来，朱灰灰翻了个身，安心地睡去了。

黑暗中，枫雪色的唇边上浮现出一个温暖的笑容，随即笑容敛去，化为轻轻的一叹。

〈18〉

这一觉睡了很久很久，朱灰灰终于睡饱了，打了个哈欠，揉着眼睛，从地上爬起来。

枫雪色坐在洞口，凝神思索着什么。听到身后的动静，头微微侧了一侧，含笑问道："天亮了，是吗？"

朱灰灰大是惊喜："咦，你怎么知道？你的眼睛能看到了？"

枫雪色微一摇头，将脸迎向初升的朝阳，道："宛转的鸟鸣、清新的空气、太阳的温度和草木的气息都告诉我，已经是早晨了。"

朱灰灰呆望着他。

阳光从遮盖洞口的草隙间射进来，照在他的俊美的脸上。那张凝白如玉的脸仿佛被涂上了一层淡淡的晕黄，他神态安详，精神焕发，整个人仿佛都发着光。

枫雪色突然回过头来，将脸朝向她："怎么？"

明知道他看不见，朱灰灰仍然脸一红："没、没什么！"她有些慌乱地道，"大侠，您等我一等！"又提起袖子，在嘴巴上擦了擦。好丢脸！大侠又不是包子，干吗要对着他流口水！

朱灰灰来到洞口，向外东张西望。

"附近没有人。"枫雪色仿佛知道她在做什么，直接说道。

他虽然眼睛看不见了，但其他感觉却更加敏锐，尤其是听觉。

心静的时候，他能听到周围树木的呼吸声，能听见数十丈外一朵小花悄悄绽放的声音，甚至能感觉到高空之上，正有一只鹞鹰向着一只山雀扑去……

朱灰灰道："大侠，我出去一下，马上回来。"

放心，她已经想好应该怎么办，所以这次不会再扔下他，独自溜走了。

枫雪色点点头，抱着剑坐在洞口，嘱咐道："不要走远。"太远的地方，如果有意外发生，他也许会赶不及救援。

朱灰灰答应着出洞去，过了好半天，才跑回来。

"大侠，我刚才去洗脸，也给您洗了帕子回来，您擦擦脸吧。"朱灰灰将一块帕子递到枫雪色的手中。

枫雪色闻到帕子上的青草气息，有些奇怪："是什么味道？"

"没什么啦！"朱灰灰讨好地道，"您老人家不方便吧，要不我来帮您洗？"她大着胆子，伸手去摸枫雪色的脸。嘿嘿，大侠的脸真好看，她想摸已经很久了……

在她眼看就要得逞的时候，枫雪色忽然抬手，抓住了她的手掌，静静地道："我自己来吧！"这丫头搞什么鬼？他一边想，一边用帕子净了手和脸。

朱灰灰瞪着眼睛瞧他，差点忍不住笑出声来。

哈哈！老娘说，老翅黄的草药汁沾到人的皮肤上，会黄黄的，而且很不容易褪下去。现在大爷的脸和手就是焦黄色的，像熏腊肉一样，嘿嘿！

"对了，大侠，您顺便擦擦脖子吧！"

大爷的脖子太白了，和脸两个颜色，像接上去的一样。

枫雪色点点头，将颈子也擦了一遍。虽然嫌这一帕多用，但这种时刻，也没那么讲究。

眼看好好一个小白脸儿变成了痨病鬼的模样，朱灰灰窃笑不已。

"大侠，您先稍微等一会儿，我去喂喂马，免得一会儿跑不快。"这匹马也得好好打扮打扮！没办法，谁让它和他主人，都那么一副了不起的样子呢！

枫雪色点头允了。

他的眼睛不便，完全看不到，朱灰灰牵回来的马儿，已经变成全身灰褐色的肮脏的癞皮土马。

朱灰灰大力甩着手臂，容易吗我，一大早就饿着肚子搓草药汁！娘说，紫苁草果实的汁可以染指甲和嘴唇，乌鸦膀可以把布染成黑色，蓝翎子的汁沾到手上却是褐色的……幸亏这附近可以找到好几种草！只是这马也太大，给它化装可真不容易，累得胳膊都酸了！唉！就算化了装，这马仍然太高大神气，要不是担心它没力气，真想喂它吃一些有泻肚作用的药，说什么也要让它拉成病马……

"大侠，您的衣服破了，换一件吧！"

大爷的装束太显眼了，那身白衣明摆着就是信号，召唤人家快来砍他！幸亏她早有打算，将昨天从村里顺的衣服拿出来给大爷套在外面，虽然不太合身，但好歹也比穿那身"白色找砍服"要强得多！只是她没敢告诉他衣物是偷的，省得他又挑三拣四，节外生枝。

枫雪色自然不知道是怎么回事，只觉得她说得在理，便换上了衣服。

朱灰灰还自告奋勇地帮他把头发重新梳过，她也不用特意往难看了梳——对于她来说，想梳好看了不容易，梳丑了那是天生的本领。

可劲地把大爷和马槽践成五八怪，对自己同样也没手下留情。她的头、颈、手、脸现在是一码的黄黑色，就像那种总也洗不干净的颜色，怎么看怎么砢碜！

她也换上偷来的衣服，再检查一遍，差点忘了大爷那柄碍眼的剑，琢磨了半天也没办法处理，只好找布将它包好，塞在马背上，方便大爷拿到。

虽然不知道自己被糟践成怪物，但枫雪色也隐隐猜到她在忙乎什么。

他一向随遇而安，并非那些逞强好胜之徒，尽管并不惧怕被人追杀，但此时毕竟眼睛不方便，能够少一些麻烦，也觉得没什么不好——只是，被敌人发现又怎么样？自己的眼睛虽然看不见了，但只要有剑在手，又有何惧！

这边厢，朱灰灰把所有的东西收拾停当，又将偷来的那把大菜刀别在后腰上，外面用衣服盖住。然后一个痨病鬼似的盲人，骑着一匹脏不拉几的土马，一个小黑炭般的乡下土妞牵着马的缰绳，三个溜溜达达地觅路下山去了。

知道山上可能有无数人在搜寻大爷，朱灰灰不敢走大路，牵着马专门挑荒僻小道而行。行未数里，打老远便看到前面一座肉山，肩上扛着大刀，横着膀子晃晃悠悠地向山上走来。

她一见这个胖子，全身的毛都竖起来了！上次在孤鹰涧栈桥上，她差点被这个胖子坐死，奶奶的正是死猪上使！她吓得连和肉山在一起的人是谁都没敢看，立刻直接牵着马拐进了树林。

朱灰灰想到这山林之中，不一定有多少人在等着杀大爷和她，就觉得肝儿颤，一双眼睛瞪得溜圆，骨碌碌地转着，寻摸着蛛丝马迹。怕死之人，对于危险大概有天生的敏感，有几次还真被她看到一些可疑之人，因此提早牵着马避了开去。

枫雪色虽然目不能见，但仍然感觉到朱灰灰在拉着马东一头西一头地乱走，不禁微皱了下眉，问道："灰灰，我们这是在向哪个方向走？"

"我们在……"朱灰灰踮起脚尖，看了一下太阳的方向，然后回答，"我们在转圈走！"

枫雪色："……"

朱灰灰小心翼翼地仰脸看看他："大侠！"

"嗯？"

"我想……我们迷路了……"朱灰灰抹着头上的汗，很惭愧地道。

她本来就不知道哪条路才是下山的，又为了躲避敌人，一通乱走，所以现在敌人还没怎么样，先把自己绕糊涂了。

枫雪色："……"

朱灰灰暗中伸了伸舌头："大侠，您随便选一个方向走，怎么样？"

事到如今，枫雪色也无话可说，只得随意地抬左手指了一下："那就向这边吧！"他只分得清前后左右，却无从分辨哪是东南西北。

"大、大侠……"

"嗯？"

"左边是撞山……"

"那右边！"

"咳，右边是跳崖！"

"……"

这丫头是故意气人的！枫雪色在她头上敲了一下，轻斥道："那就向前走！"

朱灰灰"嘿嘿"一笑，牵着马迈步向着正前方去了。其实她是骗他的，欺负眼盲之人，她可没有一点不道德感，只觉得莫名其妙地开心——因为大爷从前一直都是高高站在云端之上装神仙的，现在终于被雷电拍到地面上，倒变得像人了许多。

这一路向下，直走了近两个时辰，终于见到不远处有人烟。

放眼望去，前方是半坡梯田，土地很平整，田里碧油油的苗儿，长得非常可爱，看上去像毛茸茸的绿毯。

一条小径伴着一条山溪蜿蜒向下，小径的尽头，是依山而建的三间茅草屋，院子一侧搭着瓜棚、葡萄架，另一侧平地上种着菜，围院的竹篱笆上爬满了各色的牵牛花。

茅屋的烟囱上，正有炊烟袅袅升起。

有土地有水的地方，便会有人。大山之中，通行不便，邻居之间常常会住得很远，所以朱灰灰对这突然出现的独居院落并不觉得奇怪。

只是看到炊烟的同时，便听到肚子咕噜噜一阵猛叫。她二话不说，牵着马就奔茅屋去了。

到了近前，她先扶枫雪色下马，自己前去拍门。

"喂，有人在吗？"

门内无人应答。

没人？没人那太好了！

"大侠，这里有石凳，您老人家先坐在这里。"朱灰灰径直推开篱笆门，看看没有狗，便牵着枫雪色的手，让他坐在葡萄架下，转过身去，把马也拉了进来。

"灰灰，你要干什么？"枫雪色虽然任她摆布，但并不放心。这个丫头前科较多，随便闯空门，绝对没打好主意。

朱灰灰顺口回答："不干什么，就是看看。"抬腿就进了屋。

三间草房，当中的一间是前厅，放着简单的粗制家具，左边的一间是卧房，除了床，还有些衣柜之类的东西，东西虽然少而粗陋，但收拾得很整洁，看得出家境虽寒，但主人非常勤劳。

朱灰灰最感兴趣的，是右边的那间房。

这是一间厨房，灶台的大铁锅上贴着几个金黄色的玉米饼子，锅里还有金黄色的碎米南瓜粥，冒着腾腾热气。

朱灰灰一看就乐了。她上顿饭还是昨天晚上吃的呢，早就饿得半死了，见了吃的，虽然是普通的农家饭食，却也足以让她眼睛发出饿狼之光。

她先拿铲子揭了个饼子下来，烫得左右倒手，连连呼气，咬了一口："嗯，还行！"

再揭了两个饼子放进盘子，然后又找碗盛了两大碗粥，放在托盘之上，去找筷子的时候，又发现碗柜里有辣子咸菜丁和一碗熏兔肉，马上不客气地一起端来。

走出几步，忽然想起一事：大爷脾气大，还会装蒜，说什么不吃偷来的东西。本来他爱吃不吃，不关自己的事，可是现在他的眼睛不好，昨天就没吃东西，要是再不肯吃，没准会饿死——然而自己又没钱，也生不出馒头来，除了偷实在想不出别的方法……

琢磨了一下，她忽然想起一事，伸手入怀，摸出一小锭碎银，放在灶台上。这还是蛇上使给她买胭脂水粉"勾引"阿山的呢，却用在了这里。

朱灰灰喜滋滋地捧了托盘出来："大侠，有东西吃了！"不等枫雪色问，又抢着道，"这次不是偷的，是买的！我在灶台上放了银子，骗人的是孙子！"

枫雪色闻言，唇角一牵，露出一个微微的笑，然后轻轻点点头。

朱灰灰将托盘放在他的面前："大侠，您请！"

枫雪色微一迟疑，却没有动手。

"啊！我知道了，要洗手的！您等下，我去打水。"

朱灰灰难得如此勤劳体贴，拎起水桶，跑到山路边的溪流里，拎了半桶水回来，很耐心地服侍枫雪色净了手脸，顺便把自己的小爪子也洗了洗："大侠，我的手已经洗过了，要拿饼子给您喽！"

她拿过一个饼子，放进枫雪色的左手里，又将筷子塞到他的右手，拉着他摸摸粥碗和咸菜的位置："有点烫，您老人家小心！"

枫雪色默默地点点头，一语不发地吃东西。现在的他，连吃东西都要朱灰灰服侍，说不悲哀，那是假的。

朱灰灰看着他，虽然他被自己打扮得很丑，但那双眸子，却依然明亮耀眼，只是眼神里流露出的茫然，令一向没心没肺的她，也感觉莫名其妙地难过。

"大侠，您别担心，我们下山之后，马上就去找医生治眼睛。"

枫雪色微微一笑："这种毒，岂是寻常大夫医得的！"

"那……肯定有不寻常的大夫能医！"朱灰灰安慰他，"对了，您不是说，那个悲空谷有神医吗？我们去找他们好了！上次在路上碰到的那位小姐，还倒在你怀里勾引你来着！"

枫雪色提筷子轻轻敲在她的手背上："不要胡说！"这家伙，一点正经都没有，前半句还像人话，后半句就变了味道！

朱灰灰缩回手，噘着小嘴嘟囔着："还说眼睛看不见，打人家的手不是蛮准的嘛！"

枫雪色嘴边露出笑意："灰灰，有人来了！"

朱灰灰吓了一跳，手中的半个饼子跌落地上，一把抓住他的手："我们快走！"

"不用担心！来者两人，脚步声一轻一重，显然是一男一女，如果我没猜错的话，应该是这房屋的主人回来了。"

朱灰灰立刻又坐了下来。

她是生平第一次，在闯了空门之后，还敢安心地坐等主人回来。自己琢磨原因，觉得一是因为这次没偷东西，还放了银子，所以不怕被打；二来，身边有大侠，大侠有宝剑，谁敢欺负她，大侠会砍他们的头……

篱笆外的小径上，走来一对年轻的夫妻，皆是普通的农家打扮，浓眉大眼的丈夫肩上扛着锄头和柴捆，妻子手里提着镰刀和水壶，挺个大大的肚子，显已身怀六甲。

这夫妻两人看到自己家院子里坐着一个黄肤病秧子和黑脸的瘦小丫头，诧异地站住了："你们——"

枫雪色歉然道："对不起，我们兄妹路过这里，腹中饥渴，擅闯贵宅，失礼了！"

"啊，别、别客气！在家千日好，出门一时难，吃点东西算什么！"那农夫甚是朴实，说了这句话，便去将柴捆和锄头放在一边。

农妇看看桌上的碗筷，很实在地问道："够不够吃？我再去帮你们添些！"

枫雪色彬彬有礼地道："谢谢这位大嫂，我们够用了！敢问大哥大嫂，这是什么地方？距离这里最近的村镇是哪里，通往何处？"

农夫道："我们这个地方叫青梅岭，下了岭是竹马村，顺村子走不远，就是晓啼镇，然后再行两日，就可以到潞州！"

"谢谢这位大哥！我们兄妹还要赶路，就不打扰了！"枫雪色扶着桌子起身，朱灰灰立刻牵住他的手，另一只手挽住飞电风雪驹的缰绳，便要离开。

哪料到，枫雪色只是随她走出两步，突然又停了下来："灰灰，扶我坐回去！"

朱灰灰不明所以地"啊"了一声，依言又扶他坐了下去。

枫雪色将剑放在膝上，一层一层地解开缠剑的布，道："灰灰，你和大哥大嫂躲进屋里去，千万不要出来！"

朱灰灰心里一寒："有人追来了？"

枫雪色微笑了一下："只是一些小虾米而已！"

便在这时，突然听到空山之中，响起一阵怪笑，有人远远地道："枫雪色，你也太托大了，我九幽十鬼，在你眼中只是个小虾米吗？"

这声音初起时似在头顶，再听却在十数丈外，再再听却又近在身后，再再再听却又远在山边，一时之间，竟然分不清说话之人在哪里。

枫雪色微微冷笑："九幽雷音鬼，少故弄玄虚，出来吧！"

他的声音低沉，语调也非常平稳，然而到了最后"出来吧"三个字时，便如平地起了一个炸雷，声音一波一波地传了出去。

在他身边的朱灰灰和那农夫农妇听着犹不觉得怎么样，但那九幽雷音鬼却已受不住了，只听"咕咚"一声，从前方高树之上，跌下一个瘦小的男子，他摔了个狗啃泥，也不知道是把牙摔掉了还是怎么的，抬起头时，嘴上都是血。

朱灰灰一向喜欢落井下石，本能地想冲上去打落水狗，然而手腕一紧，旁边的农妇握住了她的手臂。

朱灰灰回头，看到她用另一只手摸着肚子，身子微微颤抖，知道这妇人非常害怕，于是安慰地拍拍她的手臂："你别怕，有大侠在，不会有事的！"

话虽如此说，她的心里也没底。大侠的眼睛看不见，敌人又是什么九幽十鬼的，这么恐怖厉害的名字，九加十等于十九，敌人这么多，十九人，典型的群殴啊，也不知道大侠打不打得过……

那个农夫毕竟是男人，见到情况不对，一把拉过妻子，不由分说，将她和朱灰灰一起推进房里，自己拎起锄头守在门边。那个妇人则把朱灰灰挡在身后，似乎是怕她一时沉不住气会冲出去，又似乎是怕万一有人冲进来会伤了她。

便这一分神的功夫，外面已经打成一团。大侠周围不知打哪儿跑出来一大堆人，滴溜溜乱转，跟走马灯似的，转得朱灰灰眼花缭乱，根本分不清有多少敌人。

只是，她却看得出，枫雪色在这些敌人围攻之下，动作越来越缓慢，那匹雪练似的剑光，渐渐地黯然失色。

朱灰灰心里大呼不妙。

敌人太多，而且似乎有什么阵法，大侠刚逼退一个人，另一个人便补了进来；刚躲过前面的攻击，背后又有人下了手。而且他们大多数是用一种弯弯曲曲、尖尖长长的蛇形杖，大侠连臂带剑，都不及人家蛇杖长，在对方七手八脚的攻击中，他两只手怎么打得过！

眼看枫雪色的情形越来越危急，朱灰灰从后腰里摸出菜刀，将嘴唇都咬出血来了。可是她却不敢出去！因为她知道，自己实在没用，如果就这样出去，不但帮不上忙，还会让大爷分心！她从来没有像现在这样恨过自己，原来自己是这样的一个废物……

那农家夫妻躲在屋子里，看着眼前的一切。农夫手里拎着锄头，牙咬得咯咯响，忽然回头看了妻子一眼，伸手在妻子的肚子上轻轻抚摸了一下，满脸的柔情："阿青，你要多保重，以后孩子就辛苦你了！"

一咬牙，他拉开房门跳了出去，大声道："枫雪城潞州丹枫堂属下黑罴星郑虎，护卫来迟，请少主恕罪。"

虽然在群敌围攻之下，枫雪色仍然提声答道："郑兄弟不必客气！"声音从容，丝毫没有紧迫受压之感。

朱灰灰大吃了一惊，她再怎么样也想不到，这个憨厚朴实的农夫，竟然会是枫雪色的下属！

那个农夫不待枫雪色话音落地，便扑了上去，一柄锄头虎虎生风，进退之间甚是刚健。虽然如此，他的武功实在低微，一个照面便被裹入阵中，脱身不得，身上被刺了好几个血洞。

枫雪色听风辨器，道："郑兄弟，你且到我身边来！"挥剑替他接下敌人的攻击，自己的发丝却被割下一缕。

现在，他不但要顾着自己，还要尽力保护郑虎不被伤害，左支右绌，处境更加难了。

那个农妇怔怔地看着，摸摸了隆起的腹部，眼泪突然流了下来，她擦擦眼泪，伸手拿过倚在门后的一根硬木顶门杖，缓步走了出去。

"枫雪城潞州静雪堂属下第十九香主蹑云剑孙青，见过少主！"朗声说罢，挺着门杖杀入战团。

她这一出声，不但朱灰灰晕，连那个农夫郑虎也晕了。他大力接下一招，喊道："老婆，你说什么？"他简直要傻了，没想到老婆居然也是枫雪堂的人，而且还是香主！

枫雪色秀眉微扬："孙香主，小心！"长剑一引，替她辟开通道，将她安全接入阵中。

"谢少主！"孙青挥着门杖接下攻向郑虎的一招，"虎哥，对不起！"

枫雪城虽然行事低调，但组织非常严密，即使同一堂口的兄弟，都不尽识，何况分属不同堂口。所以，她也是第一次知道，丈夫居然与自己同为枫雪城的下属！

"啊，没，没什么……"尽管有千言万语，此时却不是讲话的时候，所以郑虎只是憨憨地说这一句，挺身挡在了老婆的前面。

孙青虽然身怀六甲，但武功比郑虎高出了许多，夫妻二人合力，居然替枫雪色挡下了一面。

对于这突然冒出来的枫雪城部属，枫雪色毫不意外。

他枫雪城三十六万部众遍布天下，其中大多数人在无事之时都只是良民百姓，有些甚至一生也没有碰到过本城召集，只是，部众弟子不论男人妇女，都有一腔热血，一旦城中有事，便是舍生忘死。

枫雪色现在已经缓出手来，剑招绵绵击出，一时之间，局面渐渐扳平。

那九幽十鬼久攻不入，知是那对夫妻在碍事，心中恨极，互相使个眼色，其余之人佯攻枫雪色，暗中却抽出人手，加紧了对郑虎、孙青夫妻的攻势。

孙青挺着肚子毕竟身体不便，激战之中，隆起的腹部被重重扫了一杖，她被打得飞了出去，倒在地上低低哀呼一声。

郑虎抢将过去，一把抱住妻子，却见她的裙下，正喷出大股黑色的血，不禁心中疼极："阿青！阿青！"

孙青勉强抬起头，想要说话，却见一支蛇形杖正向丈夫刺过来，她来不及叫，拼尽全身力气，将丈夫推到一边。

郑虎一愣之后，发现一支铁杖已经从妻子高高的腹部穿了过去，将她钉在了地上。

郑虎疯了一般，挥着锄头扑了上去。

九幽开心鬼冷笑一声，蛇杖一抖，将孙青尸身抛脱，反杖向郑虎刺去。

郑虎却似已完全失去意识，不闪不避，任凭那杖穿过自己的胸膛，反而猛力向前一蹿，抱住了九幽开心鬼。

九幽开心鬼猝不及防，后手擂向郑虎的后心。

郑虎惨然一笑，张开口，牙齿一口咬住了九幽开心鬼的颈部大动脉，拼力咬断，血"噗"地喷了他一头一脸，他听着仇人的鲜血泉喷和自己肋骨碎裂的声音，安然闭上了眼睛。

片刻之间，这对夫妻连同未出世的孩子，便一起遇害。

望着这惨烈至极的场面，躲在房中一直从门缝偷看的朱灰灰腿一软，坐在了地上。想到刚才这对夫妻将她保护在身后的情境，她的心如刀割，身子抖得厉害。

"我不害怕，我不难过，他们死是因为他们太笨了，明明知道出去就是送死，还要出去……"

她碎碎念地告诉自己，忽然觉得脸上凉凉的，伸手一摸，却已泪流满面。

这难道就是大侠常说的，"义之所在，生死以之""明知不可而为之""虽千万人吾往矣"？

郑虎和孙青，一对籍籍无名的夫妻，却令朱灰灰第一次真正地体会，枫雪色孜孜不倦追求的"侠义"二字，其真正的内涵是什么！

枫雪色也听到郑虎孙青夫妇惨死，顿时目眦欲裂，他悲愤地长啸一声，长剑旋起满天的光，那光明亮至极，令人魂为之夺、目为之伤……

朱灰灰朦胧的泪眼也被这绚丽的光耀得生疼，不得不合起眼，待她再睁开的时候，外面的情形已然变了。

篱笆上、菜园里、瓜棚下、葡萄架下……横七竖八倒了一地的尸体。

仅剩下的一个人，持着蛇杖与枫雪色的剑胶着在一起。

九幽大头鬼拼死对抗，可是枫雪色实在太强大了，在其内力逼迫下，蛇杖像被一座山压住，一点点向他头上落去。他咬牙催动内力，妄图将那把可恶的长剑逼退回去。然而剑只是稍微停了一停，便再次缓缓地压将下来。

大头鬼的嘴边流着血，怒瞪着枫雪色，拼命抵抗。然后，他便发现枫雪色那双眼睛，似乎……没有一点神采……

他忽然想起，自从对敌以来，枫雪色不论是怎么样的处境，都是坐在石凳之上，没有移过身子，他心中一动：莫非，他的眼睛……

他费事地挪开一只手，在腰里一摸，掏出一把短短的匕首，试探着缓缓向枫雪色刺了过去，一寸、两寸、三寸……枫雪色毫无所觉。

大头鬼心中大喜，看来，自己猜得对了！他将力气全移到这只手臂上，将匕首一点点地刺向枫雪色的腰部。

眼看匕尖已碰到他的腰带，脑后突然恶风扑来，他回头一看，一个黑炭似的丫头正挥着一把大号菜刀，狠狠地向他的脖子剁过来。

一惊之下，他来不及变招，松手扔下蛇仗，就地滚开，躲过了这背后偷袭的一菜刀。

朱灰灰不等他站起身来，扑上去接着又砍。本来以她的那两下子，想砍上九幽大头鬼那简直如同太阳从西边出来！

可今天太阳还真就从西边出来了！

大头鬼本来身上就负了重伤，又因为刚才松手扔杖，被枫雪色的内力压得吐了好几口血，全身骨软筋麻，毫无力气，再加上朱灰灰激奋之下，速度也快得出奇，竟然真的一刀砍在大头鬼的屁股上。

朱灰灰心中甚是遗憾，她本来奔着敌人的脖子去的，谁知没瞄好，差了一大截……

大头鬼拼尽最后一分力气，忍疼回腿一扫，踹在朱灰灰的小腿上，将她踹飞出去。

朱灰灰耳中听得"喀"的一声，知道可能是小腿断了，疼得眼前发黑。但她仍握紧菜刀不松手，咬着牙向大头鬼爬了过去。老子就算疼死也要先把你的大脑袋砍下来！

大头鬼放声大呼："他眼睛瞎了！他眼睛瞎了！他眼睛……"声音远远地传了出去，最后这句只呼出一半，枫雪色的剑已穿进了他的心窝。

从朱灰灰挥刀扑出，到大头鬼毙命，其实只不过是瞬间发生的事情。

枫雪色咳出一口血，停了一停，道："朱灰灰！"声音里满是担忧。

"小……小的在！"朱灰灰疼得都要昏过去了，却仍然勉力回答。

枫雪色身形微微一晃，来到了她的身边，伸手一摸，却只摸到她满头的汗。

"伤在哪里？"

"没……没事，可能是……左腿断了。"

朱灰灰咬着牙说，其实她很想放声大哭来的，可是不知为何，目光一落到郑虎孙青的尸体上，尤其是看到孙青那隆起的肚子，便觉得眼中喷出来的都是火，那一点点痛泪，不等流出来便被烧干了！

枫雪色伸手摸摸她的小腿，轻轻"嗯"了一声，道："没有断，应该是骨头裂了。

顺手摸索，手指碰到竹篱笆，他削断两根竹竿，撕下衣襟，简单将她的小腿固定住，安慰道："灰灰，你且忍一忍，等我们杀出去，再好好为你治伤！"

朱灰灰忍痛道："大侠，我没事，您老人家放心！"

枫雪色摸摸她的头发，心想，这孩子，乖起来了。

"九幽十鬼，已经全死了吧？"

"是、是的！"朱灰灰道。地上除了郑虎孙青夫妇，另有十具尸体——原来九幽十鬼只有十个人哦，她还以为十九个呢，吓得她！

"好，我们安葬了郑虎夫妇，然后杀出去！"

"是，大侠！"朱灰灰从地上爬过去，拾起郑虎的锄头，枫雪色拿了，去到菜园里挖了一个大坑，然后在朱灰灰的指示之下，将郑虎夫妻的尸体放入坑中，填土埋了。

朱灰灰一边帮着盖土，一边说道："大侠，我永远都会记得他们！"

朱灰灰想起孙青抚摸自己腹部时那心碎不舍又悲壮的表情，忍不住又掉下眼泪。

这对夫妻，男的不英俊，女的也不漂亮，武功也不高，可是义之所在，便不顾性命，不顾未出世的孩子。舍生取义，大概就是这个样子的吧？

枫雪色俊颜清冷似雪，声音平静："我也会记住他们。"

尽管这对夫妻在枫雪城遍布大江南北的三十六万部众中，只是名不见经传的小角色，尽管他甚至连他们长什么样子都没看见，但是，他一定会记得，这两个人的鲜血，为枫雪城添上浓浓的一抹壮烈——他并不知道孙青身上怀着孩子，如果知道，只怕会更难受。

〈 19 〉

天际，铅色的云沉沉地堆叠着，虽是欲雨未雨，却更将人的心压得闷闷的难受。

已近黄昏时分，竹马村外，一座孤零零的院子，院子里有几间茅草屋。

独居的陈婆婆在正房的外面，看着这样的天，发出一声叹息。

屋顶的茅草已经很旧了，下雨的时候，房子漏雨非常厉害，风稍微大一些，还会卷飞茅草，要是再不苫一下房顶，这次的雨，这两间茅屋也许就撑不过呢！

陈婆婆踮着小脚，到侧间的柴房里搬出一架竹梯，小心翼翼地架在房顶上，然后又费事地抱来一捆密实的草苫子，吃力地把草苫捆在背上，然后扶着梯子，粽子般的小脚踩着竹梯，颤巍巍地往上爬，打算将草苫铺上屋顶。

以前，老头子还在的时候，这些活都是他做的，她只要站在屋檐下递递工具就可以了。可是自打去年冬天老头子一个人走了之后，留下她一个无儿无女的孤寡老人，已经没有任何人可以依赖，所有的事情只好自己做。

一级、两级、三级……

梯子可能是没有放稳妥，承受了人体的重量，竟然向一侧滑了下去。

陈婆婆失声惊呼，以她这把年纪，这一下摔实，不死也得断几根老骨头……

旁边突然伸出一只手，稳稳地托住了梯子，稍停了停，梯子被缓缓地送归原位。

陈婆婆惊魂甫定，低头向下看去。

入目但见一张暗黄的面孔，好似病入膏肓的模样，但细瞧下眉眼极为俊秀，一双眼睛明亮而深邃，面上带着温和的笑容。

"你没事吧，婆婆？"

听到身后清脆的声音，陈婆婆回过头来，发现不知何时，从后面的山径上，正缓缓走来一匹马。

那匹马长得很难看，毛灰不灰白不白的，身上还有一块块似乎癞疤的东西。然而它长得再丑，也丑不过它背上的那个人。

那是一个很丑很丑的小丫头，脸黑似炭，穿着件很不合体的粗布衣衫，一条左腿用布带和竹片固定着，腰上还别着一把菜刀。

陈婆婆慌忙回答："没、没事，谢谢！"下意识地向院子看看，篱笆的门关得好好的，她有点想不通，这黄肤的病人，是怎么样突然出现在自己院子里的？

黄肤病人一只手稳着木梯，另一只手将陈婆婆扶了下来。

这时，那丑人丑马也来到跟着，隔着篱笆，那丑小丫问道："婆婆，请问这里是竹马村吗？"

陈婆婆摸不清这两个人的来路，所以只回答了一个"是"。

"大侠，我们进村吗？"那丑丫头问道。

黄肤病人摇摇头："不进，我们绕过去。"

这两个人，正是枫雪色和朱灰灰。

郑虎孙青夫妻的死，让枫雪色很悔、很痛，所以早就决定，在自己伤好之前，一定要避开人群，这样万一再发生什么事，也不会连累旁人。

"哦！"朱灰灰答应了一声，问，"婆婆，您是要铺房子吗？"

"是。"

"呃——如果我帮您铺房子，您可不可以送些吃的给我们？"唉，要不是大侠毛病太多，她哪里用得着为了吃口东西，去帮人家干活嘛！瞧这个婆婆养的鸡多肥啊！啧啧，那只翘着黑尾巴的大公鸡，烤起来一定很好吃……

婆婆瞧见那黑丫头一双贼溜溜的眼睛直瞄着院子里散放的鸡，不禁吓了一跳，急忙上前两步挡住她的视线："哦，好！只是我家没什么好吃的东西，中午蒸的野菜包子，倒还有几个……"

朱灰灰喜上眉梢："菜包子好歹也是包子！"就自己和大侠这样的，瘸的瘸瞎的瞎，不定哪会儿被人"咔嚓"了，连菜包子都吃不上呢！

"大侠，麻烦您老人家把我扔到房上去！"要把房子铺得漂漂亮亮的，说不定婆婆可以多给几个包子。

枫雪色微微而笑。

这丫头成天小偷小摸，倒偷点值钱的东西啊，却不是包子就是鸡，总偷这些便宜货，搞得身上从来都一个子儿没有，穷得叮当响。好在他的身上带有银票，要不然这一路之上，两人只怕得讨饭了！只是，这位老婆婆是要苫房子吗？倒不妨一起帮帮忙。

陈婆婆觉得眼睛一花，那病人已经到了篱笆外面，小心翼翼地将马背上的丑小丫抱了起来，然后她的眼前又是人影一闪，那病人竟然已经托着丑小丫站在了屋顶之上。

陈婆婆不禁目瞪口呆，这两个人是……是神仙吗？不不不，神仙哪有长成这个模样的，多半是山上的精怪……

枫雪色轻轻地将朱灰灰放在房顶上，一掠而下，温和地道："婆婆，麻烦您把苫子给我。"

"哦，好，好！"陈婆婆忙不迭地将草苫子递给他。

枫雪色抱着草苫，重新掠上房顶，递给朱灰灰："灰灰，你会苫房子吗？"

"会啊！我别的不会做，就是苫房子最拿手了！"朱灰灰撒谎道。其实她从小到大，拆房瓦、堵烟囱这类的事情倒干过几十回，还真没有苫过草房。

不过，没吃过猪肉，也看过猪跑，她回想着曾经见过乡里人苫房的情景，学人家的样子，把草苫铺到下面，然后又让枫雪色运到房上好几捆整理好的苫草，对着房檐的方向，一层层码放整齐，又用工具压实，折腾了大半天，总算把房顶补好了，外观看上去也不错。

"大侠，成了！"

枫雪色立在她的身边，用手摸了摸房顶，感觉似乎比较厚实，于是赞赏地点了点头："手艺很不错！"

朱灰灰只是"呵呵"一笑，脸也不红一红！她一向懒惰，干活也马马虎虎，现在这房子表面挺光溜，但漏不漏雨就不知道了，反正她已经把草都对付到屋顶上了。

枫雪色拎着她的衣领跃下。

朱灰灰也不客气几句，立刻将一双小黑爪伸到陈婆婆面前："包子拿来！"

陈婆婆一迭声地答应："好！好！"踮着小脚回到房里，拿了一只小小的竹篮，装了四五个菜团子出来。

她有些歉然："只有这些了！姑娘，你怎么……"

"咳，突然……肚子疼！"朱灰灰腰弯得像个虾米，抱着肚子，愁眉苦脸地道。

"那……你要不要进来休息一会儿？"陈婆婆好心地问。

"不用了，我们还要赶路！"朱灰灰似乎疼得连腰都直不起来，伸手拿过篮子，挎在肘弯，"婆婆再见！"

"再……再见！"陈婆婆道。

枫雪色深深地叹了口气，从怀里摸出一沓银票，抽出其中的一张塞到婆婆手中："婆婆，这个是买您食物的钱！"

陈婆婆慌忙缩手："不行不行！几个菜包子，又不值钱，何况你们还帮我修房子！"

枫雪色苦笑了一下："不仅仅是买包子的钱，您就收下吧！"

说完，手臂一伸，拎起朱灰灰，身形掠起，上了马背，提缰催马而去。

陈婆婆愣愣地看着他们，再看看手中的一百两银票，又惊又喜，如坠梦中。她怔了半晌，回过头来，忽觉似乎有什么地方不对劲，琢磨了半天，不禁"啊"了一声。

那只一直在院子里领着妻妾孩子闲逛的报晓大公鸡不见了！

枫雪色很是生气。

朱灰灰这丫头真的没有吹牛，她实在是一把偷鸡的好手！在婆婆的院子里，他只听到一下发自喉咙深处那种极轻微的"咕"声，然后那只耀武扬威的大公鸡便没了声息。前前后后也不过是一弹指的时间吧？那只鸡就被扭断了脖子，藏进了她的衣襟下面。快到他都来不及阻止！

"朱灰灰！"他压抑着满腔的火气道。

朱灰灰摸着藏在肚子下面的大肥公鸡，正满心愉快，根本没有听出他声音的异样，大声地回答："小的在！"

枫雪色冷冷地道："把你的手伸出来！"

"是，大侠！"朱灰灰把一只小黑爪子伸出来，"伸出来了，大侠，什么事啊？"

"我要砍下你的一只手！"顺手从朱灰灰的腰上把菜刀摸出来砍过去。

朱灰灰吓得魂都飞了，缩手不迭，直接从马上栽下来，刚巧撞到伤腿，疼得她趴在地上大叫："为什么砍我的手？"从前都只有威胁砍腿砍头的，她的手又怎么招他了？而且居然还真的上菜刀，也太过分了吧？

枫雪色本来还想好好吓唬朱灰灰一下的，可是听到她声音里的痛楚，心里软了一些，但仍板着脸道："朱灰灰，你最好记住了，如果再给我捉到你偷东西，哪只手偷，我就砍掉你哪只手！"随手将菜刀一抛，"嚓"地钉在朱灰灰的小爪子边上。

"我……"朱灰灰看着那柄紧贴着自己手指的菜刀，瞪大眼睛，半天合不拢嘴。

"你什么？"

我问候你奶奶！朱灰灰心里痛骂，嘴上却不得不服："我……我不敢了！"

她偷偷地抹去头上的冷汗！别以为大爷眼睛瞎了就好欺负，刚才那一菜刀，是大爷明摆着的警告，他要是真的想砍，自己就算真长着三只手，也会被他剁去了！

枫雪色冷冰冰地"哼"了一声，骑在马背上，居高临下地向她伸出一只手。

朱灰灰胆战心惊地问："又……又干吗？"

"上马来！"

"不……不要！"上马干吗？离得近了，你砍着方便啊？

"上来！"枫雪色简直是声色俱厉的。

朱灰灰害怕了："是……是大侠！"

心里恨自己恨到不行：这大爷实在不值得同情，要不是心软回去接他，现在自己早已逍遥自在去了，哪轮到他大声训斥！

但大爷的话不敢不听，她拾起菜刀，重新掖回腰上，一瘸一拐地走到马屁股后面，赌气偏不去拉他的手，扳着马屁股往上爬。

飞电风雪驹腿长体高，她便是腿没有受伤，想从马屁股后上马也困难，何况现在还跛着一条腿！飞电风雪驹耐着性子等了半天，发现这女流氓在自己的屁股上又拍又摸，嘴里还念念有词，忍了又忍，还是看在熟人的面子上，才没抬腿将之踢飞。

它的主人可没有这么好的耐心，枫雪色冷眼等了一会儿，终于不耐烦了，伸手揪住她的衣领提了起来，放在自己的身前。

朱灰灰已经被他拎习惯了，而且又在生气中，紧紧闭着嘴，居然一声牢骚都不发。

马上空间狭小，这样一来，就等于朱灰灰倚在枫雪色的怀里。

他的胸膛很宽，结实有力，也很温暖，倚在上面就像依着一张靠椅，舒服又踏实，朱灰灰下意识地往他的怀里偎了偎，背部感觉到他有力的心跳，自己的怒气和委屈都不翼而飞，羞涩甜蜜的感觉倒一点点涌了上来。

不对不对！咱是个有骨气的人，不能因为靠着他省力舒服，就这么没气节！她立刻身体前倾，俯向马头，离枫雪色尽可能的远。

枫雪色不动声色，握着马缰绳，任马缓缓地向前行走。虽然朱灰灰因为生气，尽力离他很远，可是她的发丝被风吹着，仍然时不时地拂上他的面颊，带着一股淡淡的香气，似花非花，似麝非麝。

这香味虽然很淡，却很好闻，他不由纳闷，这么脏这么不爱洗澡的一个小孩儿，不臭到熏死人已属不易，怎么会是香香的呢？这香气是哪里来的？

走了一会儿，他忍不住开口道："朱灰灰！"

朱灰灰爱答不理地道："小的在。"

"你——你身上带着什么香料？"

朱灰灰回过头来，纳闷地看了他一眼："没有啊！"

"没有？"枫雪色实在纳闷，再次嗅了嗅，随着她的动作，这味道又浓了许多，肯定是从这脏小孩儿身上散发出来的，不会错！

朱灰灰看了他一会儿，担忧地开了口："大侠——"

虽然她仍然因为砍手的事在生他的气，可是——大侠的眼睛本来已经看不见，要是鼻子再出毛病，那可就没活路了！算了，她大人不计小人过，好歹也要关心一下嘛！

"嗯？"

朱灰灰把鼻子拱进他的怀里，用力地吸气。咦，大侠说得没错，确实有一股淡雅的香气氤氲在鼻端，清新的，带着点冷冷的气息，吸进肺里，连她的心都感觉到无比的宁静平和。

她好喜欢这种味道，大力地嗅啊嗅。

枫雪色给她闹得鸡皮疙瘩都要冒出来了："你干吗？"

"确认完毕，您的鼻子没有问题，确实有股很香的味道！"朱灰灰跟大爷报告。

"什么嘛！"枫雪色有些好笑地推开她的头。这孩子真是傻！

两人说了这几句话，刚才闷在肚子里的一点气，都被抛在一边。

朱灰灰看看马儿走的路线："大侠，我们这是去哪里？"

"不知道啊。"

"啊？"

枫雪色把马缰交到她的手里："你催马赶路，避开村落，看到三界碑的时候告诉我。"想了想，怕这家伙不认识三界碑那几个字，又道，"三界碑是一块褚红色的石碑，很高，很好认。"

"知道啦！"朱灰灰接过马缰，催马从左侧绕过竹马村，又问，"不过我们去那个三界碑做什么？"

枫雪色简单地道："三界碑东行不远，有一座荒废已久的三界寺。"

数年前，他曾途经过这个地方，当时也曾在那座寺中小憩。此时，他早已闻到空气中有雨的味道，目前又不能进村投宿，所以，只好暂时去那个荒寺借住。

而且，虽然从青梅岭下来的一路上，他们没有再遇袭，但这并不意味着就此太平。九幽大头鬼临死之时狂呼的那句话，估计早已被暗中隐藏的无数敌人听了去，所以，一定会有更残酷的伏杀在等着自己。

现在，他要把他们引到三界寺去！

空旷，荒凉，远离人烟，再加上瓢泼大雨，三界寺，正是解决江湖仇杀最完美的地方。

枫雪色的想法，朱灰灰当然不知道——否则她宁死也不会去那个三界寺的。

与其说是荒寺，还不如说是丛林中的一处废墟。

三界寺实在破败不堪，山门还在，院墙却没了，荒烟蔓草中，到处是鸟兽遗迹，房屋大多东倒西歪，唯后方一间正殿，房屋保存比较好，除了檐角有些塌陷，房顶上的野草过长外，还算结实。

朱灰灰将马牵到廊下，放它去啃青草，然后推开偏殿的门，拉着枫雪色的手一起走了进去。

偏殿里到处都是灰尘和蛛网，残破的佛像金装剥落，歪在一边，供桌倒还干净，上面铺着干稻草，墙角避风的地方，也散乱地堆着稻草。

这种环境，朱灰灰一点也不陌生，她到处流浪的时候，根本没有钱住店，多半的晚上，都是和朱花花住在这样的地方。

她抱了一些干草过来，铺在地上，口中道："大侠，您将就着坐啊！"扶着枫雪色坐上去。

她又去大殿内外拾了一些枯枝杂草，熟练地在殿中生起了一堆火，然后蹲在殿角鬼鬼祟祟地鼓捣东西。

枫雪色鼻端闻到一股血腥气，问道："你在干什么？"

"没干什么。"朱灰灰说。

枫雪色微微冷笑了一下，感觉有风扑面，随手一挥，拂开了飘过来的一片羽毛。

其实不用问他也知道，她肯定是在收拾那只偷来的鸡！唉！他真是头疼死了！这丫头简直油盐不进，不论怎么教导、怎么吓唬，那身坏毛病就是打死都不改。

偏殿里鸡毛乱飞，朱灰灰一边忙着拿菜刀给公鸡开膛破腹，一边道："大侠，你说过，不吃偷来的东西，对吧？"

"怎样？"

"不怎样！就是确认一下而已！"朱灰灰把鸡收拾利落，也没找到水洗，便这样血淋淋地用枝杈穿了，拿到火上去烤。

她一边烤鸡，一边笑吟吟地道："这只鸡原来只是毛长，长得却不太胖，刚好只够小的我自己吃。大侠反正只吃包子，这样很好！"

她拍着自己准备用来"销赃"的肚子，心满意足地叹了口气，然后将装包子的竹篮放到枫雪色的怀里："大侠，您请，不用跟小的客气！"

婆婆蒸的包子很大，虽然缺油少盐，但野菜馅自有一股清新恬淡的滋味。不知怎么的，明明是自己坚持的，捧着野菜包子的枫雪色却感觉心里有些小闷，所以只吃了一个便放下了。

朱灰灰转着烤鸡的树杈，感叹道："要说鸡，还得是青阳城孙寡妇养的好吃！那鸡是吃断梦草的籽和虫长大的，肉味非常鲜香甜美。可惜上次在雁合塔之后，就再也没吃到过啦！"

枫雪色问道："就是不吃不喝兄弟遇害的那次？"

朱灰灰很没良心地笑道："就是啊！要不是那两个胖子好巧不巧赶来送死，说不定当时被杀的人就是老子……小的我啊！"

这句话让枫雪色很想打她！他深深地呼出一口气，冷冷地道："送死也不必争早晚的，说不定，一会儿就轮到'小的你'了！"

朱灰灰侧头看看他："啊？什么意思？"

枫雪色没有理她，只是把用布包裹着的剑，拿过来横在膝上。

朱灰灰一看人家把剑拿到手边了，立刻坐得离他远远的，心中窃窃地笑，她知道他在生气。哈哈，谁让他就会装蒜了？想吃她的鸡就说嘛，不好意思说，就想拿剑抢吗？哼，要是给你抢到，那才怪呢……

正在琢磨着，忽然听到外面一阵乱糟糟的吵闹，伴随着"咚咚、咚咚"的脚步声，不但地面是震动的，连晚天暮鸟都一阵乱飞。

"老大，刚才你多吃了两个馒头！"

"你哪只眼睛看见我吃了？是老二吃的！"

"不对！不是我！是老三吃的！"

"我拍死你！"

"那就是老五吃的！"

"明明是老大吃的！老大还多吃了半斤牛肉！"

"对对对，我也看到了！"

"……"

听到这乱七八糟的声音，朱灰灰脑海中立刻涌现出五个手拿巨大金刚杵的傻大个子，叫什么来着？对了，齐云五义！她忍不住低低惊呼："大侠！"

枫雪色以手覆额，秀眉皱成一团："吵什么吵！"

"我没吵！是他们吵！那五个傻子！"

"别胡说！他们不是傻子，就是……就是有点头脑不清楚。"

"……"那不一回事嘛！

两个人说着话，那五个傻大个儿之一，一脚踢开偏殿的破门，走了进来。

朱灰灰一看到那十只船一样的大脚丫和五只梁柱一样的金刚杵，立刻往枫雪色身边靠了过去，顺手把菜刀握在手里，心中打定主意，要是这五个人趁大爷眼睛不方便，冲上来动手，她就找机会剁他们的大脚丫！

然而，那五个人进来只是看了他们一眼，见是一个病人和一个比他们还丑的黑丫头小不点，也不理会，坐到地上，你一言我一语，还在为谁多吃了馒头牛肉而纠缠不清。

枫雪色眉头紧蹙，一只手按剑，另一只手的手指放在太阳穴上轻揉。他实在无比地悔恨，早知道会在三界寺碰到齐云山会智大师的五个饶舌鬼徒弟，宁肯冒着雨赶路，也不到这个地方来！

朱灰灰也被五个浑人吵得头晕，有好几次都想插嘴进去，和他们一起挑拨斗嘴，终于还是怕了人家的大脚丫和金刚杵，拼命咬住了自己的舌头忍住。

她压低了声音："大……咳，您老人家头疼吗？我帮你揉揉吧！"悄悄掐了自己一把，笨蛋！在外人前面叫大侠，那不等于招认自己是谁了吗？

枫雪色摇摇头。

"要不……我给你抓两把鸡毛塞耳朵？"朱灰灰好心地问。

枫雪色的唇角微微挑了一下："你的烤鸡糊了！"这笨丫头！他的眼睛本来已经看不见，耳朵如果再用鸡毛塞住听不见，那不等于任人宰割了吗？

朱灰灰急忙去翻动烤鸡，便在这个时候，一阵旋风挟带着雨意扑了进来，火焰暗了一暗，随即大亮，发出竹木烧爆的"哔啵"声。

她有些诧然地抬头看看，殿门处，正缓缓走进来一个人。

这是个女子。

身上的衣衫布料很粗，已经洗得发白，有的地方细致地打着补丁。她的头发很黑很长，用一根粗布的带子简单地拢在一起，鬓角压着一簇小小的紫，细看去纤绒微扬，却是一枚小小的紫色羽毛。

她就那样安详地、安静地、安逸地从破旧的殿门外走进来，衣角飘扬间，柔柔的、美美的，然而眉眼略扬的时候，却又是烈烈的、冷冷的。

望着她，朱灰灰觉得眼前倏然明亮，心却莫名其妙地静了一静。

这是个柔静而刚烈的女子，矛盾的综合体。

好美的女子！

美得连从她左眉际划过高高的鼻梁，划过精致的脸颊，一直划到尖尖右下额的那道深深的刀痕，看上去都冷艳无比！

这个女子的身后，跟着一只奇怪的动物，似乎身子被劈掉一半似的，有两条半腿、一只眼睛、一只耳朵、半条尾巴，黑色的身躯上布满大大小小的伤疤。

朱灰灰看了老半天，也没分辨出那是一只狼，还是一只狗。

反正就是一只残疾的、黑毛的、全身疤的东西。算了，且当它是狗吧！

这个女子和她的狗，与自己和花花刚好相反。

她那是人美狗丑，咱家是人丑猪美——她的朱花花，到哪儿都是帅猪哥一枚，勾引人家的小猪妞还从来没有失败过！

那女子走到火堆边："请问，可以坐吗？"声音柔柔的，微微有些沙哑。

"别客气，你请坐！"

朱灰灰对这女子很有好感，立刻殷勤地清理出一块地方，请那女子坐下。

那女子微微点头，坐在地上。明明连一根眉毛都没有动，但朱灰灰却感觉她对自己笑了一笑，心中竟然很有些受宠若惊。

"这位姐姐，你的这只……这只狗很特别！"朱灰灰搭讪道。她觉得自己好奇怪，平时碰到女人，不管多大年纪的，第一个念头肯定是去占她的便宜，一定要吓得她吱哇乱叫才觉得开心，可是这个脸上有一道疤痕的女子，却让她莫名地仰慕，很想和她亲近。

那女子却只是"嗯"了一声，目光望着殿外，答非所问地道："马上就要下雨了。"

"是啊，一定是场大雨呢！"

朱灰灰想和她多说几句，但那女子却不再作答，只是望着殿外灰沉沉的天空，静静地出神，一双剪水秋瞳里，似乎蕴藏着无数的心事。

那种盈盈如水、皎皎如月的眼神，令朱灰灰这样没心没肺的人，看了也觉得莫名其妙心里一疼。她不明所以地在自己的胸膛上揉了一下，悄悄扮个鬼脸。恰好鸡烤得也差不多了，她撕下一条鸡腿，碰碰枫雪色："大、大、大……大哥，要不要尝尝？"又差点说走嘴！

枫雪色温言道："你自己吃吧，我已经吃饱了。"

朱灰灰把鸡腿放到嘴边，刚要咬，犹豫了一下："这位姐姐，你也尝尝吧，我们这里还有包子哦！"平时，除了朱花花，谁想从她嘴里抢一口东西吃，那简直比登天还难，今天还真是难得地大方！

那女子却只是轻轻摇头，然而，朱灰灰却又有那种她在对自己微笑的感觉了。

她纳闷地摸摸头，却也知道人家不爱说话。好在殿里还有五个闲得发疯不住拌嘴的傻大个，倒也不显沉闷无聊。

她虽然好吃懒做，但食量并不大，啃了一只鸡腿加一只翅膀也就饱了，于是将剩下的鸡送去喂那半条狗。

谁知那半条狗却高傲得紧，根本连看都不看她的半只鸡一眼。朱灰灰好生感慨，同样是人养的宠物，她的花花越养越馋嘴，跟人家的狗云泥之别。

朱灰灰不禁嘟了嘟嘴，伸手按在嘴巴上，打了个哈欠，嘴巴还没有合拢，便看到门口一个妙龄女子扶着个年迈体衰的老婆婆，小心翼翼地走了进来。

朱灰灰一看到那老婆婆，做的第一件事，就是把脸藏到枫雪色的背后。

晕咧！一地的鸡毛还没处理呢，苦主儿就找上门来了！

来者，正是那个丢了鸡的陈婆婆。

陈婆婆年纪虽然不小，眼睛倒还不花。朱灰灰躲得虽快，却仍被她一眼看到。

她指着朱灰灰跟那个妙龄少女哭诉："是她！就是这个黑丫头偷了我的鸡！啊呀呀！你看看，鸡毛还在这里！我可怜的鸡啊！你自己就这么去了，却留下一堆的孤儿寡母，你叫它们如何活下去啊啊啊啊……"

陈婆婆跺着脚，腔调里带着颤音，叽叽歪歪哭诉。

朱灰灰硬着头皮不认账："谁、谁、谁、谁偷你家的鸡啦！"

"就是你这个黑炭头！"陈婆婆抓起一把鸡毛，仔细看了看，接着哭，边哭居然还边拿拐杖来打朱灰灰。

朱灰灰跳着一只脚，狼狈不堪地左躲右闪："喂喂，你再打我可还手了啊！"

扶着陈婆婆来的那个妙龄女子踏前一步，气愤地道："你偷了婆婆的鸡，难道还想打人吗？"

"不就拿了她一只鸡嘛，我还帮她修房子了，你怎么不说啊！"

"你帮婆婆修房子，便可以拿人家的鸡？你可知道，婆婆就指望这些鸡生蛋换些油盐，现在被你偷吃掉了，她以后怎么办？"

闻言，朱灰灰心里有点内疚，但仍犟嘴道："你家公鸡会生蛋？你生啊，生一个让我看看！"

朱灰灰忙着跟那妙龄女子斗嘴，一不小心，屁股上挨了一拐杖，这婆婆年纪虽老，力气却不小，打得她臀部上火辣辣地疼，她气急败坏地骂道："你个死老太婆，手这么黑，想打死老子啊！再打我可真的还手了！"

"你打你打！有本事你就打死我！反正我的鸡也被你杀了，我也不想活了！"陈婆婆一头向她撞来。

朱灰灰被她撞了个跟头，气得七窍生烟："你当我真不敢打你是不是！"这死老太婆简直是个老无赖，跟自己有一拼！别以为她年纪大自己就不好意思揍她，咱还有绝招没出哪！

她坐在地上挽起袖子，趁那老婆婆又拿着拐杖打过来的时候，猛然使出了必杀术"骚扰女人变态绝技之第三式——魔爪抓胸！"

十指碰到两个软绵绵的东西，狠狠地一抓，然后定睛一看，顿时"啊啊啊"地大叫起来。

自打老太婆挥着拐杖找朱灰灰拼命，齐云五浑早就不吵了，五个蹲成一排，在那边看热闹。

此时，看清楚朱灰灰手上抓的东西，五个大嗓门立刻一块儿跟着叫："两个馒头！"

陈婆婆一双老眼里，突然射出针一样的光芒，刺得朱灰灰肌肤生疼，拐杖继续向朱灰灰击下。

朱灰灰来不及多想，馒头一丢，就地向一边滚去。

枫雪色突然拔剑，一剑刺向陈婆婆。

那陈婆婆挥拐一架，那雪亮的剑光却缠绕着杖身，向她的手臂蜿蜒而上，她被迫撒手扔杖，倏然向后退去，竟然极为敏捷。

枫雪色听得脑后有锐风扑来，并不起身，只是回剑一挡，"铮"的一声，将那妙龄女子手中的一柄软剑挡了开去。

朱灰灰在地上爬了几步，爬到枫雪色旁边，哭丧着脸道："大侠，这个婆婆是男的！"

一生气，随手将从人家胸部抓出来的两个馒头扔了出去，却没留神，两个馒头正扔向先前那一女半狗。

那半条狗突然腾空跃起，半条尾巴迎空一抽，打飞一个馒头，另外一个被它扑了下来。它落地之后，两条半腿站立不稳，打了两个滚，然后颤颤地又伏到那女子足边。

朱灰灰的眼睛都直了，啧啧，瞧瞧人家的狗狗，虽然只剩下一半了，都会飞的！

那妙龄女子和男婆婆瞄了瞄这半条狗，突然想起一个人，两人互望了一眼，脸色变了变，微微躬身，向那女子行了一个礼。

那女子望也不望他们，只是轻轻点点头，目光落到殿外，看着漆黑的天光，黑眸清亮如夜。

在夜的背后，掩藏着隐隐的忧伤。

朱灰灰把这种微妙的动作看在眼里，心里一慌，他们是一伙的！

枫雪色沉声道："来者，可是'狼狈为奸'夫妇？"

那男婆婆"嘿嘿"笑道："在下陈一郎，听说枫公子眼睛不太方便，我们夫妻便赶过来瞧瞧！"

枫雪色淡淡道："既知枫某眼睛不便，两位如此做作，岂非多此一举！"

陈一郎很是无耻，道："反正闲着也是闲着，就演出戏给枫公子看看，虽然枫公子看不见，可咱们夫妻，一样要收利钱！"

那妙龄女子宋小贝道："枫公子，这就得罪了！"

这对夫妻号称"狼狈为奸"，在武林中出了名的狡猾，本来开始也是在青梅岭上伏击，准备捡九幽十鬼的便宜的，可是后来九幽十鬼一个接一个地伏诛，他们见势不妙，便不肯出来。九幽大头鬼濒死的惨呼，他们听得清清楚楚，却怕是他临死拉垫背的，故意骗人，所以根本不敢上去。

枫雪色眼盲，朱灰灰腿受伤，两人共骑，又是走在陌生的山路上，所以行得甚缓。"狼狈为奸"二人便远远跟在马后，跟到竹马村，眼见他们为老婆婆修房顶，然后又一路跟到三界寺。

他们知道那个黑丫头是个饭桶，所以根本也没把她放在眼里，一开始的目标便在枫雪色上，因此假借和朱灰灰争执的机会，妄图接近枫雪色，以图暗杀。谁料却被那丫头的黑爪子将怀里冒充女人的两个馒头揪了出来，一下子便被揭穿了。

枫雪色慢慢地问："那位真正的婆婆，已经死了吧？"

"狼狈为奸"夫妇谁也没有回答，算是默认了。

想到又有一个人受到自己的连累，一股怒气冲上枫雪色的心头。他一语不发，提剑刺了过去。

还用得着啰唆吗？这对夫妻是来杀他的，因为他，他们还杀了一个无辜的老人！

"狼狈为奸"夫妻两人刀剑合璧，功夫非常厉害，两人一守一攻，互相回护，兼之为人奸猾，欺枫雪色眼盲，故意出招无风。

枫雪色听不到声音，果然便落在下风。

他眉头一挑，忽然不再管敌人攻来的刀剑，而是以极快的速度，招招抢攻，逼得那对夫妻手忙脚乱，连连后退。可是他们退得远了，枫雪色却也因为眼睛看不见，无法上去追击，这场打斗一时陷于胶着状态。

朱灰灰抱着头蹲在供案下面，看到那对夫妻互相使眼色，知道他们又在打鬼主意，心里暗暗发愁，怎么样才能帮上大侠呢？

朱灰灰还没想好对策，一直蹲在一边看打架的齐云五浑却又热闹起来。

巴老大粗声粗气地道："他就是上次给我们药的小白脸？"

"哪可能，他的脸一点都不白。"

"可是那个怀里藏馒头的人妖婆婆，刚刚叫他枫公子！"

"那也不一定就是那个小白脸，长得一点都不像！"

"我说很像，他拿的那把又白又亮的剑很像！"

"老五说得对！依我看他是吃坏了肚子，上次老大拉了四天的肚子，脸不也是黄的嘛，比他还黄呢！"

"什么吃坏了肚子！那两个人不是说，他眼睛看不见嘛！"

"管那么多，我去拍死他们就完了！"

巴老三扛着大杵，大步走了过来。

朱灰灰在案桌下面，心跳得都快蹦出来了，紧紧握着菜刀。打定了主意，只要这傻大个向大爷出手，她就滚出去跺他的脚丫子，拼了老命也不能让他那大杵砸到大爷漂亮的脑袋上！

这巴老三虽然脑子没拳头大，却也不是一点儿全无，动手之前，先吼了一嗓子："喂，我说，你可是那个站在树上不敢下来的小白脸？"

枫雪色苦笑："五义兄弟，那墨角麒麟片和千年雪参王，可医得会智大

206

师的伤？"

巴老三道："医得医得，我师傅的伤治好了！啊哟，老大快来帮忙，他果然是那个小白脸！"

"我就说是嘛，你们偏都不听老大的！"

"老大错了，他现在不是小白脸，是小黄脸！"

"小黄脸，你是不是闹肚子把脸闹成黄的了？"

"不对不对！他眼睛看不见，是被那人妖婆气的！"

枫雪色全凭听力与敌对战，那"狼狈为奸"本来就狡诈奸猾，出招的时候故意很慢，不带起一丝的风，令他应付起来颇为费事，现在又被五个浑人吵得头晕，心里一个烦躁，差点被那对夫妻伤了。

巴老三大怒："你敢伤我们黄脸小师叔！"

一杵挂着风就向陈一郎砸了过去。陈一郎身手利索，纵身闪开，宋小贝在边上悄无声息地刺出一剑，在巴老三的肋下开了个口子，幸亏巴老三皮糙肉厚，血流得虽多，却未伤到筋骨。

旁边的巴老大一看，顿时急了眼，怒吼一声冲了上来，拎着大杵，对着"狼狈为奸"一通乱砸，别看他傻乎乎的，可是力大招熟，硬功非常扎实，那柄大杵舞得呼呼作响，甚是勇猛，虽然连陈一郎宋小贝两口子的边也沾不着，却也逼得他们四处乱窜。

另外的三个兄弟一看，老三负伤，老大追着人家屁股后头跑，却怎么都赶不上，立刻不管三七二十一，上来就群殴。

一时间，大殿里兵器乱飞，风声大作，灰尘扑扑，打得这叫一个热闹。"狼狈为奸"那两口子在五个傻大个的大杵狂拍之下，如在风浪中颠簸的一只小舟，随时都有翻船的危险，看上去险象环生。

朱灰灰趴在案桌下面，看得眉飞色舞，她最喜欢的就是这种以多欺少的打架。有那五个傻小子帮忙，大侠和自己估计是不会吃亏了。

回头去看火堆旁，枫雪色坐在火堆旁，剑横在膝上，面容平静如水，纵使殿内劲风激荡，他面前篝火的火焰，却连摇晃一下也没有。

他的对面，便是那个粗布衣却气质冷冽的女子。

这个女子仍然静静地望着外面的夜空，殿内的打斗虽然激烈，她却恍若未闻。

朱灰灰心里一震，大侠一动不动，也许是因为，真正的强敌，是这个女子！

那五个傻大个越打越卖力气，五条大杵使发了性，虽然砸不到人，却砸得墙、柱咚咚直响，颤抖不已。

朱灰灰眼见从房顶直往下掉土，觉得藏在案桌下面也不保险，万一哪个傻小子没看准，一杵拍到案子上，就得连累自己成馅饼！她看准时机，迅速地爬了出去，挪到枫雪色身边。

"大侠，我们快走！"伸手去拉他。

"不用急，我们再等一会儿。"

朱灰灰急道："不能再等了，照他们这么打，这座殿非塌了不可！"

枫雪色摸摸她的头发，温和地道："别担心！你坐在我的身边，不要怕！"

"我——"我不怕才有鬼呢！朱灰灰急得跳脚，可是大爷连眉毛都没动一下，她也不好意思当着面就扔下他一个人逃出去，只好坐了下来，肚子里痛骂大爷装蒜。

眼见巴老四一杵下去，一根殿柱便歪了，殿顶的承尘也塌落下来，落了她一头灰，不禁心惊胆战，刚要开口说话，面前的火堆突然莫名其妙地熄了。

殿内一黑，打斗的声音突然止住，停了片刻，巴氏五浑连连怒吼，似乎在黑暗中吃了不小的亏，紧接着，风声再起，又开始一轮新的追打。

朱灰灰眼前一片漆黑，她提心吊胆地屏住呼吸，生怕呼吸得重了，会有不长眼睛的金刚杵或者刀剑招呼在自己的身上。

好半天，眼睛才适应了黑暗，能够看到一些影影绰绰的人形转动，黑乎乎也分不清谁是谁。可是千小心万小心，还是感觉到有东西向自己这边扑过来，她举起菜刀，拼命砍去，忽然肩上一紧，她的头被枫雪色搂在怀里，鼻子里沁入一股香香的又冷冷的气息，心中莫名其妙地一阵激荡，那连绵不绝的兵器撞击声倏然离得她很远很远……

过了好半天，枫雪色轻轻地放开她，朱灰灰乍然从梦中惊醒般，迷迷糊糊地揉揉眼睛，发现不知何时，大侠已经带着自己从大殿移到了外面。

〈 20 〉

天，不知何时已然下起了雨，不是暴雨，却连绵细密，像剪不断的愁思。

身后不远的地方，那座大家存身遮雨的大殿，正在轰然倒塌，虽是雨丝细密，也浇不熄那尘土飞扬。

那五个砸塌了大殿的祸胚，正追逐着那对"狼狈为奸"的夫妻，边打边呼喝着向远处奔去。

朱灰灰收回目光，发现在自己和大侠身周的泥土地上，插着数十支火把，也不知是什么制作的，火焰在密雨中竟然不熄，突突地跳着，照在身边不知何时多出的一批黑衣蒙面人身上。

他们个个手执武器，诡异地站在雨中，如幽灵般，悄无声息。

而在不远处的一截断垣下面，那个粗衣的女子，肩头倚着墙壁，默默地看雨，夜雨中虽然看不清楚，却分明感觉到她的柔静和冷艳。

朱灰灰已经顾不上那个女子了，她一见到这群黑衣人，吓得魂都要飞了。

她生平所有的倒霉事件，都是由看到一群黑衣人引起的。

那血腥的屠戮，那濒死的惨呼，那恐怖的尸体……虽然时日已久，但她只要一想起来，仍然觉得腿软心慌。

虽然不知此黑衣人，是不是彼黑衣人。但她仍然心有余悸，"咯咯咯"，是上下牙轻撞的声音。

枫雪色温言安慰："别怕，有我在！"

"大、大侠！"朱灰灰哆嗦着，"是……一批黑衣人……"尽管大侠说别怕，尽管朱灰灰也不想害怕，但是她不止一次见识过那些黑衣人的残忍手段，心儿实在不听话，仍然怕得要命，伤腿自不必说，没伤的那条腿也软得很，直想坐到地上去。

枫雪色的眉轻轻扬了一扬："是他们？"

"我不……不确定……"朱灰灰声音都颤抖了。这些黑衣人很恐怖，大侠的眼睛又看不见，这次她八成真的要翘辫子了……

枫雪色没有说话，只是轻轻地握住她的手。

很温柔的动作，很有力量的一只手。

一股暖流从他的掌心，沿着她的掌心，一直传入她的心里……如果大爷被害死了，这如此温暖的手，便会变冷了吧……

被那只暖暖的手握着，朱灰灰的血蓦地一热，勇气倍增，忽然之间下了决心，粗声道："大侠，我来拖住敌人，你快走！"

她的腿瘸了，根本就跑不快，只会连累大侠！与其两个人一起死，不如她来拖住敌人，让大侠逃命，将来大侠眼睛治好了，还可以为她报仇……

听到一向怕死的朱灰灰突然说出这么义气的话来，枫雪色很是感动，他握紧她的手，笑道："傻丫头，死的未必便是我们！"

他信手挥剑，击落一枚袭来的暗器，胸中豪气陡生，清啸一声："来，灰灰，你做我的眼睛！"反手一带，将朱灰灰送上背部，朗声道，"抱紧我，告诉我方位，我们一起杀敌！"

他的话坚定而有力，仿佛有一种强大的信念，注入朱灰灰的心里。她身体微微地颤——不是吓的，而是激动的！仿佛全身的血都燃烧起来，朱灰灰一瞬间豪情满怀，只觉得死就死了，宁肯和大侠一起战死，也不能被敌人吓死！

她大声答应着："是，大侠！"两只纤细的手臂搂住了他的颈子。

"乾位，三个人，一人用流星锤，一人用两支笔，一人用刀！"

枫雪色长笑一声："好！就先杀这三个！"

漆黑的夜里，千万条的雨线之中，蓦然爆开一朵雪焰。

枫雪色就像飘摇在雨夜里的一朵雪莲，带着凛冽的杀意，背着朱灰灰，冲向正前方乾位的三人。

他的动作是如此之快，快到朱灰灰还没有来得及眨眼睛，便有人倒了下去，淡淡的血腥气弥散开来，飞溅的血花染红了雨丝。

"兑位，五个人，钩子、叉子、拳头、尺子，还有一个……不认识！"

"震位，四个，枪、棍子、鞭子、飞爪！"

"坤位，三个小矮子，每人拿了一把小刀，不过跳得很高，小心，脚下有石头……"

"坎位，一个女的，你背后放箭，看老子的法宝……"

朱灰灰骂骂咧咧地对着那个女的把菜刀飞了出去，当然是没有砍着，反而招来人家的箭矢，若非那箭莫名其妙地拐弯失了准头，差点便射中她的屁股。

在各位武学行家眼里，她是一个超大号的饭桶。然而，对于一些粗浅的知识，她却非全然不知，即使连半瓶醋都不如，总算或多或少知道一些，此刻伏在枫雪色的背上，机灵劲又上来了，怕用"前后左右"的说法把大侠绕糊涂了，索性用八卦的方位来标指方向，果然清晰明了。

枫雪色一开始的时候，出其不意，杀了对方三个人，可惜敌人数量既多，也非庸手，在朱灰灰叫破方位之后，便有了防备，纵使他武功高强，一时也难寻突破。

那些人渐渐收紧了包围圈子，只是顾忌枫雪色武功实在太高，谁也不肯当出头的椽子，换作别人，只怕早就乱刀齐上了。

枫雪色微微冷笑。

对付他一个瞎子，还要蒙着脸怕被认出，以为这样他就不知道他们是谁了吗？

他虽然看不见，但却知道，他们不是朱灰灰惧怕的那批人。因为在进退过招当中，有数人他已隐隐猜到身份，都是江湖上的亡命之徒，其中还颇有几个熟识的。

真是一群可鄙又可笑的人！

虽然这些亡命徒人品卑下，但手下功夫却着实各有一套，枫雪色屡屡想要破敌而出，都被敌人拦了下来，他心里有些焦急，长啸一声，长剑挥动，攻多守少。

然而，敌人虽然当剑便有伤亡，可是却一点都不急，不时偷袭游斗，只是牢牢地困住枫雪色，不让他冲破包围圈。

朱灰灰觉得势头不太对。这些人真够损的，这不明摆着要把大侠活活累死嘛！还有，他们这种打法，分明就是在等援兵！

光这些人，大侠背着自己对付起来已是不易，时间一长，体力消耗太大，等强敌来了，都不用动手，他就累趴下了！

而且，那边还有一个不知是敌是友的女子，一直悠闲地看热闹……

朱灰灰越想越没前途，急得头上冒汗。

她的耳边，突然响起一个轻轻柔柔、微带沙哑的声音："你如果求我帮忙，我便帮你！"

朱灰灰立刻大声道："好，我求你！"

她都不知道是谁在自己耳边说的这句话，反正病急乱投医、死马当活马医，求人又不是什么难事，脸皮厚一点就好！所以管说话的人是谁呢，先求了再说。

那个声音里带着笑意："可是，你刚才拿馒头打了我的狗，待我想想，要怎么办才好呢？"

朱灰灰突然明白，说话的，是那个女子！

那个带着半条黑狗、脸上有一道疤痕，却依然美得不得了的女子！

她大声道："不用想了！我打了你的狗，我赔给你好了！"

她"汪汪汪"地叫了几声："够不够？不够还有！"

她伸长脖子，眼睛向天，望着假想中的月亮，"啊呜——"一声长吼，那是在模仿野狼啸月，居然惟妙惟肖。

枫雪色被她弄得莫名其妙，连一群黑衣人都纳闷地互望，不知道这丫头突然发了什么疯。

朱灰灰听到耳边传来那女子愉悦的笑声，虽然在危急之中，她也觉得有点开心起来——那女子一直都是郁郁不乐的样子，原来也会笑啊！

眼角人影一闪，那女子已倏然欺身近前："枫公子，你这位小妹妹聘请我来帮你！"

枫雪色一剑逼退一名黑衣人，道："谢了！"

那些黑衣人望着那女子，攻势明显缓了下来，似乎犹豫了半天，终于有人开口："你……你又何必来蹚这浑水？"

那女子站在雨中，风拂动着她耳际的一缕紫羽，缓声道："你们没听见么，我刚才已经接受了这位小妹妹的聘请，谁想杀她，只好先杀我！"

又一个黑衣人厉声道："我们敬你三分，却不是怕你！你如不退开，别怪大家将你一起杀了！"

那女子毫不动容，只是探手入怀，取出一件物事。

那是一片手掌大的羽毛。

白色的羽毛，根部白得像昂贵的羊脂玉；往上是蓬蓬松松的细绒，白得像盛在银碟里的一棒雪；再往上是条缕分明的纤丝，白得如天地间安静永恒的一抹冷色……

轻盈飘逸的羽毛，像开在那女子纤纤素手中一朵清冷的花。

朱灰灰有点呆，心中想道：原来白色，也可以分这么多层次的……

黑衣人中，有人失声道："忘川羽！"

那女子虔诚地凝视着掌中的白羽，黑玉般的眼眸里，蕴藏着无尽的感触，而在外人眼中，却是无尽的风情。

一个黑衣人叹道："既然你执意多管闲事，那么，就别怪我们了！"声音转厉，"杀了！"

那女子静静的双眸中，焕发出烈烈的神采，她突然出手。

火把跳动的火焰中，朱灰灰只见到一束白色的羽毛扶摇而上，继而平行，倏然静止，翩然下落，漫卷盘旋……

它就像是一个在拼尽全部心血炽烈舞蹈着的精灵，舞过的地方，舞过的人，彼此相逢一笑，然后相忘于江湖……

那片羽毛似乎终于舞得倦了，栖在一只美丽的手掌中。

除了地上躺着数名黑衣人外，其余的都已经不见了。

"枫公子，前方的敌人，我去为你清了！"

柔和的声音微微有些沙哑，穿过空旷的荒野，清晰地传了过来。

"买凶追杀你们之人虽然已死，但追杀令却未曾取消，前路迢迢，二位多保重！"

一道闪电破开暗沉沉的夜空，密密的雨幕中，那女子的背影纤弱而挺秀，像在午夜中一现即逝的昙花，像在狂风中飘摇而落的树叶，转瞬间便消失在黑暗之中。

朱灰灰呆望着她的背影，喃喃地道："她好美！"

枫雪色轻声道：'是的，她是江湖中最美丽的一个杀手！"心中却想："买凶追杀我之人已死"，这是说，魔心雪已经死了吗？流玥追去后再无消息，别出什么事才好……

朱灰灰奇怪地看着他："大侠，你以前认识她？"

枫雪色微微一笑："从来不曾谋面！"

"那你怎么知道她很美？"

"灰灰，你可知道，被江湖中人尊称为杀手之王的是谁？"

"是刚才那个女子？"朱灰灰道。

枫雪色摸摸她的头："嗯。"

"那么，你可知道，为什么一个女子，会被这么多桀骜不驯、无法无天的江湖客，尊称为杀手之王？"

朱灰灰惊道："难道她的武功天下第一？"

枫雪色叹道："天下之大，能人辈出，又有谁敢自认为武功天下第一？她之所以被天下人敬服，只不过因为她曾经做过一件惊天动地的大事。"

朱灰灰好奇地问："什么事？"

"最近几十年来，东瀛扶桑小国崛起迅速，一直窥视我华夏大好河山，明里暗里屡屡犯我边境。民族危机在前，国土渐有沦丧，于是便有无数的英雄志士慷慨赴难，为国为民，视死如归。在朝廷之上，有俞、戚两位大将军，而在朝堂之下，还有很多武林豪客隐匿于功名之后，拼将一身侠骨，誓斩倭贼于战场！

　　"三年前，倭贼又犯我国土，入侵东南沿海边陲的富庶之地，杀我百姓，掠我财物。神州武林再掀怒潮，无数的武林英雄投到俞、戚两位大将军的麾下，杀敌尽忠，其中便有这位很美的女子。

　　"当时，她与三十死士领俞将军号令暗赴扶桑，刺杀扶桑当权的将军，以逼迫倭贼自乱阵脚。倭国的武功源自中华，却另走一路，虽然不算多厉害，却非常诡奇，三十死士深入敌人腹地，便遇上了倭国的武林高手，谁也不知道他们经过了多么惨烈的战斗，只知道，最后回来的，便只剩下这个女子！

　　"两位大将军派出的接应船队在海里救上她的时候，发现她全身都是伤，脸上也被重重砍了一刀，几乎便不能活了，手中却还牢牢地抓着敌酋的人头！幸亏当时随军的志士所携都是悲空谷神医亲制的药品，于是众人一边用药维持吊命，一边日夜不眠，千里接力将她送到悲空谷，神医晚夫人竭尽全力，两个月之后，终于从阎王手里抢回她的生命，只是，她脸上的刀伤，却再也不能复原如初。

　　"这个义烈女子重义轻生，舍死浴血刺杀敌酋，被所有武林人敬仰，于是，人们便尊称她是杀手之王，江湖之中，不管武功强过她的，还是名气大过她的，提起她，都会挑起大拇指，赞一声华夏好女子！"

　　朱灰灰听得热血沸腾，痛声骂道："你好心喂一条狗长大，它都不会咬你，那个东瀛倭国，简直连狗都不如！这么说虽然对不起狗，但是为了拯救其他的动物，只好委屈狗了！"

　　她转过来又埋怨枫雪色："大侠，不是我爱说你，你平时总是对人太好，一味地仁慈也不一定对，留神那些人跟倭贼一样，养大了被他们反咬一口！"

　　枫雪色微微而笑道："我堂堂中华，江山如画，天地间正义凛然，哪会生出那种卑鄙龌龊的小人？"

　　朱灰灰点头，很是同意："大侠说得对！"就算自己这样厚颜无耻的超级坏人，都比那些倭寇贼子好上一千倍、一万倍！

枫雪色缓缓点头。这孩子虽然缺点多，但于民族大义，倒拿捏得稳。

"大侠，那位很美的姐姐，叫什么名字？"

"羽毛。江湖里的人都称她为杀手羽毛。"

连番苦斗，枫雪色内力本来已经消耗殆尽，又说了半天的话，体力有些不支，以剑支地，朱灰灰猛然发觉，自己仍然伏在他的背上，十分不好意思，虽然伤腿疼得厉害，也挣扎着要下地来。

枫雪色轻轻拍拍她的手背，示意她安静。

朱灰灰不敢违逆，只得继续伏在人家的背上。刚才对敌的时候还不觉得，现在安全了，她便觉得全身怎么待着都不得劲，心跳得跟什么似的，脸上也热得厉害——糟糕了，不是挨了雨淋，发烧了吧？

她紧张得没话找话："原来她是杀手哦！只是，我感觉她并不快活，她的眼睛，让人看了觉得心好疼！"

"嗯！她是江湖中，最贵也是最便宜的杀手！要说贵，曾经有人以两万两黄金，买她去刺杀一个甚有清誉的告老官员，她连眉毛也没动一下，反而一刀斩了那个人；要说便宜……"

朱灰灰接口道："便宜到只要我开口求她，然后奉送几声狗叫，她便肯帮咱们的忙！真是便宜死我了！"

枫雪色笑了笑："面部没有中刀之前，羽毛是个意气飞扬的女孩子，有一副清丽的容貌，有一身出色的武功，还有一个英俊温柔、情义相投的未婚夫，本来打算击溃倭贼之后，便金盆洗手，退出江湖，安安静静地嫁做人妇的……"

"那为什么她现在还是一个人混江湖？是因为她脸毁容了，她的未婚夫不要她了吗？"

"其中的情况，我也不尽知，我只晓得，羽毛在伤好之后，便远离旧友，从此一个人浪迹天涯，再也不肯见她的未婚夫一面。"

朱灰灰怔了怔："我知道了，她一定是觉得自己变丑了，所以不敢再见那个未婚夫，怕他嫌弃她！"

枫雪色轻轻叹了口气："也许吧！只是现在她的未婚夫已经另娶了妻子，而且听说是她从前最好的朋友，如今再要说什么，也都已经晚了。"

想到那清冷的女子拼死杀敌，带着一身的伤病和一张损毁的容颜历劫归来，心中本已痛楚，却又见挚爱的未婚夫娶了自己最好的朋友。于是她将所有的眼泪封存在心里，悄悄地离开，从此一个人天涯漂泊，身边只有半条和自己一样残缺不全的狗狗为伴……

朱灰灰有些痴了，心中蔓延着无限的伤感：难怪她的眼神如此冷寂，这样寂寞地行走江湖，纵赢得天下人敬仰，她也不会真正地快乐吧？

"大侠！"

"嗯？"

"我觉得，这个羽毛姐姐是个傻瓜！"

"怎么说？"

"容貌又有什么重要的？她虽然脸上有一道疤痕，可是，我仍然觉得，她是我见过的、全天下最美最美的女人！"

不等枫雪色开口，十数丈之外的一堵残垣之上，忽然响起一声长笑："小姑娘说得对！容貌有什么重要的，她虽然脸上有伤痕，可是仍然是我心中最美最美的那个女人！"

声音清越而缥缈，初起第一个字时在十数丈外，然后每说一个字便远了一些，到最后一个字时，声音已远在三里之遥，虽然距离变远，但在风雨大作中，依然清晰不变。

朱灰灰大惊道："有鬼！"

枫雪色微微吐出一口气，早察觉暗中有高手潜伏，却原来是那个人！他温言道："不要怕，不是鬼！"

朱灰灰定定神，也知道不是鬼，多半又是什么武林高手，只不知是敌是友……

"那是谁？"要是敌人，还是赶快逃命要紧。

"大侠方伊人，"枫雪色的声音很平静，"杀手羽毛的前未婚夫。"

"……"

这关系听着就乱，背后似乎有无数荡气回肠的复杂故事，朱灰灰越想头越晕，软软地伏倒在枫雪色的肩上。

"细雨湿衣看不见，闲花落地听无声。"

枫雪色盘膝坐在一张木凳上，听着雨从房顶落下，滴到大盆小盆里。

"滴答！滴答！滴答！"

悦耳却单调的声音，听得多了，仿佛连生命都乏味起来。

他轻轻摇头，朱灰灰这家伙就会偷懒，还说把婆婆的房子苫得很漂亮，结果仍是漏雨呢！

这是陈婆婆的茅草屋，三界寺一战，那仅余的一间破殿也被巴氏五个傻大个给拆了，两人连躲雨栖身之地都没有，于是，枫雪色背着朱灰灰来到了陈婆婆的家里。

陈婆婆的尸体倒在正房的地上，看来"狼狈为奸"夫妻杀了她之后，连尸体都没处置，便换了老人的衣物去追杀他们。

枫雪色把婆婆的尸体送到一间空的房间，与朱灰灰在正房休息。

"大侠，您要不要换换衣服？"朱灰灰拄着一根拐杖，"笃笃"地走过来。这拐杖是在茅屋里发现的，正合她用。

她扯扯身上的衣服，肥肥大大，穿着一点都不舒服。不过婆婆的箱子里，只有这件还好一点，别的更难看。

枫雪色微一迟疑，道："不必了，我的衣服一会儿就干了。你在发烧，不要总是走来走去，躺到床上睡一会儿吧。"

朱灰灰知他怀疑自己会偷看他换衣，也不觉得冤枉，反正她一定会偷看的！只是噘噘小嘴，做了个鬼脸："我身体壮得很，现在都不烧了！"

停了一停，又问："那么，大侠，您要不要擦擦头发、洗洗脸什么的？"

"好吧。"

朱灰灰拄着拐杖去水缸打了一盆水来，放在柜子上，拉着枫雪色的手，碰了碰铜盆，自己拿了毛巾等用品在旁边候着。

以枫雪色这种正人君子，平时若让他在陌生女子面前整理仪表，那简直难比登天。可是不知为什么，他当着朱灰灰的面净面洁发，竟然一点不自在的感觉都没有。他也觉得很奇怪，是自己没拿朱灰灰当陌生人，还是没拿她当女孩子？

他脸上的易容草汁被雨一浇，早已经化开了，此时再经仔细地清洗，白皙的肌肤重新显露出来。

他一边擦着脸，一边问："灰灰，你洗不洗？"

朱灰灰立刻回答："我洗过了！"

枫雪色一听就知道，这懒虫又在骗人了——她一向是不拿刀逼着，绝不沾水的！有心督促两句，可是她的回答一定是：我被雨浇得全身都湿了，就当是老天替我洗过了！为了免得生闲气，他终于叹了一口气，罢了，随她去吧！

朱灰灰把水盆送了出去，回来直接扑到床上，好运气啊好运气，今天居然能睡到床。这床虽然硬硬的，被子的棉花也很薄，可是总比稻草堆舒服多啦！

枫雪色摸索着坐到床边："朱灰灰！"

"小的在！"

"让我看看你的腿伤。"他担心她的发烧，不仅仅是因为淋雨，还有可能是腿上的伤引起的。

"是，大侠！"朱灰灰把一条伤腿伸出去，拆下绑着的竹板和布条，然后将老婆婆裤子那肥肥的裤腿卷上去，拉着他的手，放在自己的小腿上。

枫雪色的指尖触到她清凉滑腻的肌肤，微微往回缩了一下，迟疑片刻，才再次伸了出去，轻轻地抚摸。唉！骨头虽然没有断，可是骨裂也没比骨折差到哪里去，她这一天都没有好好休养，骨缝都错位了。

他叹了口气："很疼吧？"

"还好啦！"朱灰灰坚强地说。其实是很疼很疼的，只不过，哭了喊了也一样会疼，所以哭喊又有什么用？

"灰灰，你将来有什么打算？"

"没什么打算。"

"不想读书？"

朱灰灰斩钉截铁地道："不想！坚决不想！"

"也不想习武？"

"呃，这个，要是有什么仙丹妙药，吃一颗就变成高手的那种，学学倒还成！"也省得破鼓万人捶，走到哪儿被人欺负到哪儿！

"什么仙丹妙药，那都是故事里编出来骗小孩子的，怎么能信！"

"那就不想习武。"

"那你以后都要做什么？"

"以后？"朱灰灰托着腮想了一下，"首先，要把花花接回来。然后，应该是去接着找我家老娘吧！"其实是到处闲逛啦，不过，她可再也不想去那个什么江湖了，这破地方太危险，不是她这种人待的地儿！

"还是到处流浪？困了就睡破庙，饿了就偷鸡偷包子？"

朱灰灰顺口答道："是吧，我又没钱！"猛然警觉，立刻把两只手藏到背后，"不对！我已经不偷东西了，我改成好人了！"大爷真坏，居然套她的话！

枫雪色微微笑了一下："如果我派人帮你找娘，你还要到处流浪吗？"

他一边逗她说话，一边重新将她的骨头对好位置，放好夹板并将绑带缠了上去。嗯，还应该内服外敷一些接骨类的药才好，只是手边却没有……

"要啊！反正我又没有可去的地方！啊哟，大侠您轻点，人家那是腿，不是棍子！"朱灰灰忍疼抱怨。

枫雪色抚慰地摸了摸她的头，摸到一手的冷汗，他的心不由自主地微微一疼。唉，朱灰灰真是个奇怪的孩子！平时，即使被他拿剑吓唬一下，也会吵个不停，可当真碰到这样裂骨的剧疼，疼得满头汗，却也不哼一声。

这孩子，偶尔乖一次，真是蛮让人心疼的。

朱灰灰的疼劲稍缓，忍不住又问道："大侠，您的意思是不是说，可以放小的走了？"

枫雪色点点头，道："其实你随时可以离开的。你知道的，我又不会当真砍你的腿。"

朱灰灰嘀咕道："你最初可没这样的好心眼，那时是当真要砍的！"

"什么？"

"没什么！"朱灰灰立刻道，"那么，我天一亮就走，也行吗？"

"行。"

"真的行？"

枫雪色轻一点头："我什么时候说话不算话来着？"

很多次啊！你老说砍我的头、砍我的腿，不是到现在一直都没砍嘛！朱灰灰心里说。

"你明天要走吗？"枫雪色问道。未脱险境，她一个人走会很危险，而且腿又伤了，可是——跟着自己一样的危险……

"当然不走啊！"朱灰灰理所当然地道，"我要把你送回家才能走！"

枫雪色微微一怔："送我到家？"

"是啊！我返回山洞找你的时候，就已经发过誓了，不管怎么样，都要一直送你回到家！"朱灰灰道，"你太容易相信别人，你这样的人，长着一张挨骗的脸，何况现在眼睛又看不见了。我虽然武功不行，可是聪明得很呢，好歹也能保护照顾你一下，要是有人骗你，有我在就别想得逞！"

枫雪色听她说自己"长着一张挨骗的脸"，有点啼笑皆非。然而，他的心里却有种别样的感动——他纵横江湖多年，所向披靡，还是第一次听说有人要保护照顾他呢，而且说这话的人，还是一个不折不扣的麻烦精、小饭桶！

也许，这句话在他意气风发、笑傲江湖的时候，只会一笑置之。但现在，眼前一片漆黑、前途一片茫然，她的话却令他的心变得异常柔软……

手中犹有那小爪子残余的温软，是那双黑黑的小爪子牵着他在黑蒙蒙的世界里，无惧地前行；背上也还留有她身体的重量，是她伏在他的背上，做他的眼睛，与他一起杀入敌阵，毫不畏死……

原来，他，竟然这么信任她……

枫雪色怔怔出了半天神，忽然自嘲地一笑：看来，不论平时自诩多硬的硬汉，在病困中，都有软弱的时候。

"灰灰，你想不想跟我去枫雪城？"

回答他的，是轻微平稳的呼吸声，没心没肺的朱灰灰已然沉沉睡去。

枫雪色沉默片刻，将手覆在她的额上，掌间一片清凉，烧真的已经退了。

这孩子体质实在特殊，似乎什么病、什么毒都侵入不了。

他微微笑了一下，摸索着拉过被子，盖在她的身上，然后盘膝坐在床边，深深地呼吸，缓缓地吐气，经脉里内息充盈……

朱灰灰悄悄张开一只眼睛，看着他俊美的侧脸，一向简单快乐的心，变得乱乱的，怔怔地想了半天，终于阖上双目，真正地睡着了。

檐外，密雨绵绵，空阶滴到天明……

"朱灰灰！"

"小的在！"

"下次不可以在我和敌人动手的时候，往人家脸上扔石灰！"

"是，大侠！"好吧，反正我怀里还揣着好几包面粉、姜粉、花椒粉呢！

"大侠，今天这批敌人太笨了！"

"怎么？"

"他们明明知道打不过，还拼了命往前冲，我看，他们不是来杀人的，是来自杀的！"

"呵呵！"

"要是我啊，至少有一百种法子害你，还用这么费事！"

"你说来听听。"

"比如，我看到井的时候，就领着你直直走过去；比如，我在饭里放蟑螂；比如，我在你睡的床上放钉子；比如，我偷偷把你的衣服弄坏，让你走在街上的时候掉下来……"

枫雪色确实服了！这些坏招，他真的一个都躲不过去！可是话说回来了，全天下除了自己背上这个泼皮，谁能想出这么损人不利己的阴招来？

他忍不住重重地在她臀部拍了一巴掌，打定了主意以后对这小人要多加提防！

"干吗发脾气，人家只是打比方嘛！"

"不要吵，又有敌人来了！"

"啊，我看到了！在离位方向，距离我们约有三十丈。"

"把你的石灰收起来！再乱扔，我砍你的手！"一团电光，裹着两道人影冲向了敌人……

〈 21 〉

岳阳古称巴陵，是一座非常繁华的城市。城中最有名的地方，则为岳阳楼，昔年范仲淹《岳阳楼记》，一句"先天下之忧而忧，后天下之乐而乐"，传唱千古。

正是午后时分，平时熙熙攘攘的岳阳楼，此刻却安静得很。许多客人想要上楼游览，但到了楼门前，便被四名挎刀的侍卫拦了下来，有知道的人偷偷告诉游客，岳阳楼今天被一位贵客包下来了，想游览还是改日吧！

岳阳楼上，有一位轻裘缓带的男子，正倚栏远眺。

从洞庭湖上来的风，吹动他的淡黄色衫子，衣袂飘扬，望之如在画中。

他的身后，一名面白无须的中年男人正在聚精会神地泡着一壶茶。

"小王爷，茶泡好了！"这男子声音有些尖锐，听上去仿佛女音。

那黄衫人恍若未闻，良久，缓缓地伸出一只手。

那只手肌肤白皙，手指修长，淡黄色的袖子半覆盖着手腕，随风轻动，优雅而飘逸。

中年男子急忙将一只精致的白玉茶盏放入黄衫人的掌中。

黄衫人漫不经心地收掌，将茶盏送到口边，将饮未饮之际，目光落在楼外某个位置，忽然怔怔地出神。

那中年男子屏息等了良久，始小心翼翼地轻呼：“小王爷！小王爷！”

黄衫人怔了怔：“秦总管！”

“奴才在！”

黄衫人却又无言，只是痴痴地望着楼下，目中流露出又是欢喜，又是怅惘，又是忧郁，又是无奈的神情。

又过了好久，他才徐徐地道：“我看到我想念的人了！”

声音低回迷人，语气中充满着深情，听来令人心为之碎，魂为之醉。

朱灰灰与枫雪色共乘一骑，沿着洞庭湖缓缓而行。

但见落日之下，碧水接天，浩渺一色，浮光跃金，水鸟翩跹，百舸竞流，湖心水屿遥遥隐现，好一派湖光水色。

即使朱灰灰一点不通文墨，站在这浩然的自然胜景之中，也觉得心旷神怡，胸怀豁然开阔。

自竹马村到洞庭，这一路行了足有半个多月。

一来是因为朱灰灰小腿的骨裂之伤，虽然伤势不重，但也不宜过劳；二来，一路上也不时有人追杀。

反正已经泄露了行藏，枫雪色索性恢复了白衣的装扮。只是遇人杀人，遇佛斩佛，手段较之过去的侠义仁慈，狠辣了许多。

既然杀手都找得到他们，当然枫雪城的部众也早已赶上来接应。枫雪色只是吩咐了一些事情，然后便拒绝了部属的护送，只是骑着飞电风雪驹，带着朱灰灰一路缓行。

枫雪城的人不敢违逆少主的命令，只好暗中追随保护，枫雪色却也假装不知。

前方绿竹花树的掩映之中，一座山庄依湖势而建，城墙雉堞间，露出精致的屋角飞檐。行得近前，但见一座雄伟的朱漆大门，门上悬着一块朱木匾额，四个龙飞凤舞的大字在夕照之下金光灿然。

朱灰灰大声念道："去了水兴！"

枫雪色一怔，沉默片刻，偷偷举起手擦汗。记得方渐舞在洞庭的分舵，门上的牌匾是草书的"玄月水屿"四个大字——真不容易，四个字里，这个丫头居然还认识一个！

朱灰灰还在纳闷："大侠，没有你说的地方，只有一个'去了水兴'。"

枫雪色温声道："就是这里，我们到了。"

他之所以会来这里，是因为接到消息，方渐舞特意请了悲空谷的人做客，来为他看伤。

"我们到了？"

这个叫"去了水兴"的地方就是大爷说的玄月水屿？朱灰灰虽然觉得有点奇怪，可也知道自己八成又念了别字，却根本不在意，只是控着马缰，望着那典丽精致、气象万千的山庄，欢喜无限："大侠，我们真的到了？"

大爷说，他的朋友都在这个"去了水兴"，她终于再也不用担心，会有人追上来，把大爷和她都杀掉了！她爬下马来，肋下支着拐杖，准备上去和守门的家丁说话。

枫雪色微笑："是，我们到了！"

"是，你们终于到了！"山庄高高的墙上，蹿出一缕红烟，闪得两闪，一个相貌美如静女的绯衣大和尚，已经立在了马前。

"空空大师！"枫雪色眉梢眼角都浮现出温暖的笑容，只是那双看上去深邃如星的眼睛，却空蒙得看不出感情。

"雪色！"西野炎激动地叫了一声，伸手将朱灰灰推到一边，亲自挽住了马匹。

山庄朱门大开，一个温雅俊秀的青年男子缓步而出，一身丝质长衣，随着步履舒缓飘动，漾开一派水天相接的颜色。

枫雪色的脸朝向他的方向，含笑唤道："方兄！"

这个气派非凡的男子，正是接天水屿年轻的掌门方渐舞。他抢步上前，拦住了正要下马的枫雪色，道："自家兄弟，贤弟不必客气！"往他脸上看了几眼，又道，"悲空谷的暮姑娘便在庄中，医术尽得晚夫人真传，我们去请她瞧瞧你的伤，有悲空谷的神医在，就没有解不了的毒！"

几个人说着话，拥着枫雪色向山庄中去了。

朱灰灰被晾在一边，根本没有人理会，她支着拐，跟着走了几步，又停住，怔怔地看了一会儿，觉得好生没趣，想要转身走开，可迟疑了半天，脚步终是没有移开一步。

好吧！咱在这儿等着打听一下，看看大爷的眼睛能不能被神医治好，要是治好了，咱也可以放心地离开。

可要是治不好又怎么样？

那——最多是不放心地离开喽！反正自己已经把大爷送到地头了，他以后怎么样，跟咱一点关系都没有！

算了，不管结果如何，自己只要问一声，心里有底，然后立刻就走，去接花花！

挣扎了半天，她终于为自己找到一个留下来的理由，于是安心地等下去。腿伤未愈，她站一会儿便觉得疼痛难忍，于是便坐在山庄门口的柳树下。东张西望了一会儿，闲着无聊，拾了一块石头，在泥土上画乌龟。

她画别的东西从来都不像，唯有乌龟，那是画过千只万只了。一个大的圆上划几条线是龟壳，圆边再画四肢和头尾，虽然仍然不好看，却谁也不会认错，这东西是什么。

画一只大的，再画一只小的，大的在前边，小的咬着大的尾巴，两个连着一串爬，看上去笨笨的，她审视着两只丑笨龟，独自呵呵笑。

画了，抹平；抹平，再画……

夕阳渐渐垂下去，倾斜的阳光将她的影子拉得很长。

一道阴影笼罩在她的头上："你是朱灰灰！"记得原来那个朱灰灰跟一只活猴似的，不在树上就在墙上的那种，突然变得这么安静，他都不敢认了。

朱灰灰抬起头来，看着那个披着绯色袍子的大光头："欸？"这大秃头还真能装样，上次都差点掐死自己，现在居然假装不认识！她心情不好，肚子里狠狠地骂了他几句。

"跟我进去。"西野炎道。

其实本可以派家丁来接她的。只是雪色不放心，说那少女太顽劣，一眼看不住，就不定会惹出什么事来，所以执意亲自去接。唉！他的眼睛又暂时看不见，所以自己这个做兄弟的，只好代劳了。

"是大侠让你来找我的吗？"朱灰灰丢下石块，拍着手上的土，然后在衣服上擦了擦——其实她很想擦在光头的大红袍上的，只是怕他趁大爷不在掐死她。

"你进去就知道了。"西野炎看看地上的图案，老远就看到她蹲在树下傻笑，居然是在画乌龟，别说，还挺像！

"哦！"朱灰灰迟疑了一会儿，终于还是支着拐杖，一瘸一拐地跟在他后面进庄去了。

穿过一重又一重的院子，到了一个宽敞的大厅，大厅里热热闹闹的，有很多人，男的女的、老的少的、高的矮的、胖的瘦的，朱灰灰反正谁也不认识，目光只落在大厅中坐在锦椅上的枫雪色身上。

虽然如众星捧月般被簇拥着，枫雪色却仍然听到那熟悉的一瘸一拐的脚步声，转过头来，面朝着她的方向："朱灰灰！"

"小的在！"

"你过来！"

"是，大侠！"朱灰灰拄着杖走到他的身边。

这一套对话那是经过千锤百炼的，想都不用想就知道对方下一句说的是什么。

枫雪色缓缓地道："腿疼了吗？一会儿，请暮姑娘为你看看。"

"暮姑娘？"

"悲空谷的暮姑娘，你也见过的，就是曾经送过一瓶灵药的那位小姐。"

朱灰灰顿时想起来，曾经在仙云客栈碰到过那个白得不像话的大小姐，她那两个势利眼的丫头还很看不起她。她向厅中其他人望去，一眼便看到在枫雪色不远的地方，那位美丽高贵的大小姐正安静地坐着。

这位小姐身材纤长，面容清新秀丽，眉如黛，口似朱，观之如娇花照水，芍药笼烟，皮肤依然苍白，却白得冰清玉洁，令人自惭形秽。

两个俏丽的丫鬟在身后站着，倒是那个替她赶车的青衣老头，有模有样地坐在一边。

"哦！"

原来那个瓷人一样的大小姐还是神医哦！就她那捅一指头就碎的小身板，连自己的缺血症都治不好，还能治别人的病？真能吹牛啊！

暮姑娘显然没有认出来面前这个少女，便是当日在道上碰到过的肮脏小孩儿，见她目光望过来，微笑着起身，婷婷福了一福："悲空谷晨暮晚，见过朱姑娘。"举止温柔高雅，态度和蔼可亲，一派大家闺秀的风范。

朱灰灰正在腹诽人家，不防人家会对自己行礼，有点尴尬地对她挥挥手："咳，那个，你好！"

"大侠，您老人家的眼睛，有没有得救？"她还是比较关心大爷的眼睛。

枫雪色微笑了一下，拍拍她的手背："不要为我担心。"他也不知道自己的眼睛还有救没救，刚才暮姑娘简单看了一下伤处，却未说明。

"灰灰，让西野少主带你去休息，一会儿晚宴的时候，我去接你。"

朱灰灰"嗯"了一声，转身就走。她本来就不会客气，又从来没见过这种场合，更不知道在这种时候，应该要很有礼貌地和主人、客人打招呼，只知道大爷叫大秃头带她去休息，那她便去休息好了。

方渐舞在边上，轻轻地"咳"了一声："贤弟，这位就是陪你一同来的朱姑娘？"

他与枫雪色相交甚久，知道这位贤弟虽然洒脱，但对女子向来以礼相待，很少假以辞色。这还是第一次见到，他居然会对女孩子如此温柔关切。

枫雪色笑道："方兄，你曾经见过她，且猜猜她是谁！"

方渐舞一怔，仔细打量着那个少女：

这少女举止粗鲁无礼，衣着邋遢，头发梳得跟乡下丫头似的，散下的几缕随随便便地垂在胸前，一张脸蛋似乎没洗干净，灰一块白一块黑一块，只有一双毛茸茸的眼睛，滴溜溜转动间异常的灵活妩媚。

江湖之中早已传遍，枫雪城的雪色公子被害眼盲，却有一个跛足的少女与他并辔同行，屡经险难，出生入死，不离不弃，原来，却是这样一个女孩子……

朱灰灰皱着眉头看着方渐舞，心里也很纳闷，没觉得见过这个人啊，难道……自己曾经顺手"牵"过他的钱包？

方渐舞触到那一对水灵灵的眼睛，心里微微一动，这孩子虽然粗俗邋遢，但细看之下却明艳清丽，有一股逼人的灵气。

乃笑道："这个我可猜不着了，雪色，这位姑娘是谁？"

"流花河上，桃花渡口，红雨十里，黄金满空……"提起朱灰灰的旧事，枫雪色有些忍俊不禁。

方渐舞蓦想起自己和枫雪色被一个泼皮拎着大桶"黄金"熏跑之事，笑容僵住了。天！这个朱姑娘，竟然便是那满天扔"黄金"的混蛋泼皮！

看到朱灰灰脸上得意的奸笑，方渐舞鼻端似乎又闻到当日的恶气，有气无力地挥挥手，拜托西野炎快快将她带出去。

西野炎径直向后面走去，朱灰灰一瘸一拐地跟在他的后面，走过长廊，绕过花园，越走越偏，眼前出现宽阔的水面，波光粼粼，竟然已到湖边。

她心里忽觉不妙："大师，我们去哪儿？"莫非大师是想弄死她然后沉湖？

"带你去见你朋友。"

"我朋友？"朱灰灰心里更惊。她从小长到大，都不知道朋友是什么东西，哪里来的朋友？这大秃头，明显说的是反话！

"别着急，已经到了！"西野炎指着湖边的一间竹屋，示意她进去。

朱灰灰看了他一眼，犹豫了半天，慢慢地走了过去。

推开竹门，耳中便听到一阵熟悉的声音："哼哼、哼哼……"

她眼睛蓦然睁大："花花！花花！"

"嚓"的一声，西野炎打火点燃了一只巨烛。烛火辉映下，离别两个多月之后，朱灰灰和朱花花，终于兄弟重逢了！

朱灰灰乍然看清楚对方，大吃一惊，吓得撒手把拐杖扔了。

那朱花花也吓坏了，退后好几步，一头扎进墙角的食料槽里，觉得对面前这个人的形象非常陌生，根本就不是它的那个"灰灰兄弟"嘛！

朱灰灰张大眼睛：这个是花花吗？是朱花花吗？身体又肥又壮，脑袋巨大，两只大耳朵像两只蒲扇，身上毛光水滑，营养充足，看上去足有三四百斤。

她的朱花花，苗条的朱花花，才两个月就长成这德行了？

"好、好、好、好肥的一头猪！"朱灰灰结结巴巴地说。

她太震惊了！花花太剽悍了！秃头……太缺德了！

那头猪听到熟悉的声音，终于兴奋起来，抬起大脑袋冲了过来。朱灰灰腿脚不利落，躲闪不及，被这头超大肥猪撞了个大跟头。

那猪高兴地伸着长长的嘴在她身上、脸上拱啊拱，可见到亲人了！

这人猪会面的情景实在有点惨不忍睹，西野炎将蜡烛放在桌上，关了门走了出去。

让这兄弟两个自己表示重逢之喜吧！他可没兴趣看个野丫头抓猪玩！嗯，他命人把这头猪喂得这么壮，她应该感谢他吧？

等了半天，竹门打开，朱灰灰赶着朱花花走了出来，看来这二位已经重新认识彼此，对大家形象的改变都习惯认命了。

西野炎在前面带路，一边等着她表示感谢，一边准备好了谦辞。等了半天，只听到身后她恼怒地喘粗气的声音，和"哼哼哼哼"的猪哼声，他忍了半天，终于决定不跟这粗鲁的野丫头一般见识，带她去了一间客房，然后冷冰冰地走了。

客房里，两个丫头前来伺候，端上香茗、各色点心和新鲜水果。

朱灰灰连日来和大侠奔波在路上，饥一餐饱一餐的，多数都是随便糊弄一口，没有一顿饭好好吃过，见了这些点心水果，立刻高兴起来。

"咳"了一声，她迅速将两个丫鬟赶了出去，立刻抓过食物，与朱花花分享起来。这是老规矩了，哥俩从小到大都是有包子同偷，有东西同吃的！

不过，貌似最近朱花花吃得太多了，需要控制食量减肥了……

吃完了东西，朱灰灰没事可做，看到床铺干净整洁，立刻躺了上去。

滚在华丽的床铺上，她却感觉无比的孤单。

她不知道这种感觉是从何而来，只觉得胸口的位置空荡荡的，一颗心仿佛始终浮在半空，看不到脚下是什么，也担心着不知何时会掉下来……

以前娘一个人走了，留下她自己在家，苦苦等她不回的时候，虽然难受，却没有这种感觉；

和花花一起流浪的时候，睡草堆也好，窝破庙也好，虽然辛苦，也从来都没有这种感觉；

伏在大侠的背上做他的眼睛，两人一起杀进杀出、浴血奋战的时候，虽然时刻都有生命之忧，同样没有这种感觉。

那么，现在是为什么，心里会如此的不舒服？

当然不会是因为这段时间，已经习惯与大侠相依为命，现在他突然离得自己很远，远到无论她怎么踮起足尖，都摸不到他一片衣角的缘故。

那么，便只有一种可能：穷人穷命，给了富贵，咱也享受不起！

她这样的小人物，只适合溜房檐、睡马路，那样还能夜夜梦见华屋美厦，真给张好床，反而夜夜做梦都梦到街头的烂草堆了！

正躺在床上胡思乱想，门外响起一个熟悉的声音。

"朱灰灰！"

朱灰灰"噌"地坐起来，大声回道："小的在！"伸手拿过拐杖，过去将门打开。

此时月上中天，泻下一地银光，枫雪色正站在门前，湖风吹动着他白色的长衫，飘然出尘。

见到他的那一刻，朱灰灰心中突然涌上无限的喜悦，所有的孤单不快都不翼而飞，她惊喜地问："大侠，您老人家有何吩咐？"

"我请暮姑娘来帮你看看腿上的伤。"枫雪色道。

朱灰灰这才注意到，大侠的身边，还有那个绯衣大秃头和那位瓷器小人儿——晨暮晚姑娘。

"啊，我的伤不碍事，快好了！"朱灰灰踢踢腿，不太乐意给人瞧。

"听话，去椅子上坐着！"

"哦——"朱灰灰不敢违逆，鼓鼓腮，回到房里，坐在椅上。

西野炎和枫雪色站在外面，只有晨暮晚跟了进来，看着朱灰灰，婉声道："朱姑娘，我要看看你的腿伤，不会弄疼你的。"声音温柔，像是哄孩子。

朱灰灰不高兴地"嗯"了一声，大大咧咧地把腿伸了出去，很不识好歹地想，敢弄疼了我就踹你！就算老子只有一条腿，也把你瓷器小人儿踢碎了！

晨暮晚虽然生长在武林世家，但被教育得非常淑女，哪里明白朱灰灰这种市井混混的阴损想法，弯身卷起她的裤脚，用一双柔荑在她小腿上轻按。

朱灰灰怕痒，"呵呵"地笑了两声，将腿收了回去，粗声道："好没啊！"

晨暮晚温柔地一笑："骨骼正在合缝生长，虽然不碍事，但也不宜多动，静养为好！一会儿我命丫鬟送药来，敷在腿上伤处，轻轻按摩吸收，骨头会长得快些，而且腿也不会疼。"

"哦！谢……谢谢你！"朱灰灰再不识好歹，也知道人家一番好意，有点不好意思地道。

"客气什么嘛！"晨暮晚微笑道，"我们可以走了！"

朱灰灰奇怪地问道："走？去哪儿？"

枫雪色在门外朗声答道："渐舞兄在湖中水榭摆席宴客，你和我一同去！"

"我……也要去？"

枫雪色"嗯"了一声，"渐舞兄特意邀你！"

"哦！那……好吧！"朱灰灰把裤脚拉好，看花花趴在墙角正在睡觉，也不去惊动，跟着晨暮晚走出了房门。

门外，有四乘二人抬的小轿在等待，枫雪色、朱灰灰、晨暮晚和西野炎每人乘上一个，由轿夫肩着，颤悠悠地走去。

方渐舞生活非常讲究，将宴客的水榭布置得华丽而舒适。除了他自己，宴会的客人只有五个，分别是西野炎、枫雪色、朱灰灰、晨暮晚和当她车夫的那个青衣老头，而她那两个俊俏的丫头，则侍立在她身后。

大家见过礼，分头落座，朱灰灰听了枫雪色的介绍，才知道那个赶马车的青衣老头，原来是武林中了不起的人物，姓冯，名绝崖，人称千里追魂，曾经是西北一带最有名的黑道英雄。后来有一次被仇人打成重伤，连心跳都没有了，本来必死无疑，幸亏神医晚夫人全力救治，从阎王手里抢回他一条命。为了感谢晚夫人的救命之恩，所以他甘愿投入悲空谷门下，做了一名车夫。虽然他自称为奴，但悲空谷上下人等都敬重他是前辈。

千里追魂冯绝崖听大家说起他当年的事迹，丝毫不动声色，只是用手轻轻捻着颔下的山羊须，两眼看天，一语不发，除了自己小姐，竟似全不将在场的三大世家之少主看在眼里。

朱灰灰不禁心想，这个瓷器姑娘好厉害啊，出来闲逛，除了两个丫鬟牛哄哄，连赶车的老头都这么拽！

她却不知道，这主仆四人之所以离开悲空谷，还与她有着某种程度上的关系。

之前，枫雪色在半月村找到的那个流浪儿，似是中了血缕衣之毒而死，为了确认，方渐舞派人将其尸体送到悲空谷。晚夫人验尸之后，便命女儿晨暮晚代替自己出谷，来见方渐舞，顺便了结自己当年的一件旧事。因为女儿自幼便受过重创，虽然多方诊治，仍然身弱体虚，不谙武功，为了女儿的安全，她特命两个丫头疏影和琴调随侍，还请冯绝崖加以保护。

朱灰灰的位子被安排在枫雪色的身边，大爷有一段时间没迫着她洗脸洗手了，她自然乐得偷懒，所以渐渐又变成过去的脏小孩。

在座的众人都知道，枫雪色在遇难之际，就是这个少女一路跟随着他，做他的眼睛，历经艰难险阻，才来到玄月水屿，因此虽然看到白衣如雪、俊雅脱俗的枫公子身边配着这个脏不拉几的丫头，十分不协调，但大家谁都没说什么。

桌上的食物甚是精致，不过除了朱灰灰，大家都很少吃东西，只是坐着说话。

朱灰灰正吃得开心，一句话灌入她的耳朵，顿时一凛，凝神听了起来。

"暮姑娘，雪色的眼睛，情况如何？"是西野炎在问。

晨暮晚神色歉然："……枫公子眼睛是被一种奇烈的毒喷中，而且毒素侵入眼睛深处。这种毒是以数十种毒涎混入活人之血，后又被黑婆罗花和赤蝎膏引发，毒性非常猛烈，而且其中所用的毒涎种类不同，解救拔毒的药方也自不同。我只是在谷中之时，听母亲说过，只可惜才疏学浅……"

西野炎和方渐舞脸色一变。朱灰灰的一颗心，更是"扑通"一声，一路直直地掉到了底。大爷的眼睛治不好了？要是那样，他一辈子不都是瞎子了吗？晕！这女的倒是会不会治病啊？别是信口胡说骗人的吧！

一急之下，她冲口而出："你妈呢？你妈不是挺厉害，号称神医什么的，你不会治，你妈也许会治吧！唔唔唔唔……"

是枫雪色夹起一块排骨，准确地塞入她的口中，堵住了下面的话。

她说话粗鲁，口口声声"你妈、你妈"，把好好的一句话，说得跟骂人似的。

悲空谷的四位，全都有些变脸色。那冯绝崖最是敬重晚夫人，冷冷的目光在朱灰灰脸上打了个转，若不是大小姐在面前，当场便要打掉那野丫头的两颗门牙。

朱灰灰浑然不知，刚才那一句话差点让门牙跟自己永别，只是一脸焦急地看着晨暮晚，期盼她答一个"是"字。

晨暮晚为人温柔大度，虽然刚才朱灰灰的话冒犯了她的母亲，但那种不快一闪便过去了，她微微笑道："所以，我也想邀请枫公子，去我们悲空谷做客呢！"

朱灰灰眼睛亮了起来，刚刚吞下排骨想说几句话，枫雪色微微一笑，又往她口中塞了一筷子菜肴，道："如此，多谢暮姑娘了！"

不用否认，刚才听到晨暮晚说自己的眼睛她没法救，心确实凉透，如今知道还有一线生机，终于轻轻地吁了一口气，心情暂且松弛一些。

西野炎和方渐舞也舒了一口气，江湖传闻之中，神医晚夫人，连死人都能医活，枫雪色这一双眼睛，应该不在话下吧？

方渐舞思索一下，道："雪色，明天一早，西野兄便陪你去悲空谷，面见晚夫人。至于这一路之上追杀你的人，就交由我来处理！"

之前他和西野炎都认为，这种杀手再多上十倍百倍，以枫雪色的功夫、阅历和枫雪城的实力，也应付自如，所以才一直没有太过插手。后来传来消息，说枫雪色中了诡计双目失明，他和西野炎早就痛悔不已，直恨自己太过君子，所以才使好友受害。所以，这一次，他准备全力清除那些暗杀者。

朱灰灰听人家谈了半天，事情分派井井有条，却根本都没有提到过自己的名字，心中甚是失落。她茫然地想：那我哩？

枫雪色又问："这些时日以来，戚、俞两位大将军的家人，可有下落？"

方渐舞叹了口气，道："仍然没有线索！如果江滩上被杀的真是两位大将军的家人，那么此事牵涉就太大了！"

朱灰灰听他们谈话，有点傻了。

他们竟然认为，在江滩上被杀的是戚、俞两位大将军的家属！

她一直以来，都在市井中厮混，虽然偷鸡摸狗、不学无术，但也对两位将军敬仰已久。实因两位将军在神州的影响太大了。其时国土东南沿海地区，屡屡被东瀛扶桑小国的贼子侵犯，这两位将军各领军队，征战沿海，剿灭无数胆敢犯我国土的倭贼，实在是威扬海外，大大长了我炎黄子孙的锐气。

忽听枫雪色道："朱灰灰！"

朱灰灰本能地回答："小的在！"

"到我身边来！"

"是，大侠！"虽然不明所以，她仍然走到大爷身边站好。

枫雪色轻轻拈起一支筷子，淡笑了笑："出来吧！"

双指一弹，筷子带着"嗤嗤"破空之声，射了出去。

与此同时，西野炎一声长啸，纵身穿窗而出。

这座水榭一半建在湖中，西野炎穿窗而出，截住了一名黑衣人。

此人从头到脚全蒙在夜行衣内，只露出一双精光湛然的眼睛。水榭中这么多高手，他居然都敢在一边窥视偷听，实在不把众人放在眼里！

方渐舞轻轻拍掌，草木翻波，水花汹涌，从江岸和水底，涌出无数的警卫。大家全身水靠劲衣，身带利刃，一部分人团团护住水榭，另一部分人则将黑衣人围在当中。

西野炎冷笑一声："什么人大胆偷窥！留下吧！"双掌一错，攻了上去。

那黑衣人全然不惧，从肩后抽出一支铁笛，与西野炎战在一处。

他武功诡奇，西野炎本身用刀，现下却只以一双肉掌与之相斗，打得甚是艰难。

方渐舞看了一会儿，朗笑道："阁下闯我私宅，也太不将我接天水屿放在眼里，方某在此，岂容你撒野！"扔下这句漂亮话，纵身出窗，"来来来，让方某领教领教！"

那黑衣人也不傻，他在对西野炎的战斗中占着一点上风，可是见对方准备玩二打一，立刻便不奉陪，虚晃两招，跳出圈外，纵身便走，去势如落星。

方渐舞和西野炎却也不追，两人冷笑着回到水榭。

枫雪色问道："此人武功是什么路数？"

西野炎悻悻道："他武功诡奇，其中还夹杂着外域功夫，一时看不出来。"那个冯绝崖自黑衣人现身之后，虽一直保护在晨暮晚的身边，却把两人过招的情形看在眼里，深觉当今时代，少年英雄辈出，实在不可小窥，也收敛了嚣张傲气，加入大家的讨论。

枫雪色听着他们谈话，沉默了一会儿，温声道："灰灰！"

"小的在！"

"以后，你不用总是自称小的。"

"是，大侠！"

枫雪色微笑道："以后，你也不用叫我大侠。"

"是，大侠！"纯粹是答顺嘴了。

"灰灰，我明天一早，要去悲空谷走一趟，这一路上甚是危险，你腿伤未愈，就不用与我同行了。”

灯火辉煌中，他的脸平和静雅，笑容也亲切温暖。然而，朱灰灰的心里却一阵冰冷。虽然这句话是意料之中的，却仍令她非常难过。

很好！这次换他遗弃她了！

是哦，他已经到了朋友的身边，他们自然会将他照料得好好的。他本来就讨厌她，现在她又瘸了腿，当然更加嫌弃了。她又有什么好生气的？就和抹布一样，用过了不丢，连抹布自己都觉得没天理！

她抿抿嘴，倔强地答道："好！"果然不再和过去那样，屁颠屁颠地回答"是，大侠"。

又愤怒又伤心又失落，这种种情绪混杂在一起，她也分不清是什么，极度难过之中，心里拿定了主意。不带我去拉倒，老子还懒得理你呢！

枫雪色看不到她的表情，却听得出她语中的激愤，于是握握她的手，温和地说道："你以后，不要在市井里混了。明天一早，我请方兄派人送你去我的家中，我娘人很好，会教你念书、识字，教你武功。我爹的性子严正，所以你不要太调皮，不然说不定会挨罚的！"

朱灰灰暗中撇撇嘴，你爹娘算老几啊，我用得着他们管嘛！口中却答道："好。"

枫雪色温柔地摸摸她的头发，微笑道："我的爹娘一直希望有个女儿，现在这个女儿虽然不乖，但却可爱又聪明，爹娘一定会很开心的！"

他此言一出，方渐舞和西野炎都微微一震。大家心中明了，枫雪色的意思，是替爹娘认了朱灰灰做女儿！

以枫雪城的江湖地位，这个野丫头，从此算是一步登天了！

他们二人看向朱灰灰，发现她一点反应都没有，显然根本没有意会到枫雪色话中的含义，只是一双水灵灵的眸子张得大大的，黑玉般的眼珠转来转去，不知道又在想什么鬼主意。

朱灰灰一来不懂这样绕着圈子的话，二来就算懂了也不在乎。心中只是想到，你嫌弃老子不识字、不会念书、不会武功，那老子走好了！老子本来就自由自在的，只要有花花陪着，天下都去得，才不稀罕你呢……

"恭喜枫公子多了一位妹妹！"晨暮晚面上带着微微的笑意，飘飘起身贺喜。她命身边的穿粉色衫子的丫头拿来一个晶莹可爱的赤色玉瓶，双手递过去："朱姑娘，暮晚客游在外，身上没有什么值钱的东西，这瓶金参血露丹，却是家母亲手炼制，虽然不能生死人而肉白骨，却于武林中人大有益处，还请朱姑娘不要嫌弃才好！"

朱灰灰一眼就相中那个晶莹玉润的瓶子，也不客气，伸手接过，翻到瓶底看看，果然有三个很面熟的虫虫爬的字，上次大爷教过的，这三个字念"悲空谷"，有这三个字的，就是祖传秘方，包治百病，不灵不收钱——药灵不灵的咱不管，不过瓶子还是可以拿着换糖吃的！她顺手塞进怀里，也懒得说声谢。

枫雪色微微摇头，这不懂事的野丫头，还真得交到娘手里好好管教。他笑一笑："多谢暮姑娘！现在来不及办酒，等此间事了，再补请大家！"这当然是谦辞，那金参血露丹既然是晚夫人亲手所制，那必是世间极品，普通的一顿酒席，是无论如何还不上这份情的！

枫雪城认干女儿，虽然简单低调，却也是件大事。悲空谷一出手，便是举世难觅的神医灵药，接天水屿和炽焰天当然也不能在礼物上输了面子。方渐舞和西野炎吩咐了出去，没有一会儿，便有赤衣大汉和蓝衣童子，分别捧上来几盘东西。

蓝衣童子捧的托盘上，放着一块黑色的牌子，上面是些古怪的花纹，乌沉沉的毫无出奇之处。赤衣大汉手中捧的是一柄玉色短匕，匕身极短，长不逾三寸，锋芒如火。

朱灰灰不识货，只觉得这两件都没有那玲珑剔透的红色玉瓶可爱，但不拿白不拿，立刻接了过来。

那冯绝崖却耸然动容。这块乌牌，是接天水屿的帮主令牌，持此令之人所到之处，便如帮主亲临，帮中兄弟莫不供其差遣，实在是一份极贵重的礼物。而那柄短匕，看着不出奇，却是一柄传古名刃，名字叫作"朱颜"，传说昔年南唐国破，后主李煜做阶下囚之时，无一刻不臂缚此刃，以之防身。

那一步登天的山野丫头拿了这么贵重的物品，却谢也不谢一声，也太无礼！他看着朱灰灰的眼神，也愈加的不客气。

朱灰灰却想，反正这东西也是他们送给枫雪色看的，又不是给自己的，谢个屁啊！

枫雪色只得在一边忙不迭地替朱灰灰谢过。

朱灰灰终于不耐烦了，站起身来："大侠，我吃饱了，先行告退，各位慢用！"后面八字，居然用得很对。她不喜欢这些人，他们虽然假装对她很好，可是看她的眼光，总让她有一种觉得自己很渺小、很自卑、很无地自容的感觉。

西野炎笑道："还叫大侠，不长记性，讨打！"

朱灰灰瞪了他一眼，既然已经打定了主意，就懒得再对他们拍马屁，也不想客气。

枫雪色笑笑："你去睡吧！腿上的伤，暮姑娘为你配了药膏，已经送到你房里了，一会儿让丫鬟帮你敷上。"

"知道啦！"朱灰灰没有用招牌回答"是，大侠"，起身扬长而去，头也没回。

乘着来时的二人小轿，在丫鬟的引领之下，东拐西弯，进到一个房间，虽然花花仍然趴在墙边睡懒觉，却已换了一个地方。

这不是刚才自己住的简单客房，而是另一个豪华的房子，房中装饰之物也名贵许多。

她自是不知，因了枫雪色的一句话，她的身份已经从街头上胡混的野丫头小流氓，提升为江湖四大世家之首的枫雪城大小姐，所以当然待遇便不一样了。

朱灰灰打量着四周，心里打定了主意。待丫鬟退了下去，顺手扯下一方床单，开始在房子里搜刮。她也不知道什么东西值钱，就拣好看的、自己喜欢的、轻便易携的，全堆在床单上，打了个大包，扛在肩上。

然后在朱花花的屁股上踢了一脚："花花，我们走！"将木拐支在肋下，拉开门一瘸一拐地走了出去。

花花懒洋洋地站了起来，不悦地"哼"了两声，跟在她的身后。

玄月水屿是接天水屿的分舵，戒备何等森严，若在平时，岂容这一人一猪卷包逃走，只怕走不出三步便被拿下打个半死。但朱灰灰进庄的时候，是西野炎带进来的，而且刚才，方渐舞已经传下令去，通知属下枫雪城的大小姐小憩在本庄，吩咐部众切不可怠慢。所以，朱灰灰的行动虽然非常古怪，但却根本没有人敢问。

于是，朱灰灰自己认为是鬼鬼祟祟、偷偷摸摸，可是在玄月水屿的暗哨眼里却是大摇大摆、明目张胆的，这铁桶一般的玄天水屿，居然便被一人一猪轻

236

而易举地溜达出去了。

跨出庄门，朱灰灰"嘿嘿"一笑，从雁合塔到现在，老子终于自由了！真不容易啊！拿你们家一点儿东西，算是给老子压惊！

走出山庄数丈，朱灰灰回过头来最后看了玄月水屿一眼，当然看不到枫雪色在什么地方，不过，想也知道，应该正在和那几位少爷小姐谈话，或者准备明天去瓷器小姐她们家的事情吧！如果他知道自己逃走了，会不会有一点难过？应该不会的，他本来就讨厌她，她不见了，他只会高兴，哪会难过嘛！

想到这个，重获自由兼发了小财的喜悦，顿时不知道飞到哪里去了。她怔怔地看了一会儿，终于长长地出了一口气，拖着脚步离开了。

天下之大，四处皆可去，她却反而不知道去向哪里。

茫茫的黑夜，一个腿伤未愈的跛腿少女，带着一头体态憨肥的花猪，孤单地、寂寞地、随便地向远方走去。

她和它，都不知道要去哪里。也不知道前面等着他们的是什么，只知道，在这个属于少爷小姐们的江湖，孑然一身的她，是不被牵挂的，所以，她便也无牵无挂好了。

【第一部完】

237